朽木の花

新編・東山殿御庭

朝松健
Ken Asamatsu

アトリエサード

装画：大矢亮《蒼の径》2018年

目次

朽木の花　新編・東山殿御庭　朝松健

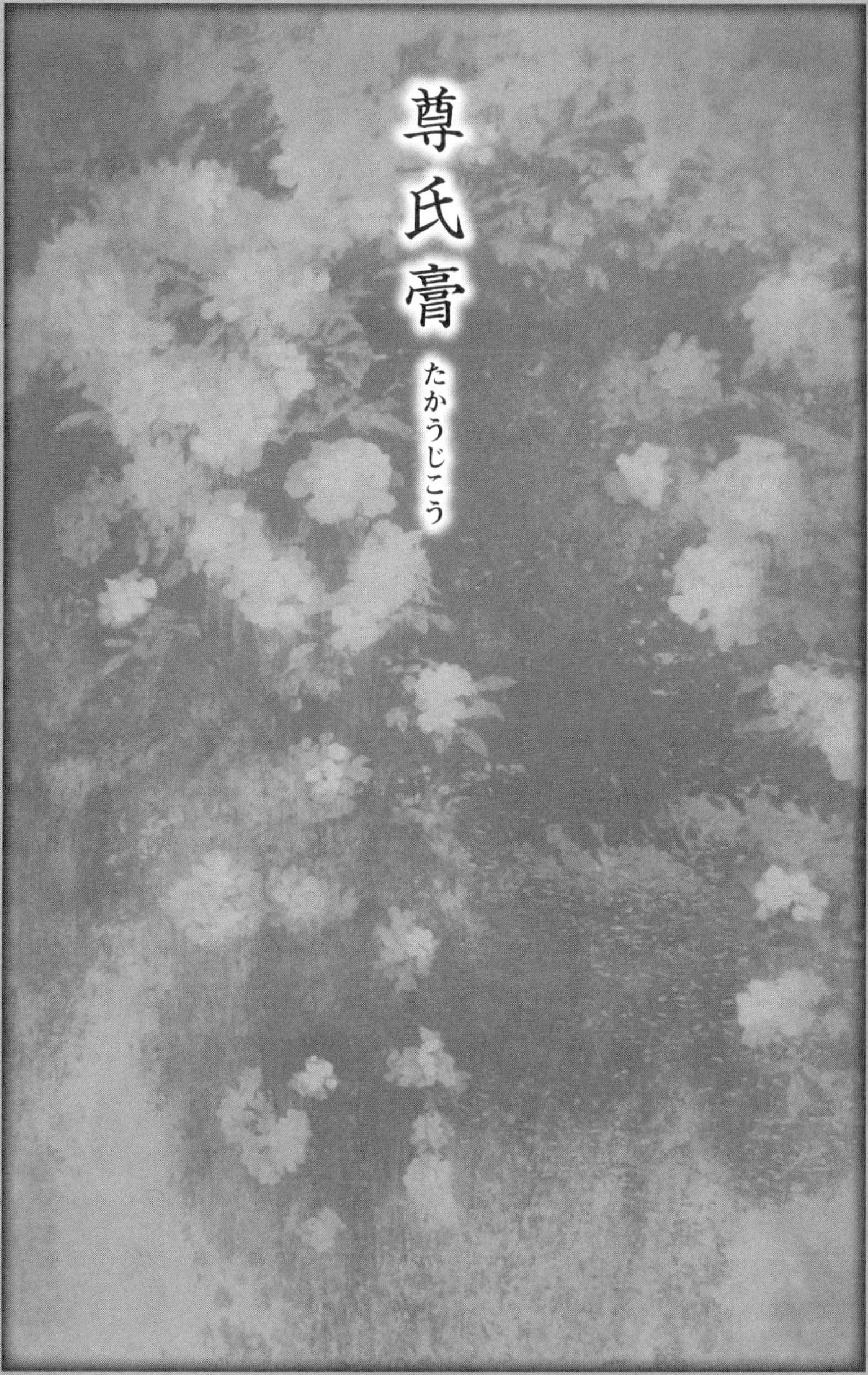

尊氏膏
たかうじこう

一

室町幕府初代将軍、等持院足利尊氏《とうじいんあしかがたかうじ》の伝えた秘密の膏薬《こうやく》があるという。

正確には尊氏が伝えたものではなくて、尊氏の頃の薬師《くすし》、坂大黒《ばんのだいこく》という者が考案し、伝えた秘薬なのだが、世に「尊氏膏」の名で通っていた。

足利尊氏は背中に生じた「癰《よう》」のために死んだが、この膏薬を辛抱して用いていれば死ぬこともなかったのに、という慨嘆を込めてそう呼ばれるようになったらしい。

そこまで聞くと一休は、

「ところで。……その癰とは如何《いか》なる病であったのですか」

と、つい口を挟んでしまった。

話しかけていた宗寛《そうかん》は片手を挙げて、

「いま少し、聞かさっしゃい」

と一休を制し、説明を続けた。

――癰がどんな病気であったか、詳しいことは明らかではない。面疔《めんちょう》の一種とも、皮膚癌《がん》であるとも、もっと恐ろしい妖病であったとも言われている。

さて、尊氏の背中に生じた癰はとりわけ悪性で、しかも三つも出来ていたという。

ところが、噂を聞いた坂大黒が大和国吉野《やまとのくによしの》から京に上り、尊氏に謁見《えっけん》して、この尊氏膏を付けたところ、たちまち三つの癰の一つが消えてしまったのだ。

「やれ、うれしや」

と側近は、さらに残る二つの癰にもこの薬を試そうとした。

ところが、これで完治されては、それまで尊氏の治療を任されていた祈禱僧《きとうそう》・陰陽師《おんみようじ》・侍医《じい》は面目丸つぶれとなると考えたようだった。

それで彼等は、

「坂大黒は邪教立川流《たちかわりゆう》の流れを汲《く》む者で、薬と称するものは、語るも汚らわしい、実に恐ろしい材料で拵《こしら》えられている」

などと讒言《ざんげん》して、坂大黒を追い出してしまったのである。

ただし、追放されるに際して坂大黒は、

「これなる処方で膏薬を調合し、上様の癰に貼れば、まだ治る可能性がある」

と薬の処方を書き残し、これを細川清氏《ほそかわきようじ》に手渡したという。

ところが、その三日後、尊氏の容態は急変した。そしてついに、正平《しようへい》十三年四月三十日、還らぬ人となってしまった。

それ以後、秘薬の処方は細川家に尊氏膏の名で伝えられたのだという。

一休に尊氏膏の由来を静かに話してから、宗寛は続けた。

「その尊氏膏の処方を今日に伝える者がただ一人、この関東におるのじゃ。名は、細川氏望《うじもち》。今は出家して、鉛丹《えんたん》と号しておる。名門細川氏の傍流で、今は西武蔵《にしむさし》に閑居しておられる」

「細川鉛丹侯にお会いして、わたしにその処方を取って参れ、と申されるのですか」

と、一休は問うた。

時は応永二十七年三月。

場所は、鎌倉の外れに建つ臨済宗《りんざいしゅう》の古刹大妙寺《こさつだいみょうじ》である。

「ふた月ほど前、突然、公方《くぼう》様の背に腫れ物ができてな」

と銀の眉を垂れた宗寛の言う〝公方様〟とは室町の四代将軍義持《よしもち》ではない。

その義持が敵《かたき》と狙い、京の各寺院に、

「呪詛《じゅそ》さえ厭《いと》わず」

と布告した相手、鎌倉公方足利持氏《もちうじ》のことだった。

室町幕府を開いた時、足利尊氏は己が出身地たる関東が、いつか必ず神州《しんしゅう》の要《かなめ》となることを予見し、鎌倉公方なる職を置いた。

これには、まず嫡男義詮《よしあきら》が就《つ》き、のちになって義詮の弟基氏《もとうじ》が任じられたのである。

そして、以後、基氏の嫡子が代々、関東を統《す》べることとなったのであった。

だが、時を経るにつれ、鎌倉公方は本来の役割を大きく逸脱し、京の将軍を脅《おびや》かす存在にまで成長していった。

そうして持氏が鎌倉公方になるや、関東はことあるごとに、公然と室町幕府に対して反抗的な言動を見せはじめたのである。

宗寛は、その鎌倉公方の信篤《しんあつ》い、大妙寺の住持だった。

「持氏様の腫れ物は瞬《またた》く間に大きくなり、酷《ひど》く膿《う》みはじめてな。侍医に見せたところ……」

「まさか癰では……」

一休が声を潜《ひそ》めれば、宗寛は力なくうなずいた。

「然り。まごうかたなき癰との診立《みた》て。しかも、いまでこそ一つしかないが、五日と経ずして、二つ三つと増えていくそうな。そして三つ目が完全に膿み果てた時、上様の生命は尽きるとか。……それを聞いて、わしは、すぐに尊氏膏のあったことを思い出した。したが、御覧のとおりの老いぼれ。たった五日で奥秩父《おくちちぶ》に建つ鉛丹侯の城へと赴《おもむ》き、尊氏膏を分けてもらって戻ってくるなど、できようはずもない」

「なるほど、その点、わたしは未だ二十七。鎌倉から奥秩父へと行って帰ってくることは造作もないことで」

そう言った一休に、宗寛は問うた。

「行ってくださるか」

「鎌倉に参った時、いつもお世話になる御住持の仰せとあらば」

「おお、ありがたい。持氏様に代わって、心より礼を申す」

と宗寛は手を合わせた。

「今、御住持は、五日と経ずして、と仰せでしたが。さて、わたしに残された日数は」

「あと四日しか残ってはいない」

「されば、この一瞬さえ惜しいというもの」

一休は立ち上がり、

「馬をお貸しください」

と、宗寛に促《うなが》した。

「無論じゃ。……したが」

宗寛は、そこで、一休を見つめて、

「鎌倉殿を助けたと、京の義持公に知られたら、貴公、只《ただ》では済まぬぞ」

と、声を潜めた。

すると一休は声をあげて笑い、

「面白いではございませんか。目下、我が母を室町第に閉じ込めている義持公が、このうえ、このわたしにいかような咎《とが》めをなすものか。それを確かめるも、一興というものでしょう」

皮肉に言い放った。

一休がこのように平気で将軍への当てこすりを口にするのも、現在、彼は義持の命令で「ほしみる」なる謎の言葉を追って日本全国を探索中であり、彼の母は、一休が責務から逃亡しないための人質として室町第に幽閉されているからであった。

二

乾いた上にも、黄色い大気にも、濃密にそれが漲《みなぎ》っていた。

それは、生を受けてから二十七年間、強いにつけ弱いにつけ、絶えず一休が感じ続けてきた感覚である。

それ溢《あふ》れるがゆえに、一休は俗世に対し言いようのない憂鬱を覚え、もがくようにして戦い続けてきたのだった。

(苦痛……)

一休は胸のうちで、それの名を呟《つぶや》いた。

(ここは苦痛の臭いがする)

そうして、一休は馬上から一帯を眺め見た。

まるで魂を失った、生ける屍《しかばね》のごとき集落であった。

鎌倉から馬でわずかに半日のところ、武蔵国の西、奥秩父である。

天には三月の太陽が輝き、大気は暖かく、山は緑に覆われて、明るい光に包まれているのだが、遠目に眺めた集落ばかりが異様に昏《くら》かった。

近づけば、未だ黄砂《こうさ》の季節でもないのに、集落を包む空気が黄色く感じられる。

点在する家々は妙に傾いて、今にも倒れてしまいそうだった。

馬の手綱《たづな》を握り直すと、

「この荒れ果てて痩《や》せた土地のせいだろうか。地も、そこを覆う気も、どんよりと澱《よど》んでいる」

と、一休は独りごちた。

黄色い痩せた土地にしがみついて生きる農民が、暗い表情なのは当たり前、そのような顔なら京だろうが、摂津《せっつ》だろうが、山城《やましろ》だろうが同じことである。

しかし、ここの民は——。

「いずれも生気が澱んでいる」

改めて、一休は繰り返した。

家の前に筵《むしろ》を広げて作業する老人も、井戸の周囲に集まる女も、鈍重に同じ動きを繰り返し、なんだか重い鎖で縛《いまし》められているようだった。

それでも、馬の蹄《ひづめ》の音が近づくと、彼等は急に夢から覚めたように働きはじめる。

しかし、それも束の間のこと、馬に乗っているのが僧侶であると知ると、またのろのろした動きに戻ってしまうのだ。

一休は、ゆっくりと集落のなかに入っていった。

とある家の前で、坐って赤子に乳をやっていた母親が、馬の足音に身を竦《すく》ませた。怯《おび》えた目で一休を見上げた。

女の肋骨《あばら》の浮いた胸から萎《しお》れた乳房にかけて、赤い傷跡が走っているのを、一休は見逃さなかった。鞭《むち》だ。それも馬の鞭の痕《あと》である。

一休は母親に声をかけることもできずに、そのまま、馬を進めた。

十人ばかりの子供が群れていた。奇妙なことに子供は普通の里の子のように走ることも、はしゃぎ声をあげることも、ふざけることも、泣くことさえしていなかった。

全員が怯えた目で、集落を訪れた一休を、ただ見つめ続ける。

無表情な子供を黙って眺めれば、ある者は片耳が潰れていた。あるいは手の指が何本か、根元からなかった。さらに、熱湯でも浴びたのか、あどけない顔の半分が真っ赤な火傷《やけど》の痕で覆われている子もあった。

「戦さでもあったのか。それとも野武士に襲われたか」

そんな独り言が聞こえたか、ぼんやり立っていた子供が一人、ゆっくりと一休を仰ぎ見た。その目には眼球がなかった。眼窩《がんか》が深くて恐ろしい口を開いているのだ。

「目を刳《く》りぬかれたのか」

一休は心の臓が、見えない手で固く握りしめられたように感じた。

眼球を刳りぬかれた子供の蒼白な顔は無表情だった。まるで顔が薄い膜で覆われているかのようだ。他の子供たちと同じように、棒杭のごとく、ただ立ち尽くしていた。

(あまりの苦しさ、恐ろしさに、涙はおろか、悲しみを表わすことさえ忘れてしまったのか)

一休は下唇を噛むと、馬から降り立った。

作物も枯れかけたような畑である。

何人かの百姓が、やはり、鈍重な動きで耕していた。

一休は近くの百姓に大きな声で呼びかけた。

「もし、お尋ね申す」

鍬《くわ》を使う手がゆっくりと止まった。同時に他の百姓も耕すのを止めて、のろのろと一休のほうに振り返った。

呼ばれた百姓はぎごちなく、

「何か御用で」

と一休に応えた。

その声はひどくくぐもっていた。

（水中から響いてきたような）

と一休は眉をひそめた。

また、百姓の額には、焼き鏝《ごて》を押し付けられた痕が、醜い引き攣《つ》れとなって残っていた。

「細川鉛丹侯のお城は、いずこでござろうか」

一休が尋ねると、

「鉛丹様のお城をお尋ねで」

と言って、百姓は急に激しく瞬《また》いた。たった今までの水中を漂うような動きが嘘のようであった。激しい怯えの色が瞳を過《よ》ぎった。他の百姓は慌てて鍬をふるう手に力をこめていく。

（わたしのことを見張りの役人とでも思っているような……）

一休はそっと眉根を寄せた。

「鉛丹様のお城……」

と百姓は繰り返した。額の引き攣れが歪《ゆが》んだ。

しばし沈黙した後、百姓は、誰かが聞き耳を立てているとでも言いたげに声をひそめた。

「や、ぎ、ょ、う城に何の用だね」

「やぎょう城と呼ばれているのですか。……拙僧は御領主にお願いいたしたき儀がございまして」

「悪いことは言わねえ。すぐにいま来た道を戻りなせえ」

と囁《ささや》いた百姓の声の底に怯えが籠《こ》もっていた。

その、鍬を持つ手が震えているのに一休はようやく気がついた。

「これは異なことを申される」

笑いを含んで言ったのは、百姓の怯えを拭《ぬぐ》わんがためだった。

だが、百姓は、一層怯えを露わにして、

「早く逃げなされ。さもなけりゃ、坊さまも、ゆ——」

口早にそこまで言ったところで、百姓の言葉が不意に宙に呑まれた。

「何事です」

と、一休は杖を握る手に力を込めた。

沈黙。

一休は耳を澄まし、周囲に目を配った。

歌声が響いてきた。

女のものだった。子守唄だろうか。

ころころ　やまの　うさぎは
なぜにお耳が　なご御ざる

おやのお腹《なか》にゐる時に
枇杷《びは》の葉たべてなご御ざる

聞いたこともない歌であった。

だが、そのなんとも哀しげな節回しが、女の声音《こわね》と相俟《あいま》って、歌う者の悲しみとして聞く者の胸に深く染みてくるのだった。

(誰が歌っているのか)

と一休が聞きほれていると、畑の向こうの茂みを分けて女が現われた。

「これは」と、一休は息を呑んだ。

一瞬、山姥《やまんば》か、と思った。それも無理はない。女は髪をざんばらに振り乱し、腰巻一枚巻いただけ、身には熊笹に擦《す》られたとも、爪跡ともつかぬ細かい傷が数え切れぬほど付けられていた。

よく見れば、十八、九というところか。

小麦色に焼けた肌が、端正な顔立ちによく似合っていた。ただし、女の瞳は虚《うつ》ろで、一休や百姓たちに見つめられているというのに、子守唄を歌い続けている。

呆然としている一休に、百姓が呟いた。

「これは、ミズキといってな。おととい、四歳になる息子の庄太《しょうた》と一緒に、領主様に召されたんだ」

「領主殿に召される……」

「召される時に、目の前で亭主は斬り殺された。つまり、召されたっていうのは、さらわれたってことだよ」

するとと、別の百姓が言った。

「見なせえ、坊さま。どんな酷い目に遭わされたことやら、正気を失っている」

歌い続ける女に百姓たちは、

「庄太はどうした、ミズキ。殺されたのか」

「正気をなくせる者は幸せだ。もう、これ以上、苦しみや悲しみを味わわずに済む」

そんなことを口々に言いながら近づいていった。仔細《しさい》に見れば、彼等もまた、先ほどの子供と同じように片手がなかった。指が足りなかった。片足を引いていた。鼻を削《そ》がれていた。

(何なのだ、この集落は……)

一休は戦慄した。

と、その時、遠くからたくさんの蹄の音が近づいてきた。百姓たちは慌ててミズキから離れ、石のごとく無表情になると、のろのろと鍬を使い始めた。

ただ、ミズキだけが、子供を抱くような仕草をして、子守唄を歌い続ける。

「坊さま、逃げろ。領主様の家来たちだぞ」

百姓がそっと呼びかけた。が、その声を圧倒するような大声が、

「おお。やはり村に来ておったか。女、鉛丹様がお召しじゃ。早う城に戻れ」

と、女に投げられた。

振り返れば、手綱と鞭を握った侍が、馬を止めたところだった。その後方で、侍が二人、馬から降りた。ミズキは侍どもを目にすると、悲鳴をあげて逃げようとする。それを追って、

「ええい、てこずらせるな」

と、侍は、嫌がるミズキの肩に馬の鞭をくれた。ひるんだところを二人が組み付き、力任せに馬に引き摺《ず》りあげていった。

一休は、鞭を持った侍を睨《にら》みつけた。自然に下唇を噛んでいた。

侍は、一休の視線を感じて、ようやくこちらに目を向けると、

「御坊《ごぼう》は。近在の方ではござらぬようだが」

薄笑いを湛《たた》え、丁寧な調子で尋ねてきた。

「わたしは一休宗純《そうじゅん》と申します。鎌倉大妙寺の無応《むおう》宗寛師の御依頼により、御領主細川鉛丹侯に、ぜひとも癰《よう》の特効薬という尊氏膏をお分けいただきたくまかりこしました」

「ほう。鎌倉より参られた一休宗純殿とな。しかも、尊氏膏をご所望と」

「いかにも、左様で。なにとぞ、お取次ぎを」

「では、我等と、ご同道願いたい」

そう言った侍の後ろから二人の朋輩が、

「大江氏《おおえうじ》、勝手なことはいたすまいぞ」

「尊氏膏を分けるなど、殿にお伺いも立てずに」

と非難がましい調子でたしなめた。だが、大江と呼ばれた侍は軽く振り返ると、

「ふん、殿もたまには領地の外のものを、お味わいになってみたかろう」

と言い返し、

「されば、拙者に従われよ」

言うが早いか、颯《さっ》と馬に一鞭当てて走り出した。ミズキを乗せた朋輩も、その後に続いた。

そして、一休は、三人目の侍とともに城へと向かったのであった。

「坊さま、お気をつけて」

どの百姓の言ったものか、一休を気遣《きづか》う言葉が、遠ざかる背中に投げられた。

三

深い森を抜けて、岩だらけの急な坂道を駆け続けると、やがて岩山の中腹に辿《たど》り着いた。

すでに村からは二里半ほど離れている。

城は近隣十里四方を見渡せる高台に位置していた。

「夜に行く城と書いて、夜行《やぎょう》城というのだ」

一休と轡《くつわ》を並べた侍は、ここに来る途中、そのように教えてくれた。

「殿は医術や薬師《くすし》の学と同じくらい、暦学や算道にも通じておられてな。城の基礎《もとい》を造られた日も、特別な日を選ばれた。……あえて百鬼が夜行する日を選ばれたのじゃ。それで、夜行城という」

侍がそのように続けた時、城の前に設けられた扉が重々しく開かれた。先に着いた大江が開門を乞うたのだった。

扉は太い丸太を連ねて造った物だった。

さらに城の周囲も、乱杭《らんぐい》で取り囲んでいる。乱杭とは先を鋭く尖らせて塀代わりに地面や水底に乱雑に打ち込まれた、多数の丸太のことだ。歯並びの悪い歯を「乱杭歯」というが、それは歯並びの乱れたさまが尖った丸太を連ねた塀そっくりなせいであった。

侵入者より城を守るため、乱杭は高いものと相場が決まっているが、夜行城の乱杭は、また一段と高い。どれも一丈余（約三・三メートル）はあった。

「ずいぶんと高く作られているようですが、いずこの軍の攻撃にお備えで」

一休は怪訝《けげん》に思って尋ねてみた。

すると相手は、

「攻められるのに備えているのではない。内部《なか》から逃げられぬよう備えておるのだ」

と、いっそう理解しがたいことを応えるのだった。

「何と申されました」

一休が訊き返せば、あたり一面、青白い光に照らしあげられた。

一瞬を置いて、轟然《ごうぜん》たる雷鳴が天地を揺るがした。

見上げると黒雲がゆっくりと夕空を覆いはじめていた。まもなく雨が降る。

今夜は嵐になりそうだった。

「ささ、一休殿。早う、早う」

大江に促されて、一休はそれ以上、相手の言葉の意味を問うこともできず、馬を城門のなかに進めていった。

そうして、城の裏に広がる馬寄せに入った時、一休の目の隅に光が突き刺さった。

稲光ではない。

山に沈む陽を反射して、鋭く放たれる光である。馬屋の陰から光は発せられていた。

一休はそちらに目を向けてみた。

光の源は、泡沫《うたかた》のごとく透明なのだが、石にも似た硬い質感を持っていた。

一息ほどの間、じっと見つめるうちに、ようやく一休はそれが何か理解できた。

(玻璃《はり》か)

どうやら玻璃の欠片《かけら》が落ちているらしい。

と、小さな手が馬屋の陰から延びてきて、玻璃の欠片を摘《つま》み上げた。

猿か。猿ではない。四、五歳ほどの小さな男の子だ。ほとんど裸で泥と垢《あか》にまみれていた。それでも五体も満足だし、火傷や切り傷の痕も見られなかった。

この国に来て初めてまともな子供に会った、と、一休は溜息を落とした。

男の子は玻璃を拾うと、ふっと息を吹きかけ、腰に巻いた布の中に後生大事に隠した。

そうしてから初めて、一休に気がついたらしい。驚いて馬屋の陰に隠れようとする。

一休は笑いかけ、唇に人差し指を立てた。侍に黙っているから安心おし、と言ったつもりだった。

こちらの気持ちが通じたか、男の子はうなずいた。両目をぎゅっと閉じ、口だけ大きく開いて、顔をくしゃくしゃにした。まるで大きな餌《えさ》を呑み込んだ鮟鱇《あんこう》みたいな顔である。どうやら男の子は笑ったつもりのようだった。

(笑い馴れていないのか。子供が笑い馴れていないとは。まったく、何という土地だ)

と一休は顔を曇らせた。そんな表情を見咎められたか、すかさず、

「如何なされた」

大江に尋ねられた。

一休は首を振り、

「いや、なに。見事な護《まも》りのお城と感心しておりました」

と、とぼけた。男の子が馬屋の陰に隠れているところより、

(どうやら城の者の目につきたくない事情があるのだな)

と察したのであった。

「まずは、こちらへ」

そう言う大江の案内で、一休は正面に回って、夜行城内へと進んでいった。

四

城とは言っても、天守閣があり、本丸や二の丸がある戦国期や安土桃山時代のごとき城ではない。

この当時の城は未だ鎌倉時代の様式が残り、「館《やかた》」と呼ぶべき形状であった。

すなわち、広大な前庭の向こうに城主と家来が執務にあたる主殿《しゅでん》が位置し、これに連なって城主の住居や厨房《ちゅうぼう》があり、普通は能舞台などがある。能舞台に連なっているのは対面所で、ここで宴を催《もよお》し、時には板襖《いたぶすま》を開け放って能を鑑賞する。

ただ、外から見た感じでは能舞台らしきものは見当たらず、代わりに窓のない蔵のごとき建物が位置していた。

(不思議な造りだな。蔵ならば漆喰《しっくい》で厚く塗り固めているだろうに。あれでは蔵の下地だけを建てたようなものではないか)

しかも、その建物は、板扉が一枚しかないのに、濡れ縁ばかりやけに広くて、それこそ能舞台のようだった。

「ささ、まずはこちらへ」

と、大江に一休が案内されたのは、その不思議な建物の隣にある対面所だった。

対面所のなかは広々とした板の間である。

普段から酒宴が催され、興が乗れば城主や家来が謡《うたい》の一曲、舞いの一指しも見せるところなのだろう。

ところが、通されてみれば、対面所は寒々しく、広さばかりが迫ってくる。

自然に一休は、眉間《みけん》の皺を深くしていた。

(この暗さは……。まるで蔵の中に通されたようではないか)

いかにも、板戸が開かれているのにも拘《かか》わらず、対面所は異様に暗かった。

常人よりずっと早く目が馴れるはずの一休が、容易に、この場の暗さに馴染むことができない。それほどの暗さだった。

特に対面所の隅あたりの暗さは凄まじく、暗幕でも垂らしたかのように濃い影がわだかまっていた。

だが、この場がそれほど暗いと感じるのは一休だけなのであろうか、侍女が燈台を持ってくる気配はない。

大江も何事もない表情で、壁を背にして、対面所の左で城主を待っている。

(この対面所は、いつも、こんなに暗いのだろうか。それとも、この暗さは、わたしの錯覚だろうか)

一休は、ことさら暗いと感ずる一角に視線をやった。それは、上座の端あたり、一休から見て右のほうである。

その辺りの暗さは、もはや影が濃いなどというものではない。蠟色《ろういろ》というのだろうか、漆汁《うるしじる》に炭の粉を混ぜたような、まったき闇がわだかまっていた。

(どうして、あそこだけ、あんなに闇が濃いのだろう)

訝《いぶか》しく思って、さらに目を凝《こ》らせば、その闇の奥から、白くて小さなものが、つと延びてきた。

一休は、驚きの声をあげかけた。

一瞬、小動物かと思ったのだ。

しかし、目を凝らしてみれば、子供の手だ。

手は上座の板の上をまさぐりだした。

何か探している様子である。

（さっきの男の子が悪戯《いたずら》に来たのかな）

一休はぼんやりと思った。

と、すかさず屏風の後方より、

「殿の御成ァリィー」

畏《かしこ》まった家来の言葉が発せられた。

同時に小さな手は、闇の奥へと引っ込んだ。

間もなく、上座に、直衣《のうし》姿の男が現われた。

一休は両手をつくと恭《うやうや》しく頭を垂れた。

「城の主、細川鉛丹侯でござる」

と大江に紹介されて、一休は顔を上げた。

上座に、背の低い、太った男が座していた。歳の頃は五十八、九というところだろうか。大きくてまん丸な瞳と小さくて尖った鼻、薄くて小さな唇。どことなく梟《ふくろう》を思わせる風貌である。

（南北朝騒乱の昔より妖病の特効薬を今日に伝える人物で、かの細川清氏侯の血を引くというから、もっと痩せた、学僧然とした方だと思うていたが……）

一休の予想を裏切ったのは外貌だけではない。

「余が鉛丹である」

と名乗った声も甲高く、どことなく耳障りに聞こえた。しかし、顔や声など、どうでもいい。要は尊氏膏を分けてもらえば済むことなのだ。

一休は時候の挨拶もそこそこに、大妙寺の宗寛の紹介であること、鎌倉公方が癰《よう》を患って、あと四日の命であることなどを手短に説明した。

「なるほどのう。……だが、お主の申す尊氏膏は非常に霊妙なる処方によって造る秘薬ゆえ、相手かまわず、右から左とくれてやる訳には参らぬのじゃ」

「そこをなんとか、お願いいたしまする」

と一休は頭を下げた。

すると鉛丹侯は丸い顔を縦に振り、

「ふむ。ことが鎌倉公方殿の御命に関わるとあらば、そう出し惜しみもしてはおられまい」

と言って、大江に目をやった。

「やむを得ぬ。余は、特別に尊氏膏を分けてやっても構わぬと思うのだが。そちは、どう思う」

すると大江は畏まって、

「さすがは殿にございまする。その御寛容さに、きっと鎌倉様も感謝いたすかと」

そう、うなずいた。

一休は、そんな二人の遣り取りに不自然さを覚えた。そっと唇の端に力を込め、

（どうしてお二方はこんな芝居めいた物言いをなさるのだ）

と、考えた。

だが、せっかくくれると言ってくれるものを、「胸騒ぎがするからいらない」とは、いくら風狂と呼ばれる一休でも言う訳にはいかない。一休は畏まった表情で、鉛丹侯と大江が話すのを見つめ続けた。

やがて、鉛丹侯は、梟そっくりな顔に笑みを広げた。

「よかろう。尊氏膏は分けてつかわす」

その言葉に一休は改めて頭を垂れた。

「ありがとうございます。きっと鎌倉様も、細川様の広くお優しい心に感謝されることでしょう」

「はは、それはどうかの」

鉛丹侯は鼻で笑うと、ほんの少し、身を前のめりにさせた。そんな仕草も、梟が獲物を見つけた時のそれにそっくりだった。

急に思いついたように鉛丹侯は言った。

「ところで、一休とやら、お主の宗派はなんであったか」

「臨済宗にございます」

「先程より、お主の身を観察しておったが、鋼《はがね》のごとき筋肉じゃ。その体つきは、単に臨済の行《ぎょう》にいそしんだだけで成ったものではあるまい」

「さすがは鉛丹様で。拙僧、若かりし頃、明《みん》人の師につきまして、明式杖術《じょうじゅつ》をいささか学びおりました」

「左様であったか。されば、近う」

と、鉛丹侯は片手を差し出した。

「は……」

鉛丹侯がどうしてそんなことを言うのか測りかねて、一休は問い返した。

「殿は武道にいそしまれる御仁が殊《こと》の外《ほか》お好きにあらせられるのだ。どうぞ、お近くに参られい。そして、御坊の腕を殿にお見せいたしませ」

大江が小声で促した。

「されば――」

と、一休は怪訝な顔をして上座に寄った。

「苦しゅうない。腕を見せい」

鉛丹侯に勧められるままに、破れ墨染の袖をめくり、腕を見せた。

日に焼けた腕が露わになった。

鉛丹侯は上座から立ち上がり、一休の腕を仔細に検分しはじめた。

「ほう。さして太くはないが、筋肉がつくべきところについておるな。まるで鋼《はがね》のごとき骨と筋肉じゃ。おまけに……この……」

と、鉛丹侯は、肘《ひじ》の内側に残る火傷の痕に目を止めた。

「この火傷はいつの頃のものだ」

「小坊主時代のものでございます」

一休が応えると今度は腕を返させて、

「では、こちらの……この傷跡はなんとした」

などと言いつつ、古傷の引き攣れに手を近づけてくる。

その手つきたるや、まるで高価な錦《にしき》の布《きぬ》ざわりでも味わうようだ。

「それは二十過ぎの頃、尊敬する師謙翁宗為《けんおうそうい》が入寂した折、絶望のあまり京の町をさまよい、無頼の徒と争って負った傷にございます」

「そうか。恩師が死んで絶望したか。それはさぞや苦しかったであろう。悲しかったであろうの。……その時のお主に会って慰めなど申したかったぞ」

高い声を潜めると、鉛丹侯は古傷にすうっと触れてきた。一休の肌に粟《あわ》が立った。蛇《へび》の舌に触れられたように感じたせいだった。

思わず一休が腕を引けば、鉛丹侯は目を細めた。何かをごまかすような笑みを広げる。

そうして、含み笑いを零《こぼ》し、

「悪く思うまいぞ。余は、人の苦しんだ話、苦労した話を聞くのが大好きでな。ほれ、古来より言うではないか、難難汝《かんなんなんじ》を玉にす、と」

そんなことを言うと、

「大江、一休殿を余の僧房へご案内いたすぞ」

と命じた。その時、鉛丹侯の丸い瞳の奥に青い光が閃《ひらめ》いたのを、一休は見逃さなかった。

「ははっ」

大江が立ち上がった。

「ささ、こちらへ」

そう言って対面所の左の板襖を引いた。

その向こうにあるのは広すぎる濡れ縁だ。濡れ縁は、窓一つない蔵のような建物から延びていた。対面所と濡れ縁は短い廊下で繋《つな》がっている。

「されば……」

と、一休は、戸口に向かった。同時に戸口から青白い閃光が放たれた。一息おいて耳を聾《ろう》する轟音が響いてくる。落雷だ。どうやら近くに落ちたらしい。

だが、一休の心配は、落雷よりも外の暗さであった。

(いつの間に、こんなに暗くなってしまったのだろう。さっきまで夕陽で赤く照らされていたというのに、今は深更のごとき夜闇に覆われているではないか)

大江に促されて外に出れば、外は土砂降りだった。さらにひっきりなしに稲光が閃き、遠く近く、落雷の音が響き続けていた。

(鎌倉様はあと四日で危うい命だというのに……。これでは今日中に鎌倉に戻れるか、危ういぞ)

そうは言っても尊氏膏を分けてもらうまでは、鉛丹侯の機嫌を損ねてはいけない。

(ここはしばらく付き合うしかないか)

一休は促されるまま、ただ一つしかない入口を潜《くぐ》った。

入口の奥も、暗かった。

それは対面所の上座にわだかまる闇より遥かに濃かった。

先の闇を「蠟色」と喩《たと》えるなら、こちらの闇は「涅色《くりいろ》」……何億年もかけて海底に積もった泥の色であった。

人一倍鍛え上げた直感が、一休の足を引きかける。

だが、彼は意を決すると、

(……『普燈録《ふとうろく》』に曰《いわ》く、万重《ばんじゅう》の関鎖《かんさ》、一時《いっとき》に開《ひら》く、と)

と心で唱え、そのまま鉛丹侯に従って、敷居の向こうへ歩を進めていった。

五

戸口を越えた。

全身で闇の薄膜を破ったような感じがした。

戸口の向こうは、外から見たような、濃い闇に覆われてはいなかった。そこここに設けられた明かりが小さく揺れていた。ずっと奥のほうからは銀燭の煌々《こうこう》たる光も洩れてくる。

(どうして、あんなに暗く見えたのだろう)

と一休は眉を寄せた。

刹那《せつな》、腥《なまぐさ》い臭いが、鼻をかすめた。

（血の臭い……）

と、一休が感じ取ると同時に、背後から絶叫が湧き起こった。

反射的に振り返れば、大江が板戸を閉じかけていた。

その音が一休の耳には人の叫びとそっくりに聞こえたのだった。

「湿気のせいか、近頃、建て付けが悪うございましてな」

大江は言い訳めいた調子で言い、板戸に閂《かんぬき》を下ろした。

何故《なにゆえ》の閂、と一休が尋ねる暇もない。大江は小走りに奥へ進み、壁のそこここに明かりの油を足していった。

一つ、また一つと明るくなるにつれて、この建物が意外に狭いことが分かった。いや、広いことは広い。おそらく先の対面所より広いだろう。

ただ、大小様々な物が雑然と散らばり、さらに建物の三分の二あたりで、人の背より高い棚で遮られている。

しかも、そうした棚の高さと幅は厳としていて、まるで建物のなかに長い障壁を形造っているようだった。

しばらく待つうちに、内部全体が橙《だいだい》の光でぼうと照らしだされた。

そうして、闇の中から浮かんだ物を見るや、一休は吐き気を催した。

歯が竹で拵《こしら》えられた鋸《のこ》があった。錆《さ》びた鉄の歯の鋸もあった。菱餅《ひしもち》のように切った大きな平石が何十枚も積まれていた。陶《とう》の甕《かめ》には焼き鏝《ごて》が何本となく立てられていた。

平たい釘《くぎ》抜きのような器具や大きなヤットコ、鉄の鋲《びょう》がびっしりと打たれた革帯、馬の鞭をことさら大きくしたような物などが、壁の鉤《かぎ》に掛けられて並んでいた。油と思《おぼ》しき黒い液体を湛《たた》えた大釜の下には薪が詰め込まれていた。水を湛えた大甕の上には天井から吊り下げた滑車が揺れていた。

いずれも拷問具である。

「……これは」

と、一休はやっと呟いた。

だが、一休がそう呟いたのは、眼前に並んでいるのが拷問具だと知ったからではなかった。こんな悪趣味な品を蒐集《しゅうしゅう》し、ことさらに見せびらかして、相手が蒼《あお》ざめるのを愉しむような守護や公家ならば京にもいる。むしろ京のほうが圧倒的に多いと言っても過言ではないだろう。彼が嘔吐《おうと》を催したのは、断じて拷問具に驚いたせいではなかった。

それは、拷問具群が茶褐色に染まっているのに気づいたためだった。

恐ろしい器具の周囲の汚れが何か、思い至ったせいだった。

竹の歯の鋸が、何故にあれほど茶色いのか。どうして鋼の歯は真っ赤に錆びているのか。壁に散った染みや床の汚れが、何によるものか、一瞬で悟ったためだったのである。

(今も使われているのだ)

その時、虚ろな歌声が聞こえてきた。

ころころ　やまの　うさぎは
なぜにお耳が　なご御ざる
おやのお腹にゐる時に
枇杷の葉たべてなご御ざる

一休は歌声の主の名を思わず口に出した。

「ミズキ……」

それを聞いて、前に立った鉛丹侯が振り返った。まん丸な瞳が揺れる火に赤く映えていた。

「一休」

と、鉛丹侯は言った。

「西武蔵は、いかい鄙《ひな》びた土地であろう」

一休は何も応えず鉛丹侯の後に従った。

「ここには、歌など歌える遊君《ゆうくん》はおらぬ。舞いを舞う申楽者《さるがくもの》もおらぬ。酒は土臭い濁り酒のみで、肴《さかな》といえば泥臭い川魚じゃ」

そう言って鉛丹侯は足を止め、螺鈿《らでん》の卓に手を延ばした。卓の上には小さな金具が置いてあった。侯は金具を持ち上げた。赤い滴が点々と金具から零れた。

(血……。たった今まで使われていた拷問具か。なるほど、お百姓の申されていたことが分かったぞ。鉛丹侯は拷問具を集め、領民にそれを用いて無聊《ぶりょう》を慰めておったのだ)

そこまで察しながらも、一休は何食わぬ調子で応えた。

「それでも、殿には京の公卿《くぎょう》も羨む医術の知識がございます」

「は、は、知識か。知識など、何になる。所詮は先代が蒐集いたした奇書珍籍の賜物《たまもの》。とうてい生きてはおらぬ。ここにある最新の知識さえ、唐宋《とうそう》の頃のものだ。つまりは四、五百年も昔の、苔《こけ》むした知識よ。死んだ知識じゃ」

その自嘲《じちょう》めいた言い方に、

(鼻持ちならぬ)

と感じた次の瞬間には、

「さりとて、拷問具などからは、生きた知識は得られますまい。むしろ、相手が死んでしまいましょう」

と風狂の虫が、一休に言わせていた。

「御坊」

大江が咎めるような調子で叫び、身構えた。

それを鷹揚《おうよう》に、

「よい、大江。黙っておれ」

と流すと、鉛丹侯は血染めの金具を一休に見せつけた。

「一休。これは何に使うと思う」

金具は二枚の歯が内側に向き、両端が頑丈に締まっていた。

「さて……。さして愉快なことに用いる代物には見えませぬが」

「これはな。真ん中に指を置き、両端をゆっくりと締めて使う道具じゃ。仕掛けの半ばほどまで締まったら、女子供の指なら、まず骨肉の区別なく潰れておる」

自慢げに言った鉛丹侯に、一休は、

「殿は医術に通じられた御方と伺っておりましたが。いつの間にか閻魔《えんま》大王の下僕、地獄の鬼になりでしたか」

と皮肉な口調で言い返した。

「御坊！」

また、大江が叫んだ。今度は太刀を抜き放てる構えだった。

それを見た刹那、思わず一休も三尺五寸余の杖を引き寄せて、明式杖術の構えをとっていた。

すると、鉛丹侯は声をあげて笑い出した。

耳障りな笑い声だった。まるで陶器が触れ合ったような声である。

ひとしきり笑うと、鉛丹侯は言った。

「一休。お主、ひょっとして思い違いをしておるのではないのか」

「何の思い違いなどと」

と、一休は、いつでも大江に打ち掛かれる構えを保ったまま、口早に怒鳴り返した。

「細川鉛丹様は古今東西の拷問具を蒐集され、その効果を領民に試しておいでだ。この奥には、ミズキなる女が囚《とら》われて、さらに拷問を加えられおる様子。哀れにもミズキはすでに正気を失うたと申すに、そのうえ、まだ痛めつけるとは、鬼畜の所業にございましょう」

一休の叫びが反響した。

ようやく、この場の気配が棚の障壁の向こうにも伝わったらしい。

一息おいて、棚の裏から、二人の侍が駆けつけた。

彼等の手には未だ真っ赤に輝く焼き鏝が握られている。

「大江氏、いかがいたした」

「や、ここな坊主は」

口々に言う二人に片手を挙げ、鉛丹侯は言った。

「手出しは無用じゃ」

二人が引いた。

鉛丹侯は、さらに続けた。

「大江もやめい」

家来が刀から手を引くのを確かめてから、鉛丹侯は、一休に命じた。

「いま少し、余とともに来るがよい」

疑わしげな表情を広げたまま、一休は杖を下ろした。そのまま、鉛丹侯の後方に、また戻っていった。二人の武士も鉛丹侯の目くばせで、障壁の向こうに駆け戻った。

「お主は誤解しておるぞ、一休。まったく禅僧とも思えぬ」

鉛丹侯は、そんなことを言いながら、さらに奥へ、何十もの丈高い棚が塀のごとく聳《そび》えたほうへと一休を促した。

障壁の裏から光が洩れていた。

目に痛いほど、眩《まばゆ》い銀燭の光であった。

が。――一休は怪訝《いぶかし》げに瞳を凝らした。

(なんだ、あの色は……)

燭火の光に、かつて見たこともない奇怪な色が混じっているのに気づいたのだった。

その色のせいであろうか、棚の障壁と、その外側の境には、薄布《うすぎぬ》が風になびくように光がゆらめいていた。

光はゆらめくたびに色を変えている。

その光のたゆたいに歩一歩と近づけば、ゆっくりと、くぐもり声が聞こえてきた。

深い井戸の底から湧き起こるような声だ。

「この色といい、あの声といい、一体、棚の裏には何があるというのだ……」

そう独りごちた時であった。

突如、一休の目の下端に小さな白いものが割り込んできた。

ずっと下、床のほうだった。

足を止めて瞳を向ければ、棚の裏から子供の手が延びている。何かを求めて、床をまさぐる動きを続けていた。

それは先程、対面所の上座で見かけた子供の手であった。

小さな汚れた手はひとしきり床をまさぐると、諦めたように棚の後ろに引いていった。
「何を見ておる」
と、大江が背後から尋ねた。
（こやつには子供の手は見えぬのか）
一休はそう思い、
（子供の手の幽霊か）
と、得心した。不思議に怖くはなかった。怖いのは、眼前に迫る光のたゆたいだった。
また、一瞬も同じではない、その色であった。
さらに、棚の裏から湧き起こる、粘りつくようなくぐもり声なのであった。
鉛丹侯が先に棚の障壁の向こうへと進み入った。
一休も、その後に続いた。
その向こうにはこの世の地獄が広がっていた。

六

光のたゆたいを突き抜ける。
光が目を射抜き、次の刹那、戦慄に変わった。
戦慄は瞬く間に一休の身体を駆け巡った。

（氷の塊が血の管を走ったような寒気だ）

さしもの一休も思わず身を竦めてしまった。

だが、それも一瞬のこと――。

障壁の裏に回れば、戦慄は嘘のように引いていった。

（今のはなんだったのだ）

溜息まじりに首の周りをひと撫でした一休に、鉛丹侯が言った。

「ささ、一休、ゆるりと見るがよい。ここが余の僧房である。この部屋で余は無聊を慰めておるぞ。そして、余は他ならぬこの僧房で、尊氏膏を錬成しておるのだ」

一休はさらに僧房に踏み入った。

と。――目に飛び込んできたのは、宙に浮かぶ白い裸身である。

一休は驚きに息を呑んだ。

「この有様は……」

鉛丹侯が両手を縛られて天井から吊るされた裸女を示した。

「尊氏膏の材料は普通の薬草ではない。ここな女のごとき人間こそ上質の材料なのだ」

裸女は、ミズキであった。

苦しげに息づく乳房から腹にかけて、見るも痛々しい傷や火傷の痕が刻まれていた。

傷は馬の鞭や、鋲を打った革帯に打たれたもの、火傷は焼き鏝を当てられたために出来たものだった。

「……細川様……貴方という御方は……」

憤怒に歪んだ顔でやっと洩らせば、鉛丹侯は片手で制した。

「一休、皆まで言うまいぞ。お主の言いたいことは分かっておる。尊氏膏は、このように女を痛めつけ、流れ出た膏血《こうけつ》より調合していると。左様、言いたいのであろう」

一休は応える代わりに歯を食いしばり、杖を握る手に力を込めた。

「は、は、それは考え違いと申すものだ。それ、そこな拷問吏二人の愚昧《ぐまい》な顔をよく見てみい。とても尊氏膏を調合するごとき、精妙きわまりない作業ができる輩《やから》には見えぬであろう」

冗談めいた調子で言いながら、鉛丹侯は、ミズキの下に立つ二人の拷問吏を指差した。いかにも素襖《すおう》に襷《たすき》を掛けた両名は、哀れな女をいたぶる役目が関の山、それ以上のことなどできるとも思えない。

「尊氏膏を造る道具はそこにある。ほれ、よく見るのじゃ。今日は未だ使われた気配がなかろうが」

と、笑って、鉛丹侯は、背後に据えられた長い卓を示した。卓の上には漢方の調合道具が整然と並べられている。

「そしてな。尊氏膏の材料は、ほれ、ここに並べておろう」

そう言って鉛丹侯は、ようやく、この一角を取り巻いた高い棚を指し示した。

外から見て障壁と見えたのも当然である。棚はどれも高さ七尺（約二百十センチ）、九段に仕切られて、どの段にも小さな甕や樽や壺が並んでいた。

(何が入っているのだ)

一休は眉根を寄せた。

どの容器にも蓋がなされているのだが、蓋と容器の口の隙間からうっすらと光が洩れていた。

漏れ出る色は、すべて同一ではない。

赤・黄・青・緑・白・紫・橙・紅・紺……と容器ごとに異なる色で、その色彩の濃度、鮮やかさ鈍さ、一つとして同じものはなかった。

また光も明るいもの、暗いもの、脈のごとく明滅しているもの、今にも消え入りそうなものと、これまた同じものはないのだった。

棚の甕や壺から洩れる色や光を、一休は魅入られたように見つめていた。

だが——。

これら洩れ出る光や色は、たった今、戦慄と共に突き抜けたたゆたいの源《みなもと》ではなかった。

真に恐るべき光も、色も、……かたちさえも、鉛丹侯の指し示すほうにこそ並んでいた。

「これを見よ。余が三十年かけて蒐集した尊氏膏の原料じゃ」

一休はゆっくりと示されたほうに身を向けた。次の瞬間、彼は、目を細くした。太陽を直視したような、白熱した輝きに瞳を射られたのだ。

それだけではない。

隣からは真冬の陽光に反射する雪白《せっぱく》、目に突き刺さるような眩《まばゆ》さが発せられている。

また、下の段からは海に沈む夕陽の黄橙《きだいだい》、早朝に霞む曙光《しょこう》の色、あるいは目に痛いほどの踏鞴《たたら》の火色《ひいろ》などが放たれているではないか。

それだけではない。

さらに他の段からは、大樹の根や幹を覆った苔が深い森の木洩れ日に映える緑色もあれば、玉虫の煌《きらめ》き、蟬の抜け殻の薄い色、生まれて間もない兎の白、鴉の雛《ひな》の濡れ羽色なども放射されていた。

——だが。

圧倒的に多いのは、恐怖に充ちた光であり、不安を覚える色だった。

それは例えば、真夏の陽に輝く剣、ゆらめく炎、剃刀《かみそり》の反射、炎に照り映える鞍《くら》の艶、焼き鏝が帯びた熱の赤、薄闇を切る鞭の茶、真っ赤に熾《おこ》った炭の緋色、夜を貫く矢尻の銀、大甕に湛えられた冷水、生き埋めにされる土、芥子《けし》の花の赤・白・橙、血反吐《ちへど》のにごった血色、煮え滾《たぎ》った糞汁の色、頭を潰す木槌《こづち》の色、首を引く鋸刃の色、胸に打ち込む杭《くい》の色——。

いずれも、瞳から眼底まで貫かれるような光と色である。

(これらが……あの障壁の境にあった……たゆたいの元凶か)

と、一休は、心で叫んだ。

いずれの色も光も、玻璃の壜や、琥珀《こはく》の壺、水晶の平瓶《へいへい》などに詰められているのだが、封じられた容器の透明な材質に一層照り映えて、目から受ける刺激は、まるで「毒の虹」の中に包まれたようだった。

「こうして光り、色を見せているものが、一体なんなのか。……一体よ、お主に分かるか」

鉛丹侯は誇らしげな調子で尋ねた。

一休は黙って首を横に振った。この世にこれほどの色を帯び、これほど眩い光を放つものなど、想像も出来なかった。そんな一休の横顔を満足げに見つめ、やがて目を細めると、鉛丹侯は言った。

「これらはな、人間の苦痛じゃ」

「苦痛……」

と、一休は問い返した。

「左様。痛み、苦しみ、悲しみ、嘆き……そうした人間の感じる苦痛よ。人が最も強く苦痛を感じた瞬間、人の心よりそれらを抽出《ちゅうしゅつ》し、これらの容器《いれもの》に封じこめたのだ」

「苦痛を心から抽出するなど……」

「それがなし得るのだ。ここに並べたのは苦痛の中でも特に強く、純粋なものじゃ。だから、一際美しい。この美しい苦痛を納めて飾るのに、普通の甕や壺では、まったく力不足。なにより、苦痛を発してくれた者に悪かろう。いや、ここまで集めるのに、口にはできぬ苦労があった。多くの人間は、これほど純粋な苦痛を覚える前に、余を恨み、呪い、死んでいった。だが、余の求めるのは苦痛であって、憎しみや呪いではない。そうした思いは、尊氏膏の原料にはならぬのじゃ」

鉛丹侯はそう嘯《うそぶ》いて、長卓に寄ると、琥珀の小瓶を取り上げた。小瓶には同じ琥珀製の栓がなされている。

小瓶を一休に見せながら、鉛丹侯は問うた。

「この中にほんのわずか、水が溜まっておるのが分かるか、一休」

一休は目を凝らした。いかにも、小瓶の底に、どろりとした粘液が溜まっている。一休がうなずけば、鉛丹侯は誇らかに言った。

「これが尊氏膏じゃ」

思わず一休が両手を受ける形にすると、

「おおっと。そう簡単にくれてやる訳には参らぬぞ」

鉛丹侯は笑いながら小瓶を引いた。

「里の市に立つ薬売りも、しばしの口上を述べるもの。されば、余も、お主に、しばし講釈してくれよう」

そうして小瓶を長卓に戻し、「付いて参れ」と手招きした。ゆっくりと、ミズキの吊るされた場所に移っていった。

ミズキは疲れ果てたか、もう歌ってはいなかった。がっくりと頭を深く垂れている。その姿は精緻を極めて造られた裸女の人形が、無造作に吊り下げられているようだった。その下に控えた二人の拷問吏が傀儡師《くぐつし》を思わせる。

鉛丹侯は大江に命じた。

「見せてやれ。ここな女から、どのようにして苦痛を抽出いたすかを」

「はっ」

と、大江は、長卓から古い瓢箪《ひょうたん》を取り上げた。栓を抜いて傾けた。小さな盃にほんの少量、液体を垂らした。茶褐色の液体だ。糸を引くような動きで盃に滴っていった。

その汚らしい色と質感に、一休は思わず顔を歪めた。

(腐った血膿のようだ)

大江は盃を持ってミズキの許《もと》に進んだ。拷問吏に女を少し下ろさせた。そうして、意識のないミズキの口をこじ開けると、盃を押し付け、傾けていった。ミズキは噎《む》せた。

「ここな瓢箪の中身こそは坂大黒直伝《ばんのだいこく》の秘薬じゃ。喜怒哀楽を鋭くし、烈しくさせる。そうすると拷問で感じる苦痛は普通の何十倍にもなって、抽出しやすくなるのだ」

一休の鼻先に、魚の腸《はらわた》の腐った臭いが漂ってきた。これが秘薬の臭いらしかった。

一休が顔をしかめるのを見て、鉛丹侯は笑った。

「は、は、は、今のうちにこの臭気に馴れておくがよい。なんと申しても、次は、お主が秘薬を飲んで拷問を味わうのだからな」

一休は鉛丹侯を睨みつけた。それでも鉛丹侯は哄笑《こうしょう》をやめようとせず、言葉を続けた。

「は、は、は、お主の鍛えに鍛えた身体、これまで相当な苦行に耐えてきたと見た。そういう人間ほど、純粋な苦痛が抽出できる。ここで美しい光を放つ苦痛は、すべて、余の苛政《かせい》に耐え苦しんできた百姓どもより抽出したものだ。里で、お主も目にしたであろう。なかでも純粋な苦痛は童《わらし》より絞った苦痛でな。生きながら目を割りぬいた程度で、えもいわれぬ美しさの苦痛を出してくれたわ」

一休の脳裡を、笑うことも泣くことも忘れたような子供たちの姿が過ぎった。恐ろしい傷跡を残して、子供たちは立ち尽くしていた。それは、鉛丹侯に、苦痛を搾《しぼ》り取られたせいなのであった。

ミズキの白い腹が上下した。秘薬の効果で意識が戻ったらしい。ミズキはまた高く上げられた。

「よし、一休に見せてやれい」

鉛丹侯は顎をしゃくった。

それが合図だった。

「ははっ」

二人の拷問吏が手にした馬の鞭をミズキにふるいはじめた。

鞭が唸《うな》りをあげて裸身に叩きつけられる。

一打ちで皮が裂けた。一度裂けて薄皮が張り、せっかく治りかけていた傷がまた口を開けた。

鮮血が散りしぶいた。爆《は》ぜた傷から肉が覗《のぞ》いた。傷は細長い口を開き、肉を見せてから一気に血を溢れさせた。

大の男二人が力任せに鞭をふるうせいで、ミズキの身体はくるくると回転しはじめた。

その勢いで真っ赤な血が周囲にぶちまけられる。

一休の足元にも血飛沫《ちしぶき》が飛んできた。

だが——。

ミズキは悲鳴さえあげずに歌を歌い続けるのだ。

ころころ　やまの　うさぎは
なぜにお耳が　なご御ざる

　おやのお腹にゐる時に
　枇杷の葉たべてなご御ざる

鉛丹侯は誇らしげに言った。

「まあ、見ておれ。あの口から鞭打たれた苦痛の色をしたものが溢れ出る。それは涎《よだれ》とも体液とも違う水だ。水は空気に触れるや、色を帯び、光を放ち、やがて空気に溶けていく。それを溶けぬうちに壺に受け取るのが、余の工夫じゃ」

一休は嫌悪と怒りに瞳を燃やし、拷問を見つめた。

だが、いくら待っても、それらしい液体をミズキは吐き出さない。ただ、己が血で裸身を染めて、悲しい子守唄を歌うばかりだった。

次第に鉛丹侯に不興げな表情が広がってきた。侯は露骨に舌打ちさえ発した。

ようやくそれに気づいたか、大江が、

「やめい」

と、拷問吏に命じた。

それから鉛丹侯に向き直って訴えた。

「無駄にございます。とうにこの女は正気を失うておりますゆえ、苦痛は覚えませせん」

それを聞いた鉛丹侯は、もう一度舌打ちした。悔しそうに首を横に振る。それから、一休のほうを向いて、こう言った。

「残念だな。この女から絞ったばかりの苦痛の、あの美しい色を見せてやりたかったのだが。のう、一休よ。この女の目の前で、四歳になったばかりという一人息子を痛めつけた時、一休、どれほどの苦痛が、悲しみが、恐怖が溢れ出したと思う。あの色と光はまさに絶品であった。余が蒐集いたした苦痛の中でも最高の美しさであったよ」

そこで大江は続けた。

「畏《おそ》れながら」

「なんじゃ」

と、鉛丹侯は振り返った。

「女の息子を引き出しては如何でございましょう。一人息子の無残な姿をまた見れば、あるいは女が正気づき、わずかなりとも苦痛を絞り出すやもしれませぬ」

「うむ。それはよい考えじゃ」

大きくうなずいて、鉛丹侯は小さな箱のようなものに歩み寄った。一尺半四方しかない大きさである。上からすっぽりと錦が被せられていた。

(あんな小さな箱に男の子を閉じ込めているのか)

一休はいよいよもって、鉛丹侯の嗜虐性《しぎゃくせい》に、嘔吐を催した。

「女、女。これを見よ。とくと見て、正気づけ」

鉛丹侯は節を付けて歌うように呼びかけながら、横目で一休を見ていた。怒りに歪む一休の表情を愉しんでいるのだ。

「さあ、可愛い一人息子を見て、最高の苦痛を絞り出すのじゃ」

と、鉛丹侯は錦を剥ぎ取った。その下から現われたのは黒檀《こくたん》の檻《おり》だった。猿を閉じ込めるような小さな檻である。

檻の中には、人形とも猿の干物ともつかぬ茶褐色のものが入っていた。ただし、それの両手は肘から先が無く、両足は膝から下がない。また、目のあるべきところには二つの洞《ほら》が開き、耳のあるべきところには何もなく、鼻のあるべきところには二つの小さな孔が並び、口のあるべきところには真っ白い歯列がむき出しになっていた。

じっと見つめるうちに、突然、それが何かを理解して、一体は顔をそむけた。

(子供だ。子供の手足を裁ち、目を刳りぬき、耳と鼻を削ぎ、唇さえ削ぎ取ったのだ)

それこそは、ミズキの一人息子、庄太の変わり果てた姿であった。

――そう悟ると自然に目をミズキのほうに向けていた。哀れな母親は小さな声で、まだ歌い続けている。

ころころ　やまの　うさぎは
なぜにお耳が　なご御ざる
おやのお腹にゐる時に
枇杷の葉たべてなご御ざる

一休は堪えられなくなって目を伏せた。

そんな一休の耳に、鉛丹侯と家来どもの会話が突き刺さった。

「もっとよく檻の中を女に見せい」

「ははっ」

「や、この童、とうに死んでおるではないか」

「これはしたり。逃げ出した母親を追うことにばかり夢中になりまして、肝心の息子を生かしておくのが疎《おろそ》かになりました」

「たわけが。これでは女から苦痛は絞れんではないか」

「お許しを」

「まあよいわ。代わりは、まだたくさんおる。また、里から母と子を攫《さら》ってまいれ」

「ははっ」

「なるべく生きがよくて、子への情が深い母を選べよ」

「必ずや、良いものを釣って参りましょう」

「は、は、釣るはよかった」

そうして二人は声をあげて笑いだした。

一休はカッと両目を見開いた。砕かんばかりに杖を握り締めた。憤怒のあまり全身に力を込めていた。

と。——彼は見た。

吊るされたミズキの、床に落ちた影から、小さな手が延びかけているのを。

その手は陽に焼けて汚れていた。

手は四歳ほどの子供のものだった。夜行城に着いた時、馬屋の陰から延びていたあの手だった。

笑うと顔がくしゃくしゃになる男の子の手だった。棚の裏から延びていた手だった。ミズキの子が母を求めて延ばした手だった。

しかも、この手は、拷問吏にはまったく見えないようだった。

(あれは庄太の幽霊の手だったのか)

そう悟った瞬間、一休の喉から叫びが迸《ほとばし》った。怒りと悲しみのありたけを込めた叫びだった。

叫びが呼んだか、外から凄まじい雷鳴が轟いた。近くに落ちたらしい。足元も空気も烈しく震えた。また、雷鳴が鳴り響いた。

今度は建物全体が大きく揺らいだ。

障壁の棚から、甕や壺や壜が落ちてきた。

その音に鉛丹侯と三人の家来は一斉に振り返った。

と。――明式杖術の構えをとった一休に気づいた。

「殿、危のうござる」

鋭く叫んで大江が刀の柄に手をやった。

一休の杖が電撃のごとく大江の足を薙《な》ぎ払った。

屈強な身体が風車のように宙に舞った。

床に叩きつけられる直前、大江の肩が棚を掠《かす》めた。

鉛丹侯自慢の蒐集を並べた棚が倒れていった。

玻璃の小瓶や、琥珀の壷や、水晶の平瓶などが床にぶちまけられた。けたたましい音をたてて玻璃の小瓶が砕け散った。

と同時になかに封じられていた苦痛が飛び散った。白熱した焼き鏝の光と色の滴が、倒れた大江の顔面に散りしぶいた。大江が絶叫した。苦痛の滴を浴びれば、その苦痛を己がものと感じ取るとでもいうのだろうか。大江の叫びは恐怖と苦痛と絶望に充ちて、まるで野獣の咆哮のようだった。

一休は身を翻し、拷問吏に杖をふるった。片方の拷問吏の下腹に杖先をぶち込んだ。恥骨の砕ける手応えがした。

杖を引き、半回転させた。

いま一人の胸に突きこんだ。

肋骨を砕いたが、致命傷は与えなかった。

(貴様に死を与えるのはわたしの仕事ではない)

と一休は思った。

それは御仏の決めたもうことだ。

(……尊氏膏はどこだ)

さっき鉛丹侯が長卓に置いたはずであった。一休は琥珀の小瓶を求め、視線を巡らした。視界に大江が割り込んできた。片目を手で覆って大江は床をのたうちまわっていた。顔からブスブスと茶色の薄煙が立ち、凄まじい腐肉の臭いがする。その有様は、まるで焼き鏝を片目に突き込まれたかのようだった。

大江は苦し紛れに長卓の脚を摑んだ。勢いよく倒した。秘薬調合の道具や試薬が床にぶちまけられた。

そのなかに琥珀の小瓶を見つけて、一休は飛びついた。

瓶に手を伸ばした。

と。――向こうから、延びてきた小さな手があった。子供の手だ。床をまさぐって、古い瓢箪を求めているように見える。

「庄太、坂大黒の秘薬はここだ」

一休は瓢箪を杖で弾《はじ》いてやった。瓢箪は闇の濃いほうへ転がっていった。小さな手が瓢箪をしっかりと受け取った。

素早く琥珀の小瓶を取ると、一休はそれを懐《ふところ》に納めた。次いで、流れるごとく立ち上がった。

そうして、杖をふるい、黒檀の檻を叩き潰した。なかから庄太の死体が転がり出た。

一休の怒りはそれだけでは治まらなかった。棚の上の壜や甕や壺を次々に打ち砕きはじめる。

杖で砕けぬ物は払って床に叩きつけた。玻璃の壜が砕け散った。水晶の平瓶と琥珀の壺がぶつかり合って割れた。割れた容器から原色のものが、眩い光を放ちつつ零れだした。それは液体のようだった。だが、同時に濃密な気体でもあり、ゆらめく光でもあった。

「やめい、一休。やめい」

鉛丹侯が叫んだ。悲鳴混じりの声はくぐもっている。苦痛の発する毒気を避けて鼻と口を押さえていた。

構わず一休は他の棚も倒していった。

「お願いじゃ、一休殿。……やめられい。余の集めた苦痛が……」

必死で止めようとした鉛丹侯の足元に、

「殿……殿……喉が焼けまする……まるで水銀を大量に飲まされたような……」

とゴボゴボ言いつつ、拷問吏の一人が這い寄って来た。話す口からは銀色の粘液が涎のごとく流れている。水銀毒で生じた苦痛の精を頭に浴びたようだった。

「寄るな」

鉛丹侯は家来の手を蹴り飛ばした。その腕が不自然な方向に捻《ね》じ曲がった。骨を砕いて抽出した苦痛も浴びていたらしい。

「退《の》け、下郎《げろう》」

と、さらに蹴ろうとした鉛丹侯の足首が、血まみれの手に摑まれた。もう一人の家来だった。こちらは何万もの針を一度に突き立てられたような、小さな孔だらけの手だった。

「うわっ……」

と叫んだ鉛丹侯の均衡が崩れた。背中から倒れこんだ。仰向けに倒れた侯の視界に、茶褐色のものが忍び寄る。それは両手足のない子供の死体であった。それだけではない。さらに反対側の闇からは、瓢箪を持った子供の手も延びてきた。手は信じられないほど長い。肘がどこにあるのか見えなかった。

鉛丹侯は絶叫した。その声には恐怖が漲っていた。

その口に瓢箪が押し付けられた。

「や、やめい」

子供の手が瓢箪を傾けた。粘つく液体が鉛丹侯の口から喉に、さらに食道から胃の腑へと、大量に流し込まれていった。

ごく少量を嚥下《えんげ》しただけで感覚が鋭敏になり、苦痛を実体として抽出させる秘薬である。ありたけを飲んだ人間が、どれほど鋭敏な感覚を持ち、どれほど強大な苦痛を――恐怖を――絶望を感じるのかは測り知れなかった。


一休はミズキの身体を床に降ろすと、左肩に担いだ。

「南無釈迦如来《なむしゃかにょらい》、この女を我に救わせたまえ」

そう独りごちて右手に杖を構えた。

足元にヒヤリとした感触が起こった。一瞬息が止まり、心の臓が縮んだ。目を落とせば、薄青より淡い霜の色と光を、片足が踏んでいた。

(水責めの苦痛がここまで流れてきたか)

一休は素早く足を抜き、〝苦痛の溜まり〟から離れた。前方を見れば、すでに雪白、黄橙、火色、曙光色、苔色をした苦痛が光をゆらめかしていた。陶器の甕や壺が割れ、拷問具を並べたほうまで、油のごとく流れていったのだ。その光と色を見た瞬間、一休は苦痛を覚えた。眩しさの苦痛。騒音の苦痛。生爪を剥がされる苦痛。罵詈雑言を浴びせられる苦痛。舌を抜かれる苦痛。高所から突き落とされる苦痛。ありとあらゆる苦痛が互いに混じり合い、恐怖の色と光とを醸《かも》しだしていた。

(色と光と苦痛。……これぞ、この世の地獄)

一休は呼吸を整えた。

(この地獄をわたしに抜けられるか)

と自問した。

次いで、担いだミズキの重さと、懐の琥珀の壜の重さを確かめた。

(いずれも捨てる訳にはいかぬ)

そして、一休は、

「『信心銘《しんじんめい》』に曰く、至道無難《しどうぶなん》と。されば、我、ただ地獄を駆け抜けるのみ――」

そう呟くと、あらゆる苦痛が色と光を発してゆらめくなかを、出口めがけて駆けていった。

鉛丹侯は、一休の後姿を床から見上げていた。それは入り混じる原色と、目に染みる光の向こうに消えていく。侯は手をあげた。

――助けてくれ。一休に、そう叫ぼうと、口を開いた。その時、薄い唇が、見えない手に掴まれた。そのまま、唇は周りの皮膚もろとも、力任せに毟《むし》り取られていく。メリメリと音を立て、唇が鼻の下から零れ落ちた。

いつの間にか流れてきた庄太の味わった苦痛に、鉛丹侯は触れてしまったのだ。

次いで、部屋中の苦痛が、津波となって鉛丹侯になだれこんできた。

這い回る鉛丹侯の前を陽に輝く剣の色が過ぎていった。刃の掠める苦痛が侯の指先を襲った。すべての指先がすっぱりと切断された。反射する剃刀の光が、唇を失った顔を照らした。苦し紛れに置いた手が、炎に映える蹄《ひづめ》色に輝いた。輝きは侯の掌を押しつぶした。横に転がれば、焼き鏝が帯びた熱の赤に触れた。錦の直衣が煙を吹いた。薄闇を切る鞭の茶が鉛丹侯を掠めた。と、梟に似たその顔にスダレのごとき傷が走った。炭の緋色が耳に触れた。緋色は瞬時にして音と熱に変じた。鼓膜が熱い不協和音に破られた。矢尻の銀が脇腹に当たる。何十本もの矢が突き立つ苦痛だった。

侯は絶叫しようとした。

しかし、声は、出なかった。

空咳《からぜき》を零した。

喉のずっと奥から、いがらっぽい感覚が湧き起こった。次いで喉の内側が掻《か》き毟られる。

鋭い鉤爪が喉の粘膜に食い込んだようだ。

最初は鳩尾《みずおち》から掌一つ上方だった。が、それが瞬く間に喉仏の直ぐ下あたりまで上ってきた。

空咳しようとした。出ない。代わりに鉤爪の感触が、舌の付根までせり上がる。その感触は舌に力を加えた。下顎を強引に押し下げた。

鉛丹侯は口をいっぱいに開いた。

唇を失った彼がそうすると、髑髏《どくろ》が笑ったようだった。

その、恐ろしい笑い顔の、呉藍《くれない》色をした口の奥から、暗い色をした粘液が溢れ出した。粘液は黒よりも暗い色をしていた。涅色《くりいろ》――海底で何億年もかけて溜まった泥の色だ。一体が感じた、夜行城を包む気配の色だった。

鉛丹侯が感じる苦痛の色だ。

ただし、この苦痛は色はあっても光がなかった。

その代わり、空気に触れたところから、形をとっていく。

矮《ちい》さな人の形を。

涅色をした五寸ばかりの矮人《こびと》だった。

ただし、矮人の身体はどこかが失われていた。目のないもの、手首から先のないもの、付根から足のないもの、皮膚を剥がれたもの、すべての指を切り取られたもの、生きながら肉を削がれたもの、すべての骨を砕かれたもの……。

すべては鉛丹侯が彼の蒐集のため、領民に加えた苦痛が、矮人と化したものだった。

矮人たちは鉛丹侯の身体から外界に出ると、てんでに立ち上がり、勝手なほうに走り出した。

何人かは力を合わせて拷問具を壁から降ろしていく。何人かは燭台から蠟燭を取り上げて、燃えそうな箇所に火を点けていく。何人かは、大江のぱっかり開いた眼窩に潜り込もうとする。何人かは、苦痛にのたうつ二人の拷問吏の耳を毟り取る。鼻を捻《ね》じ切る。口の端を引き裂いていく。

大江が絶叫した。拷問吏が悲鳴をあげた。すると、それらは甲高い声でグラゲラ笑い、すぐに歌を歌いはじめた。

ころころ　やまの　うさぎは
なぜにお耳が　なご御ざる
おやのお腹にゐる時に
枇杷の葉たべてなご御ざる

そして――。

楽しげに歌いながら、拷問具を運びつつ、ゆっくりと鉛丹侯に近づいてくる。

だが、鉛丹侯はこれほどの苦痛に見舞われながらも、正気を失うことはおろか、失神することも叶《かな》わなかった。

ただ、矮人どもが、己れを解体するのを待ち続けなければならなかった。

その苦痛こそ、鉛丹侯の最後の蒐集品であった。

耳障りな声に一休は肩越しに振り返り、ちらと目撃した。

涅色をした矮人たちがゲラゲラ笑いながらこちらに向かってくる。それらは力を合わせて錆びた鋸や、竹の歯の鋸を持っていた。

「――喝《かつ》!!」

気合と共にたった一つしかない出入口を、一休は杖の一撃で叩き破った。

外は沛然《はいぜん》たる雨が夜を打ち、銀色の稲妻が間空と大地を結び続けていた。

戸口より現われた一休を見て、どよめきが起こった。どうやら建物内の騒ぎに、ようやく気づいて家来が集まっていたらしい。

それら家来に、一休は、

「早く、参られい。殿の御命が危ういのじゃ」

大声で教えてやった。

「驚破《すわ》こそ」

と、苦痛の地獄になだれ込む家来たちと擦れ違いに、一休は城外へと向かった。

背後から矮人と遭遇した家来の叫びが響いたが、一休には一刻も早く、この忌まわしき城を離れることが先決だった。

馬屋までは一気呵成《いっきかせい》であった。

そして、己れの馬にミズキともども飛び乗って、

「それっ」

と馬の腹を蹴った。

馬にも迫り来る苦痛の恐怖は分かったらしい。

馬屋から馬寄せを瞬く間に横切り、門扉を開かせるより早く、高い乱杭を跳び越えた。

そのまま、土砂降りを突き抜けて里に駆けていった。

一里も駆けた頃に振り返れば、岩山の中腹に緋色のゆらめきが見えた。

（苦痛か）

と、一休は、思わず身構えた。

だが、ゆらめきの下から火の粉を上げて黒い煙が立ち昇っていく。ただの炎であった。

一休は馬の前に坐らせたミズキに言った。

「間もなく、お前の村だ。村の衆にお前の世話は頼んでおくから、早く、正気に戻ってくれ」

一休の言葉が分かったか、ミズキは大きくうなずくと、歌いだした。

ころころ　やまの　うさぎは
なぜにお耳が　なご御ざる
おやのお腹にゐる時に
枇杷の葉たべてなご御ざる

勢いを増す雨の音と雷鳴に、ミズキの歌声は掻き消されてしまいそうだった。

だが、ミズキは歌い続けていた。

（もう何者もミズキの歌を遮ることはできないのだ）

一休は心でそう呟くと、また、手綱を振った。

七

その二日後――。

一休は宗寛と共に鎌倉府へ赴き、鎌倉公方足利持氏に拝謁《はいえつ》した。

「待ちかねたぞ」

病床とも思えぬ声で持氏は言った。

「昨夜から急に痛みが増してきた。さ、早く尊氏膏を塗ってくれ。早く、早く」

「ただ今」

と、宗寛は、まず寝所から侍医はもちろん、薬師《くすし》、陰陽師、護持僧まで下がらせ、侍女に命じて持氏の床の周囲に屏風を立てさせた。

そうしてから、銀燭を何本も持氏の床に近づけた。患部がよく見えるようにしてから、

「畏れながら――」

と、持氏の白衣《びゃくえ》をはだけていった。

一休は懐から琥珀の小瓶を取り出した。尊氏膏を持氏の癰《よう》に付けるため、清浄な布と、熱湯も彼の傍らに用意されていた。

「さ、背中だ。もう三つ目ができそうじゃ。しかと見よ。そして、急いで薬を付けよ」

そう命じつつ、持氏は己の背を二人に見せ付けた。

一休はゆっくりと鎌倉公方の背中に目を向けていった。

それを見る。

次の刹那、彼は我が目を疑った。

涅色をした矮人の顔が、鎌倉公方のなま白い背中の右下に一つ、左の肩よりに一つ、盛り上がっていた。

しかし、よく見れば、それは、苦痛より生まれた矮人の顔ではない。

膿んでぶよぶよに膨れ上がった腫物《はれもの》である。腫物の真ん中、ちょうど両目と鼻の穴と口に当たる位置に小さな孔が開いているために、矮人の顔に見えるのだ。

（いや……。この顔は苦痛の顔ではない。……おお、この顔は……わたしの知っている、あの御方のお顔ではあるまいか……）

叫びを堪えて視線を下ろしていけば、さらに腰の近くにも、真っ赤な腫物ができつつあった。

こちらは未《いま》だ孔が開いていない。

その代わり、鼻にあたる位置が盛り上がって、男の仏頂面《ぶっちょうづら》に見えるのだった。

宗寛が明かりを近づけた。

と、二つの腫物の目にあたる孔に、光が過《よ》ぎった。なかに溜まった膿が反射しただけなのだが、一休には、それが光に引かれて目を向けたように見えた。

次いで――。

右下の腫物が確かに一休を見上げた。

口に当たる孔が微《かす》かに動いた。

そして、こう囁いたのだ。

『一休、ほしみるは、まだ、見つからぬか』

それこそは京で一休を待つ足利義持その人の顔と声に他ならなかった。

戦慄するより早く、一休は立ち上がった。

「癰とは人面疽《じんめんそ》だったのだ。そして、人面疽とは、烈しい恨みや憎しみや妬《ねた》みや憎しみを他人よりかうことから生まれるのだ。その特効薬が、何の罪もない人間の苦痛を集めて調合した尊氏膏だというならば、癰に罹《かか》るも悪人、人を癰にするも悪人、いわんや、癰の薬を作る者は極悪人だ」

「なんと申した。事と次第では、ただでは済まさぬぞ――」

と、足利持氏が怒りに歪んだ顔で一休を見上げた。

「これ、宗純殿。鎌倉様の御前でござるぞ」

たしなめる宗寛に、一休は、尊氏膏の小瓶を投げつけた。

「受け取れ、弱き者どもの苦しみで拵えた妙薬だ」

そして、己れを見つめる二人に向かって、

焼き捨てて灰になりなば何物か　残りて苦をば受けんとぞ思ふ

と。――

即興の道歌《どうか》を言い放つと、憤然、その場より立ち去っていった。

＊

誰が残したか、この道歌は小さな石に刻まれて、鎌倉街道の片隅に据えられた。そして、道行く人に若き日の一休の禅境を伝えていたが、宝永《ほうえい》四年、富士山の噴火に前後した地震でついに倒壊し、そのまま、失われてしまったという。

邪笑う闇

わらうやみ

一

高さ一尺に充たぬ小さな石碑であった。

普段ならばきっと見逃していたことであろう。

一休がそんな石碑に気づいたのは、夕陽の赤い眩しさに、思わず目を背けたせいだった。

丸く磨滅したその形が、なんだか人がうずくまり手を合わせているように見えたので、一休は惹かれるようについそちらに近づいてみたのである。

しゃがんで銘を読もうとすれば、

「美濃介藤原朝臣高房《みののすけふじわらのあそんたかふさ》……討之《これをうつ》……天長《てんちょう》四年三月吉日」

やっと読み取ることが出来たのは、わずかにそれだけであった。あとの銘文は風雨に削られ、まったく読めない。夕陽の光に照らされてさえ、文字の名残りすら石の表面に現われてはいなかった。

「天長といえば淳名《じゅんな》帝の御宇《ぎょう》。弘法《こうぼう》大師が東寺《とうじ》を賜った頃だ。今から六百年近く昔ではないか」

一休は独りごちた。

（どうやら美濃介が何者かを討ち取った一事を後世に残そうと、刻んだ石碑と見える。これも戦さの形見という訳だ）

そう思うと、彼の胸にさざ波のような感傷が湧き起こってきた。そんな気持ちに駆られたのも、美濃に来るまでの間に大小さまざまな戦さや一揆を目のあたりにしてきたせいなのであろうか。あるいは一日たりとも戦乱の熄《や》むことのないこの時代にいささか疲れを覚えていたのかもしれない。

一休はかたえに三尺五寸余の杖を置き、石碑にそっと手を合わせた。

心経を唱えて立ち上がり、夕陽に背を向け、二、三歩進みかけた。

秋の夕陽が桜や楓《かえで》、それに見上げるほどに伸び育った楓に似た大樹が繁茂する林を緋色に染めていた。

まるで燃えさかる炎を見つめるようで眩しかった。

と。——そこで一休は歩を止めた。

杖を石碑の前に置き忘れたのに気がついたのだ。

そっと身を返した。

すると、たった今、一休が屈んで手を合わせた位置に、一人の少女がしゃがんでいた。少女は小さな祠《ほこら》社に手を合わせ、何やら祈っている様子であった。

(いつの間に)

一休は眉を寄せた。

そして、杖を求めて視線を泳がせた。杖は少女のすぐ横にあった。一休が持ち歩いている三尺五寸余に他ならなかった。

一休は少女を驚かせぬよう軽く咳払いをした。それでも少女ははっとして、こちらに振り返った。

「御免。杖を忘れてしまったのだが……ちとよろしいかな」

静かに呼びかけて、一休は微笑みかけた。

少女は安心したのか、小さくうなずいた。こちらに笑みを返した。それから、杖を持って、立ち上がった。

夕陽に少女の横顔がくっきりと浮かびあがった。鼻から口にかけての線が、息を呑むほど美しかった。お陰で、短めの垂髪《すいはつ》に鉢巻きを巻いた頭や、丁字《ちょうじ》に深く染めた地に小桜を散らした小袖の田舎臭さ、さらにその腰に香色《こういろ》の褶《しびら》を巻いた古臭さも、まったく気にならない。いや。むしろ彼女の美しさを際立たせるための工夫かとさえ思われたのだった。

少女は一休の前までやって来ると、

「どうぞ」

と、杖を差し出した。

「かたじけない」

一休は礼を言って杖を受け取った。

「わたしは江州堅田《ごうしゅうかたた》にある祥瑞庵《しょうずいあん》の修行僧、一休宗純という者だ。風狂と号する。そなたは」

「名主《みょうしゅ》、仁右衛門《じんえもん》の孫娘うはぎと申します」

「年齢《とし》は」

「十五でございます」

「何をしていらっしゃった」

と一休が問えば、うはぎは眉宇をひそめた。端整な顔に、なんとも言い知れぬ表情が滲んできた。悲しみとも、痛みとも、その両方とも受け取れる表情であった。

いっときの間《ま》をおいて、うはぎは言った。

「神様に、わたしをお護《まも》り下さいと、お祈り申し上げておりました」

「……神様」

と言って、一休は、うはぎの視線を追った。小さな祠社が杖のあった前あたりにあった。

(先程は石碑の近くにあのような祠社など見当たらなかったのだが)

困惑しつつ、一休は祠社とその周囲を眺め渡した。

だが、あたりには祠社の外は何もない。祠社は小さかった。賈人《こじん》(商人)の背負う櫃《ひつ》ほどしかない大きさである。ただし、大層古そうに見えた。おそらく百年以上経ているだろう。

(石碑はどこに行ってしまったのだろう)

そう怪訝に思った一休に、うはぎはおずおずと言った。

「ここにお祀りしているのは白山媛命《はくさんひめのみこと》様です。みんなは何の御利益もないちっぽけな神様だと笑ってます。この祠社だって神様じゃなくって、古い弓と矢を祀っているだけだって。でも、爺《じい》様や行者様はこのあたり一帯をお護り下さるありがたい女神様だと」

「みんなとは……。あなたの?」

「はい。りのみんなです」

「……り」

と繰り返してから、一休は、すぐにそれが「里《り》」、つまり「惣村《そうそん》」や「村《むら》」の古い言い方であるのに思い到った。なるほど美濃国も、これくらい奥に来ればそんな表現も残っているのだろう。

納得して、彼は問うた。

「里の衆は信じないが、そなたや、そなたの御祖父《おおじ》は信じてらっしゃるんだね」

「あい。それに、行者様も」

「そうか。行者様も信じてらっしゃるのか。ならば、わたしも信じなければなるまいね」

一休はうなずき、改めて、祠社の前に進んだ。そして、杖を小脇に挟むと、しゃがんで祠社に手を合わせた。

てであるだけである。格子戸越しに祠社の中を見れば、なるほど、中には古い弓と矢の入った矢箱が立てであるだけである。どうやら里人の言うほうが正しいようだ。それでも一休は祈り終え、うはぎのほうを向いて優しく尋ねた。

「それで。そなたは何を祈ってらっしゃったのかな」

「それは……」

と言ったところで、うはぎは急に言葉を詰まらせた。俯いた、と思う間に彼女のすき透った瞳から大粒の涙がこぼれだした。

うはぎはわっと声をあげるなり、顔を両手で覆って泣きだした。

「どうしたんだね」

一休は少女に尋ねた。

「何がお前を悲しませているのだ。白山媛命に、お前は何を祈っていたというんだ」

そのように宥《なだ》めるうちに、秋の陽は揖斐《いび》の向こうに沈んでいった。あたりがゆっくりと縹色《はなだ》の夕闇に溶けていく頃、うはぎは、ようやく涙声の切れ切れに話しはじめた。

「この山の麓、五里四方の里では毎年九月九日の重陽《ちょうよう》の夜に、その年十五になる娘が一人選ばれて、しゃが様の花嫁として嫁《とつ》がねばなりません」

「今年はお前の里の番で、しかもお前がそれに選ばれたと申すのか」と一休。

「あい。……でもしゃが様の嫁になった者で、今まで、誰一人として里に戻ってきた者などありません。それどころか、里の人たちは、嫁に行った娘を山でさえ二度と見かけたこともないのです。去年はわたしの姉が……。きっとみんな、しゃが様に食い殺されてしまうんだと。そう思うとわたしは怖くて悲しくて。それで白山媛命様に、どうかお助け下さいとお祈りしていたのです」

「人身御供《ひとみごくう》だと。今時、そのような風習が残っていたのか」

と一休は眉間の数を深くした。

次いで、ようやく泣くのをやめたうはぎに問いかけた。

「それでしゃが様とは何者なのだ。山賊か、野伏《のぶせり》か、性質《たち》の悪い国人《こくじん》の一党か」

「違います。しゃが様は人間ではありません」

うはぎは首を横に振った。

「人間ではないだと。それでは何だと言うのだ。天狗や悪鬼、魔物、妖《あや》かしの類とでも申すのか」

「あい。皆が申すには、しゃが様とは獣《けもの》みたいな……」

うはぎがそう言いかけた時であった。

突如、何者かの笑い声が、宵闇を震わせた。

「むっ」

と、一休は三尺五寸余の杖を反射的に構えた。明式杖術百八技のうち「泰山圧頂《たいざんあっちょう》」、杖をやや前に突き出し、片足を踏み出した構えであった。

そうして笑い声の主は何処と求めて気を凝らせば、
怪鳥《けちょう》の鳴き声とも野獣の咆哮とも人間のものともつかぬ妖しい笑い声が、桜や楓の林立した奥から、すぐ近くの灌木《かんぼく》の繁みから、あるいは二人の立つこの山の裏手のほうから響いてきた。近く、遠く。右から、左から。二人の周囲を廻っているように笑い声は響き続ける。

まるでこちらを嘲《あざけ》り弄《もてあそ》ぶような笑い声だった。さらに笑い声には嘔吐《おうと》を催すばかりの悪意がこもっている。

うはぎはあまりの恐ろしさに顔を歪め、両耳を塞いで、その場にしゃがみこんでしまった。

「何者だ」

一休は青褐《あおかち》の色の濃くなっていく闇に杖の先を向けた。確かに何者かの――それも人間の気配を感じた。

「出てこい」

そう叫んで闇に目を凝らした。

怪鳥とも妖獣ともつかぬもの〻声が、一休を嘲笑《あざわら》うかのごとく林から繁みから、あるいは一寸とおかないすぐ側から、あるいは、山の裏手から湧き起こった。

「どこだ」

と、西のほうに杖を向けた時、灌木の繁みの中で、真紅に光る点が二つ現われた。「鷲破《すわ》こそ」

と杖に力を込めた。

一息おいて、次の瞬間――。

人間のような白い影が灌木の間から飛び出した。

しかし、山犬そっくりの動きだった。

それでもそれは人間の腕と脚を有していた。

宙に飛んだそれめがけて杖を揮《ふる》った。それは一休めがけて跳びかかった。杖がそれの片腕を打ち据えた。同時に、一休の鼻に、凄まじい獣臭が迫ってきた。左肩に冷たい感覚が走った。と、次の刹那、それは一休の背後に着地した。そんな後ろ姿は人間のものに他ならなかった。

気合を込めて一休が身を翻せば、それは、両手を地に突いた。山犬そのものの格好である。しかも動きが速すぎて、ただ白い影としか見えなかった。

そして、一陣の凶風と化し、林の闇に飛び込んでいった。

「おのれ。逃《のが》したか」

と呟いたその頃になって、一休はようやく左肩に痛みを覚えた。

見れば、破れ衣の肩が、剣で斬られたかのようにすっぱりと裂かれていた。ただし、裂け目の数は四本。ちょうど野獣の爪に引き裂かれたごとき有様であった。

愕然とした一休をせせら笑うように、悪意の込もった嘲けりの声が闇の中から発せられた。声の主は一人ではない。その証拠に、二つ一組の赤い光点が、一休とうはぎの周囲の、そこかしこに浮かんでくる。

「この場はひとまず退散するか」

一休はうはぎに立ち上がるよう促すと、そう独りごちて、下唇を噛んだ。

二

うはぎの言う「里《り》」は山の麓にあった。

ただし、祠社のある場所のちょうど反対側である。これでは、信濃《しなの》に抜ける東山道《とうさんどう》を大垣《おおがき》あたりで北に折れ、そのまま糸貫《いとぬき》川の川上めがけて進んできた一休が、そこに人の住む所があると気づかなかったのも無理はない。

うはぎを庇《かば》いつつ山道を下る間も、聞く者を嘲弄する笑い声はずっと止まず、人の気配も続いていた。繁みや林にわだかまる闇に、二つ一組の赤い光点も瞬いていた。

(まるで多勢で我々を監視しているようだ)

一休は杖を揮う構えを里に着くまで解くことができなかった。

やがて、行手に高い土塀が白く見えてきた。里の周囲は丈余の土塀で囲っているのだという。出入口は板屋根の揚《あ》げ土門《つちもん》であった。なだらかな屋根の形は、今時、関東でも総州《そうしゅう》の田舎でしか見られないようなものだった。

うはぎの説明によると里の戸数は十四、住民の数は六十余名。名主もいれば、僧こそ常在していないが浄土宗の小さな寺もあり、三年に一度は地頭《じとう》の家来の役人も立ち寄るという。

（しっかりした惣村《むら》ではないか）

と一休は思った。

だが、揚げ土門を潜って、里に足を踏み入れてみれば、貧しさよりも古めかしさを強く感じずにはいられなかった。

それは藁葺き屋根の、ほとんど掘っ立て小屋といった体《てい》をして点在する百姓家や、鎌倉の頃の戦さ本陣を連想させる名主屋敷。あるいは、本堂の小ささにも拘《かかわ》らず阿弥陀《あみだ》如来と文殊菩薩《もんじゅぼさつ》を祀った立派な仏堂を有した寺院。そんなところのせいばかりではなさそうだ。里全体の持つ気、何もかも包み込んだ大気のようなものが古色蒼然と感じられる。

ぼんやり霞《かす》んだ九月九日の月光を浴びて、土塀に囲まれた里のたたずまいを眺めていると、一休は古い水墨画の中にいるような気分に駆られてきた。

しかし、そんな感興も、一人の老婆がうはぎを見つけた途端に覆《くつがえ》されてしまった。

「うはぎよ、どこに行っておった。今宵が重陽だというのに、そんな格好で。どこに行っておったのじゃ」

老婆の大声に、あたりの家々から、わらわらと住民たちが飛び出してきた。たちまち少女は取り巻かれ、劇《はげ》しい口調で非難されはじめた。一緒にいた一休にも目が向けられ、鋤や鍬や六尺棒を構える者さえあった。

「どうぞ、うはぎ殿を責めないで下さい。そして拙僧を名主殿の許《もと》へお連れを」

老婆に乞いながら、一休は、里人が近江や摂津の百姓衆のごとく刀や槍を持ち出さないことに安堵した。言わずもがな、と老婆は一休をうはぎの祖父という名主の許へと引き立てていった。

「お坊様は、どこより参られましたかな」

六十がらみの名主は一休の肩の傷を焼酎で手当てさせた後、おもむろに尋ねた。

「自分がどこより参ったか。それを知っておる者がこの世におりましょうか」

一休が恬《てん》として応えると、名主は「げにも」とうなずき、

「では、こうお尋ね申しあげましょう。おことは昨日、一昨日はどこにおられたか、と」

依然として厳しい表情を崩さずに問い直した。この場で一休と禅問答をする暇はない。名主がそう断《だん》じた、と気づいて一休は威儀を正した。

「改めて名のらせていただきます、拙僧は一休宗純。風狂と号します。京より参りました。その前にはゆえあってこの世の外におりました。さらにそれ以前は伊豆大仁《おおひと》に」

そんな一休の返答が理解できたのか、まったく理解不能であったのか。名主は、しばし黙り込み、黄ばんだ白髯の中に皺《しわ》を畳みこんで考えていたが、ややあって、こう言った。

「この世の外にも参られたことのある方なれば、あるいは御存知やもしれませぬ喃《のう》。それとも、豆州《ずしゅう》のほうであれの眷属《けんぞく》の噂を耳にされたことがおありかも……」

「何のことを仰せでしょうか」

一休が身を乗り出すと、名主は言った。

「しゃが様の話でございます」

そして、名主は説明しはじめた。

――「矢を射る」の「射《しゃ》」の字に「干《ほ》す」の「干《かん》」を付けて「射干《しゃが》」という。元来は「しゃかん」と呼んでいたらしいのだが、久しい年月の間に語尾の「ん」の音が落ち、「か」の音が濁って「しゃが」と呼ばれるようになったということだった。

「およそ五十年近く前に、あの山のどこかに集落を作りまして、爾来《じらい》、年に一度近在の里に生娘を差し出すよう求め続けてござります」

「里の衆は黙って差し出してきたので」

「最初は拒みもいたしました。ですが、そうすると、しゃが様は夜の闇にまぎれて大挙押し寄せてきましてな。年寄りや元気のある男衆や赤児を殺し、女どもを攫《さら》って参りました」

「大挙して里を襲い、年寄りや男や赤児も殺し、女性を攫っていくとは、まるで野伏の遣り様でござるな。銭や食糧や酒は、書画や反物《たんもの》はいかがです。そうした品も要求したのではござらぬか」

一休は、しゃが様なるものの正体はやはり野盗か凶暴化した地侍《じざむらい》の一党か、と思い、そんなふうに名主に畳みかけた。ところが名主は首を横に振った。

「いいえ。しゃが様は人間《ひと》ではござりませぬ。人間よりも、神に近いものらしくて。ですから銭も食い物も酒も求めませぬ。ただ、十五になる生娘のみを」

「それは奇怪な」

一休は腕を組んだ。そして独りごちた。

「してみると、やはり山で遭うたのは狐狸《こり》妖怪の類であったのか」

三

さて、それから二刻半ばかり後――。

女や老婆の手で洗い浄められたうはぎは、下ろしたての白衣《びゃくえ》を二枚重ね着すると、輿《こし》に乗せられた。

輿は里の若い衆が八人がかりで持ち上げた。

そうして、厳《おごそ》かに運びだした。

里の衆は手に手に松明《たいまつ》を持ち、輿の前と後ろに行列を作り、昏い声で歌いながら山道を上っていった。

いつくしき花の木　をりもちてこひやれ
閨《ねや》のかざしに　折もちてこひやれ
花をなにせう　太刀《たち》こそねやのかざしよ
ねやのかざしに　あの花の木を

一休の知る〝花の木〟といえば樒《しきみ》、墓や仏前にそなえる淡い黄色の、香りの良い花の異名である。かつて訪れた遠江《とおとうみ》のある地方では魔除けとして、この花の咲いた枝を用いていた。しかし、里人たちが歌う〝花の木〟とは、一休が山中の林で見た楓に似た大樹のことだった。あるいは美濃国でもこの辺りにしか生育しない楓の類なのかもしれない。その花の木を、婚礼に行く花嫁に持たせて、閨の床《とこ》の飾りにさせよう。という内容の歌である。本来は明るく、笑いさんざめきながら歌われるであろう歌を、里人は重い足取りに合わせ、葬送の歌のように昏く歌っていた。

そんな一行を見守りながら一休は、花の木が楓や桜と繁茂する林の中を進んでいった。

里人の列が細い山道を上れば、一休はその列より大きく横に離れて、列のあとさき、また周囲の闇を見透かしつつ走った。

木の間より天を仰ぎ、西の空に傾いた月を読んだ。

(間もなく子《ね》の刻《こく》〔午後十一時〕あたりだな)

一休は手にした杖に力をこめた。

そんな闘気に反応したか、ずっと離れたほうから遠吠えが起こった。そっと息を潜め、一休は一瞬身構えた。だが、すぐにそれが山犬のものだと察し、素早く全身の緊張をほどいていった。

山犬どもの遠吠えには、微かに怯えが感じられた。

「飢人《きじん》の食《じき》を奪《うば》う」とまで喩《たと》えられた臨済宗大徳寺《だいとくじ》派の荒行と、いつ果てるとも知れぬ彷徨《さすらい》の旅のつれづれに、一休は山犬の吠え声にこめられた微妙な訴えが感取できるようになっていた。

今、聞こえてくるのは、強大な敵に対する怯え。そして、警告である。

(熊や大猪や狼《おおかみ》が近づいた時、山犬はあのような吠え方をするものだが)

一休は眉をひそめた。

あたりの気配に神経を集中させた。

猛獣特有の凄まじい体臭は感じられない。柔かい蹠《あしうら》が地面の枯枝を折る音も聞こえない。剛い獣毛が楓の幹を擦《こす》る、あの微妙な震動も感じられなかった。

だが——。

気がつけば、いつの間にか山林の闇には、怯えが充ちていた。

鹿や野兎や栗鼠《りす》の怯え。キジやコゲラやフクロウの怯え。ササキリやウマオイやクツワムシの怯え。山の獣も鳥も虫も鳴くのをやめていた。

東《あづま》から片面《かたつら》やけたる僧が
　　ひとりくだりた
その僧をわれにたもれ
　　わが僧にせうやれ
とまれや　旅のうき僧
異《い》な僧や　れんげしおばよまいで
とつてのけたや　高編笠《たかあみがさ》が縁《えん》のわ
旅の客僧《きゃくそう》　日高《ひたか》にやどをとられた

静まりかえった山道を里人の歌声が陰々と響いていた。

時折、山犬の遠吠えが、この昏い歌に合の手を入れる。

行列が山頂近くで足を止めると、遠吠えは唐突にやんだ。まるで山犬どもが息を潜めたようだった。

松明の脂の弾《は》ぜる音が、やけに大きく聞こえた。その音に驚いたか、林から鳥の群れが一斉に飛びたった。

ぼんやりした橙《だいだい》の光に古い御堂が浮かんでいた。篇額には「だきに堂」と記されていた。そのかすれた文字を林の中から読んで、

(中腹にあったのは、白山媛命を祀った祠社。こちらは荼吉尼天か)

一休はいつしか下唇をかたく噛みしめていた。

荼吉尼天の名から、かつて何度となく戦ったある宗派のことを連想してしまったのだ。

(だが、荼吉尼天とは、本来、三密瑜伽《さんみつゆが》を行《ぎょう》する僧の守護神。心に生じた垢を啜食《くろ》うてくれる女神ではないか。白山媛命の祠社を崇めている行者様がおると、うはぎも話していた。ならば三密の僧がおっても不思議はない。やはりしゃが様の正体は妖物に化けた野盗か、地侍の一党であろう。何もかもあの宗派と結びつけるのは、かえって、己れの物の見方や考え方を狭めるというもの……)

そう考え直すと、全身の力を抜き、さらに里人の様子を窺うことにした。

うはぎの乗った輿が、御堂の前で、ゆっくりと地に降ろされた。名主が輿の両側の簾《すだれ》を捲《ま》き上げた。なかに坐ったうはぎの姿が現われた。白衣を二枚重ね着した少女は、じっとうなだれていた。

名主がしゃがみこんで、何事かをうはぎに囁きかけた。少女はほんの少しうなずいた。そうするうちに、里人の一人が、御堂の扉を開いて、長く太い蠟燭に火を点し、香を焚いた。別の何人かは持ってきた松明を、御堂の中から運んできた六架もの金銅製の明かり立てに据えていった。

しばらく、明かり立てで松明がパチパチと音をたてていた。

ようやく、名主が「戻るぞ」と言ったようだ。一同は重々しく首を縦に振った。

そこで三人が輿に駆け寄った。

中年の男女、そして老婆であった。老婆は里でうはぎに詰め寄った者だった。

三人は輿に取りすがり、うはぎの名を呼んで、泣き崩れた。

（うはぎの両親と祖母だな）

一休はそう思い、左右の闇を見やった。何も見えなかった。耳を澄ませた。葉擦れの音一つ聞こえてこない。

里人がなおも輿にすがる三人を引き剥《は》がすように離していった。彼等に立つよう促して、名主は、そっとこちらに振り返った。「以後はお任せいたしましたぞ」と、一休に向けた合図だった。

一休はうなずく代わりに杖を身に引き寄せた。

四

小半刻近くも、一休は輿を見張り続けていた。

沈黙の中で六本の松明の炎が小さくなっていった。

御堂の扉は開かれたままである。ぶ厚い扉に香炉の煙が絡みついていた。蠟燭は朝まで保つように太く長く、その灯は御堂の中に祀られた本尊を照らしていた。

一休は御堂の中に目を凝らした。

(天女か。違うな。弁財天か。そうではないようだ)

さらに目を凝らせば、突如、颯《さっ》と一陣の風が吹いて明かりを揺らし、本尊仏の全身像をはっきりと現わした。

それは天女のごとき生成《きなり》の布を身に着けた女神像である。

(や、白山媛命か)

と息を呑んだが、すぐにその考えを捨てた。肉体の曲線を殊更に強調するため、布を巻いているのだと気づいたのだ。その証拠に女神は布の裾を腹の上までたくし上げている。そして、女神の背には、狐とも山犬とも狼ともつかぬ白い野獣《けもの》がのしかかり、長大な陽物で女神の双臀《そうでん》を刺し貫いているではないか。

(荼吉尼天の裸像……。しかも、その背に乗るべき白狐と媾《まぐわ》っているとは)

一休は過去幾度《いくたび》か妖教立川流と戦い、その内陣にさえ踏み込んだことがあったが、邪淫教の曼《まん》荼羅《だら》図にも見たことのない人獣交媾《こうこう》のおぞましき姿であった。しかも、その造形は、運慶《うんけい》の雄渾《ゆうこん》さと、康慶《こうけい》の生々しさ、さらに湛慶《たんけい》の精緻《せいち》と、康円《こうえん》の奇怪さとを併《あわ》せ持ち、さらにそれら仏師より格段に凶々《まがまが》しく、淫《みだ》らであった。

天女の皮膚はもとより、その肌理《きめ》も、双臂の張りも陰翳《いんえい》も、肉のあわいで息づく花弁の色さえ完璧に彩られている。

(茶吉尼天は今にも喘《あえ》ぎ、腰を振りだしそうだ。白狐は今にも吠えだして、女神の肩を甘噛みしそうではないか)

本尊仏のかくのごとき姿を見てしまっては、三密瑜伽がどうの、啖食《かんじき》がどうのなどとは言っておられない。一休は輿のうはぎを救い出そうと、

(しゃが様の正体は邪淫教の宗徒だ。近在の娘を重陽の夜に、茶吉尼天に捧げていたのだ)

勇んで片足を踏みだした。

と、その時――。

山の向こう側から、ひそやかな歌が聞こえてきた。

や　美濃介殿は弓上手《じゃうず》よ
生きた射干の　や　眼《め》も射抜く
や　塗籠藤《ぬりごめどう》の弓によ　や　唾塗《つばぬ》れる矢よ

や　美濃介殿の弓も矢も
　恐ろしうは　や　ないがよ
や　射干も茶吉尼もよ　心経にや泣くよ

歌は里人のそれのごとく、昏くも哀しげでもなかった。むしろ滑稽で、軽い調子ですらあった。しかし、その歌声は聞く者の肌に粟《あわ》を生じさせ、背に寒気を走らせるような感覚を掻き立てずにはおかなかった。

何より無気味なのは歌っている声である。唸《うな》るような、呻《うめ》くような、喉を鳴らすようなその声――。一休は、

(まるで山犬が人の声を真似ているようだ)

と感じ、改めて杖を持つ手に力を込めていた。

そうして程なくするうちに、山の向こう側へと続く深い森を抜けて、たくさんの影が現われた。影はいずれもひどい前屈みながら、しっかりと二本の脚で立っていた。一休はそれらの人数を「十人……」と数えながら、

(夕方、わたしを襲ったのも、こやつらの仲間に相違ない。犬のようにして逃げたのは、荼吉尼天の使い白狐に見せかけるためだったのだ)

と得心したのだった。

やがて、消えかけた松明の前に、十人は進み出た。ぼんやりと彼等の姿が見分けられる。

「む」

一休は唸りかけ、慌てて口を押さえた。

いずれも頭髪を剃り、髭もない。烏帽子《えぼし》も被らぬ法体《ほったい》ながら、身にまとっているのは垂領《たりくび》に着

た白い水干《すいかん》。その下に赤錆色の小袴を穿《は》いた奇妙な姿だった。一同は皆、ひどい猫背で前屈みになっていた。

（武家とも出家ともつかぬ風体。しいて言えば神官に似ていなくもないが）

輿の周りを十人は音もなく取り巻いていった。

彼等を目にして、覚悟していたうはぎも、さすがに恐怖を覚えたか、悲鳴をあげた。

帛《きぬ》を裂くような甲高い叫びだった。

悲鳴に驚いて、あたりの森から鳥の群れが一斉に羽搏《はばた》き、夜空めがけて飛び立っていった。

と、一息おいて――。

闇のずっと奥から、あの声が響きあがった。

夕暮れにも聞いた笑い声である。

聞く者を嘲っているような、ぞっとするほどの害意のこもった笑い声であった。

けっして傷つかぬ視座《ところ》に自分を置き、人間の営為《いとなみ》のよく見える位置から、額に汗したり泣いたり喚《わめ》いたりする者たちに、悪意に充ち充ちた嘲りと冷笑を浴びせ続ける。そんなもののどものの笑い声だった。

うはぎは法体の男たちを押しのけて立ち上がり、逃げだそうとした。しかし、たちまち押さえつけられ、鳩尾《みずおち》に当て身を入れられて気を失ってしまった。ぐったりしたうはぎを輿に乗せ、男たちは、たった四人で担ぎ上げた。

あとの六人は明かり立ての松明のもうすっかり小さくなった火を吹き消すと、輿の前後に三人ずつ、うはぎを護るとも従うともつかぬ陣形をとっていった。

十人が手を使う様は、まごうかたなく人間のものである。

（やはり、犬のように逃げたのも、山犬のごとき歌声も、里人に自分たちを荼吉尼天の使いの白狐と思わせるためのもの。ふん。正体が割れてしまえば、邪淫教の宗徒とて、野伏や凶暴化した地侍の一党と変わりはない。よし、彼奴《きゃつ》等の隠れ家まで、跡をつけてくれよう。うはぎ殿を救い出すのは、隠れ家をつきとめてからだ）

そう決めると、一休は、輿を担いだ連中を追って、薮の中を野獣《けもの》のように駆けはじめた。

そんな彼の追跡を知ってか知らずか、闇に包まれた山中に邪悪な哄笑が響いている。

さらに笑い声に唱和するごとく、うはぎを運んだ一団は、

や　美濃介殿は弓上手よ
　生きた射干の　や　眼も射抜く
や　塗籠籐の弓によ　や　唾塗れる矢よ

と、あの歌を密やかに歌いつつ、山頂から、山の向こう側へと下りていくのだった。

五

向こう側は漆壺《うるしつぼ》の中のごとき闇に包まれていた。

林の外に出て、とりあえず荼吉尼天を祀る御堂を覗いた一休は、その本尊の生々しさと、おぞましさに改めて戦慄した。

本来ならばこの場で焼き払ってしまうところだが、うはぎの行方と一味の隠れ家を追う身なれば、時が惜しかった。それでも一休は、

「こんな邪悪な像、照らすだけ蠟燭の無駄だ」

と蠟燭を吹き消し、一尺余のそれを懐に入れてしまった。

（ここより先は奈落に通じておるようだ。蠟燭の明かりがいつなんどき役に立たぬとも限らないぞ）

蠟燭には、未だぬくもりが残っている。破れ衣の懐を温めてくれて、深更のつのる寒さを忘れさせてくれた。

山の裏手は楓と花の木が密生していた。森などという生易しい状態ではない。大密林である。そんな樹海の中を、細く折れ曲がったけもの道が、だらだらと中腹のほうへ下っていた。足元は急な斜面で、道は枯葉と軟泥のせいでひどく滑った。おまけに石や蔓に足をとられそうである。いかに山歩きに慣れた一休といえども、何度となく身の均衡を崩して転倒しそうになった。

しかし、先を行く十人は、平坦な道を進むように楽々と輿を担ぎ、足を滑らすことも身の均衡

を崩すこともなく、歌いながら下りていく。

（果たして盗人《ぬすっと》と化した杣人《そまびと》か。それとも〝山の者〟の流れを汲んでおるのか）

舌を巻きつつ一休はさらに追っていった。

が、追跡する間も、あの邪悪きわまりない哄笑は、背後や左右、また頭上や、足元あたりから一休をせせら笑うかのように響いてくるのだ。

さらに二つ一組の赤い光点がまるで奇怪な蛍のごとく、視界の端や、深夜の樹海の闇中《あんちゅう》を飛びまわっていた。

それでも臆することなく、一休がけもの道を追い続けていけば――。

やがて行手に、人里らしきざわめきが、木の間隠れに聞こえてきた。麓ではない。未だ山の六合目というところである。場所で言うなら、白山媛命の祠社のちょうど裏側に位置していた。

（こんな斜面に普通、村など作るものだろうか）

あやしみつつ、一休は足を止めた。

手近な大樹の幹の陰に身を潜める。足元が斜面なので、幹にぴったりと体を付けた格好であった。そうして百歩とない下方の斜面と、そこに広がるしゃが様とやらの集落の様子を窺った。

ぼんやりした光が斜面のあちこちから洩れていた。ただし、それは、油や蠟燭の光ではないらしい。月光や蛍よりも淡々とした暗緑色の光である。そのため周囲の有様は、影の濃淡で見分けるしかないのだった。

（炎が放つ光とは全然別の物のようだ）

一休はその光の正体と、光を放っている場所を確かめようと、幹から幹を伝い、さらに二十歩ほども下ってみた。

家らしき輪郭が見えてきた。

暗いなかで見たところ、檜皮葺《ひわだ》きの屋根が斜面から宙に向かって迫り出していた。流れ造りの社の屋根のようである。床は高い。これも小さな社のような造りである。そんな建物が急な斜面に沿って二十も三十も建ち並び、開け放たれた窓や戸口から暗緑色のぼんやりした光を放っているのだ。

一休は大樹を離れて、近くの家に近寄ってみた。高床の下を柱が支えている。これも神社《かみやしろ》と同じ構造だ。床から忍び込もうと一休は屈み込んだ。

と同時に凄まじい悪臭に襲われた。

鼻と口を押さえ、その場に屈んでしまった。

それは生肉の臭気と、腐肉の悪臭。そして濃密な獣の体臭であった。

一休は袂で鼻と口を覆って、必死で嘔吐をこらえた。

屈み込んだ彼の目に、床の下に十個以上も散らかった白い小岩のごとき物体が飛び込んできた。いずれも白くて丸い。欠けた壺か大きな茶碗のようにも見えた。

一休は杖で床下の一つをたぐり寄せた。陶器のこすれ合うような音がした。足元に寄せた物をそっと取り、持ち上げる。それは丸く、硬く、冷たかった。おまけに軽い。目の近くまで持っていった。なんだか、二つ、大きな穴の開いた茶碗のようだが。——

そうやって五、六寸も近づけた時ようやく、手にした物が何か、はっきり分かった。

頭蓋骨だ。

小さくて華奢なので、女か子どもの物だろう。

所々に黒い染みがあるのは血痕で、頂部に残った毛は、頭の皮と髪なのだ。

一休は叫びを呑み込んで、手にした髑髏をそっと床下に戻した。転がっている丸くて白い物すべてがされこうべらしかった。

「南無釈迦如来……」

口の中で唱え、彼は、そっと床下の髑髏群に手を合わせた。

すると心の底から黒い疑念が湧き起こる。

(野伏や凶悪化した地侍が、ここまでやるものであろうか)

あたりの建物の床下を眺め渡せば、夜目にも白く、されこうべらしき物が十や二十は転がっていた。

攫った娘を弄んだ後に殺したにしても、尋常な数ではない。仮に、里から子どもを人質に捕ってきたり、街道を行く旅人を襲ったにしても、この数と、首だけというのが異常であった。

(しゃが様とは何者だ。邪淫教の宗徒でも、白狐に化けた山賊でもないのか)

と一休が訝しんだ時、悲鳴が響き渡った。

今度は哄笑でも遠吠えでもない。

女の悲鳴である。

(うはぎ殿だ)

一休は悲鳴のしたほうに面《おもて》を向けた。

ここから、さらに五十歩ほど下方である。斜面より宙に向かって、棚のごとく突き出た大きな平岩が見えた。

その広さは十畳、いや十五畳はありそうだ。

そこの中央に輿が下ろされていた。

簾が捲くりあげられ、うはぎは、輿の上で身を縮めていた。輿の周りには四人の法体がいる。いずれも輿を運んできた連中だ。四人は、うはぎを逃すまいと両手を広げ、取り囲んでいた。

うはぎが悲鳴をあげた原因は、そんな連中に囲まれたからではなかった。

うはぎは両手で頬を掻きむしり、その目を、四人の背後に向けていた。

一休も、うはぎの視線を追ってみた。

六人の男であった。

平岩の上に男たちは這いつくばり、それぞれ六つの方角を向いていた。六人は山犬か狼が取り憑《つ》いたように、尻から背を引いていった。ゆっくりと首を天に伸ばした。口を尖がらせて、夜空に向かって叫んでいた。

叫ぶ男たちの瞳は赤く輝いていた。

鼻と口が先に突き出していた。耳が尖がっていた。僧のごとく剃り上げた頭には茶褐色の毛が伸びていた。獣毛である。獣毛は男たちの顔や首、手や足、さらに垂領の水干より露わになった肌を秒一秒と覆い尽くしていた。

遠吠えするうちに男たちの歯は尖がって牙へと変じていった。地を摑んだ手の指は縮み、融合しあい、犬狼の類と同じになっていた。その脚の関節もねじ曲がり、肉食獣の逞《たくま》しい後ろ脚へと変じていく。

うはぎはそれを目の当たりにして、悲鳴をあげていた。

と、一息おいて……

斜面に並んだ家々の窓や戸口から、住人どもが現われた。

小袖を羽織ったもの、僧衣をまとわりつかせたもの、素襖をまとったもの、十徳《じっとく》を着たもの、直垂《ひたたれ》を引きずったものとその姿格好は様々である。ただ明らかなのは、そのいずれもが、山犬や狼の類である事だった。

(こやつらは……)

一休は目を見張った。

(白狐に化けた野伏などではない。いや、白狐でも、野伏でも……この世の野獣《けもの》ですらない)

戸口の向こうから垢まみれのものが何匹も這い出してきた。

それらが裸体の若い女で、しかも女の瞳は赤く輝き、鼻や口が犬狼のごとく先に突き出しかけているのを見るや、一休の頭の中は白熱した。

(ここは妖物の惣村《むら》なのか)

そう悟った時、一休は動いていた。

懐から蠟燭を取り出した。衣を裂き、端布《はぎれ》に火打ち石で火を点じた。さらに火を蠟燭に灯すと、隠れている小屋の床柱の根方に置いた。乾燥した九月の空気と夜の風、そして床を支える柱が乾いていてくれたお陰で、火はたやすく柱に燃え移った。「よし」と今度は袂を裂き、杖に巻きつけた。それを柱の炎に点じた。即製の松明であった。松明と化した杖を振りつつ、一休は斜面を駆け降りた。

一気に五十歩下りきると、平岩に降り立った。吠えかかる妖物めがけて、燃える杖を揮った。一匹目の頭頂を砕いた。二匹目の顎に杖を振り下ろし、へし折った。三匹目の背を叩き折ってやった時、ようやく残りにひるみが生じた。

その隙にうはぎの許に走り寄った。

「うはぎ殿、わたしの背に。さあ、早く」

炎の杖を振りつつ、少女に呼びかけた。

「あ、あい」

という返事を待うのさえ、もどかしかった。

なにしろ斜面のほうでは、奇怪な家屋の中から赤い目を瞬かせて、妖物や、妖物になりかけの裸女が、あとからあとから這い出てくるのだ。

「早くせぬかッ」

一休は遂に怒鳴りつけていた。

「ひっ――」

うはぎは小さく叫んだ。一休の剣幕に、もたもたしていると妖物に食われるより先に、この僧に炎の杖で打ち殺されると思ったようだ。大慌てで一休の背に飛びついた。

「よし、参るぞ」

一休は左手でうはぎを支えると、炎の杖を前に突き出し、斜面を駆け上りだした。急斜面を五十歩。頭では理解できても、実際に上るのは容易ではなかった。まして少女一人を背負い、杖を揮いながら、であった。

左のほうから吠え声をあげて男が飛び出した。鼻と口が前に突き出た犬面である。だが、未だ毛には覆われていなかった。そんな男の口めがけ、一休は杖の先を突き入れた。

耳まで裂けた大口に炎と杖が叩き込まれる。

鋭く叫んで、男は後ろにのけぞった。

だが、すぐに、後ろから、凶暴な唸りが幾つも重なって迫ってきた。

「一休様、後ろの足元です。後ろに三匹も!」

肩越しに振り返り、うはぎが叫んだ。

一休は突然、足を止めた。屈み込んだ。そのまま、杖を上げて身を翻した。後ろに迫っていた三匹の横っ面を杖が打ち砕いていった。

夜に火の粉が散った。

火の粉は天に巻き上がり、さらなる炎を呼んだ。

「あっ、あちらの家に火の手が」

うはぎが言った。

（ようやく捨て置いた蠟燭の炎が燃え移ってくれたか）

行手を見やれば、ついさっき隠れていた小屋である。それが真っ黒い煙をあげていた。煙の中から、真紅の炎もちらちらと見え隠れした。まるで赤い旗幟《きし》がたなびいているようだ。

「よしッ」

一休は燃えている小屋まで上っていくと、その床を支えた高い柱めがけ、炎の杖を横に振った。渾身の力をこめた振りであった。次の瞬間、神社の床柱めいた柱が中央からへし折れた。

ぐらり、ぐらり、と小屋が傾《かし》いだ。

下から追ってきた妖物どもは、一瞬、足を止めた。と、それらめがけて、紅蓮《ぐれん》の炎に包まれた小屋が黒煙を引き、燃える木片を散らしながら、斜面を転がりだした。

妖物どもは横に散っていった。

そんな妖物を何匹も巻き込んで小屋は転がり落ち、次なる小屋にぶつかった。屋根が砕け、壁が弾けた。炎が燃え移り、さらに隣合った小屋に焼け広がっていく。

二十から三十はあった斜面の小屋は、そうして次々に燃え上がり、崩れて、山の斜面を転がり落ちていった。

山の頂上の茶吉尼堂が、妖物の集落の燃える炎で、下から紅蓮に照らされていた。

一休はようやく頂きに達した。

心の臓が破裂しそうである。

脈打つ度に両耳の奥が痛かった。

視界は汗と疲れとで非常に狭くなっていた。

それでも頂きの茶吉尼堂へと、必死に近づいた。六架の松明のどれか一本でも燃え残っていれば、ここで戦える、と考えたのだった。

だが――。

茶吉尼堂の前に並んだ明かり立てを見るや、一休の口から思わず罵りの言葉が迸った。

「くそっ」

六本の松明はいずれも消えている。

燃える杖を茶吉尼堂にかざせば、白狐のごとき野獣と背後より交わる茶吉尼天が闇に浮かびあがった。

一息おいて、茶吉尼天が笑い声をあげた。

けけけけけっ　けけけけっ……

ひゃっ　ひゃっ　ひゃっ　ひゃっ……

うはぎが恐怖に息を呑んだ。

一休の肌にも、粟が生じかけた。

だが、すぐにこの声は茶吉尼天の笑い声などではなく、自分たちを追ってくるしゃがのものだと思い到った。

「今度はひと息に里まで下りますが。……行けますか」

一休が問えば、うはぎは大きくうなずいた。

左手を離してやった。少女はすぐに背から降り立った。

一休は麓へ向かう道を照らしだした。

そこは桜と楓と花の木の大樹が密生する大樹海である。そして、昼なお暗い大森林は、真夜中ゆえに、膠《にかわ》の海のごとくまったき闇に包まれているのだった。

「麓まで炎が保《も》ちそうにない」

一休は杖の先を口に近づけ、息を吹きかけた。紅色《べにいろ》の火がぼうっと燃え盛った。いっとき周囲の闇を照らしかけるが、それも束の間である。

すぐにあたりは森の闇に鎖《とざ》されてしまう。

「わたしの白衣を」

と、うはぎは白衣の裾を裂いた。

夜目に白く、少女の臑が浮かんだ。

だが、それを眩しく感じている余裕は、今の一休にはない。一休は裂いた布を受け取り、杖に巻き付けた。火打ち石をうはぎに渡し、

「これで火を点じて」

と命じた。

「あい」

うはぎは火打ち石を両手に、杖に近づけた。

と、その手めがけて、白い影が飛びついた。うはぎは悲鳴をあげた。火打ち石が藪のほうに飛んでいった。

白い影は地面に、一瞬、四肢で身構えた。

前脚が折れているのか、全身が傾いているのを、一休は、見逃さなかった。

(夕方にわたしが片腕を打ち据えた奴だ)

そう思って杖を構えた時には、白い影は闇中に飛んで、また消えていた。一瞬たりとも同じところにいようとはしない。そのため眩《まばゆ》い夕陽を浴びてさえ、白い影と見ることしかできなかったのだ。

「これでは火が……」

うはぎが泣き声で呟けば、一休は、

「なんの。灯火《ともしび》は常にわたしたちの胸にあるものです。見せかけの炎などなくとも。……さあ先を急ぎましょう」

そう励まして、うはぎの手を握ってやった。

「一休様に死んでもついて参ります」

と、うはぎが言い終わらぬうちに、またしてもあの哄笑が湧き起こった。

けけけけっ　けけけけっ……

ひゃっ　ひゃっ　ひゃっ　ひゃっ……

「おのれ」

一休は今来た山の裏側を覗き込んだ。

闇の中を真紅の光点が舞っていた。

光点は二つで一組である。

密生した大森林を右に左に、上に下に、絶えず動いていた。それは蛍やそれに類した虫の光などではなかった。微かに下生えを踏む音が、小枝を折る音が、斜面の小石を蹴る音が響いている。

一休はそっと息を呑んだ。

(何十……何百いるか……想像もつかぬ)

「どうなさいました、一休様」

背後でうはぎが尋ねてきた。

すかさず、一休は身を返すと、殊更に明るい調子で応えた。

「なんの。里まで一気呵成に駆け下りられましょう。さ、わたしとともに――」

「あい」

大きく首を縦に振ったうはぎの手を、一休は強く引いて、けもの道を下りはじめた。

森は一足踏み込むや、闇の中だった。

斜面の角度も分からない。
四、五歩も降りたところで、早くも一休は左肩を桜の幹にぶつけていた。忘れかけていた激痛が甦った。夕方、あの白い奴の爪で裂かれた傷だ。だが、痛みを覚える時間さえ、目下の二人には惜しかった。

「早く、早く」

うはぎを急《せ》かして、一休は、急な坂を降りていく。足元で土が崩れた。石が斜面を転がった。大樹の根方に当たる大きな音が虚ろに響いた。それでも、一休は立ち止まらず、さらに速度を上げて降り続けた。

まっすぐは下りられない。

びっしりと繁茂した樹々の間を縫うように道は続いているのだ。

葉擦れの音が耳許でやけに大きく聞こえた。一休は思わず振り返った。楓の幹と幹の間――そのずっと向こうで、真紅の光点が揺れた。あるいはそのように見えた。

(大丈夫だ。まだ奴等は追いついてこない)

そう考えて彼は、うはぎの手を引いた。

さらに二十歩ほど駆け下りた時、不意に、「ああっ」と少女が叫んだ。一休の手が下に引かれた。肩が一瞬強く下がった。ザッという乾いた音がした。

「どうしました」と一休。

「こ、転んだだけです」

うはぎは応え、一休の手を頼りに立ち上がった。そちらに面を向けてみる。うはぎの顔はまったく見えないが、声の印象で、怪我はなさそうだ、と安心した。

そして、さらに下りようとすると、右のほうから、笑い声が響いてきた。

ひゃっ　ひゃっ　ひゃっ　ひゃっ……

それは一匹や二匹のものではなかった。五、六匹が同時に発しているように聞こえた。さらに左からも、

けけけけっ　けけけけっ　けけけけっ……

闇のずっと奥のほうから一休の今の表情を——不安に歪み、恐怖にひきつり、少女を捨てて単身逃げたい感情と戦っている強張った表情を——しかと読み取り、何十匹もが一緒に指差して嘲っているかのように、あの邪悪かつ忌まわしい哄笑が湧いてくるのだ。

（いいや。わたしは恐れてはいないぞ）

一休は心の中で、しゃがに言い返した。

しっかりとうはぎの手を握りしめる。

うはぎも一休の手を握り返してきた。そうして二人は、さらに速度をあげて、けもの道を駆け下っていった。

そうして五十歩も下ったあたりで、バウッ、という唸りと共に、闇から爪が伸ばされた。

うはぎの後頭部をかすめた。後ろでまとめた髪が一束、闇に散った。

（もうこんなに近づいていたのか）

と一休は振り返った。

赤く輝く目が、すぐそこにあった。

腐肉の臭いが鼻を襲った。呼吸が一瞬止まった。すぐに前に向き直れば、後頭部に熱い風が吹

きつけられた。荒い息遣いが耳許近くで聞こえた。左のほうからは枝や灌木をへし折る音が、右からは乾いた土を蹴る、ザッ、ザッ、ザッ、という音が響いていた。

さらに両側のずっと向こうからは、あの哄笑が幾重にも重なって闇を揺るがすほどの勢いで谺してくる。

まるで闇それ自体が一休を嘲笑っているようだった。

一休の左の頬を獣臭がかすめた。

うはぎの白衣の後ろ襟が鉤爪で裂かれた。

天で雲が裂けたか、あたりが急に淡い月光に照らされた。

一休の顔に本の幹や枝の影が落ちた。その影に混じって、木と木の間を移動する野獣の影も落とされる。

(これは気のせいだ。恐れや不安がこのようなものを見せるのだ)

一休は自分に言いきかせ、そっと後ろを振り返った。そして、一瞬、呼吸を忘れた。

月の中に奴等はいた。

桜の枝から枝を猿のように飛び移るもの、丈高い草や灌木を掻き分けるもの、斜面を滑ってくるものの、跳び越え続けるもの。その数は全部で十四や二十四ではききそうになかった。

山の一方の斜面からもう一方の斜面まで。

大樹海を埋めつくさんばかりに。

尖がった耳で風を切り、突き出た鼻をひくつかせ、耳まで裂けた口から涎を吐き散らし、四足《しそく》獣《じゅう》そのままの姿で、群れをなして、駆け下りてくるのだ。赤い目の輝きは今や樹海の底を真紅に映えさせるほどであった。

しゃがの群れだった。

ただし、奴等は山犬や狼などではない。白衣を毛むくじゃらの胴にまとわりつかせている。小袖を首からはためかしている。水干が後ろ脚でたなびいている。それどころか、未だに半裸で手足を這わせて、こちらに駆けてくるものもいる。

しゃがは野獣ではなかった。

だが、人間でもない。

一休は駆けながら、ようやく悟った。

（山頂の茶吉尼堂は茶吉尼天を祀ったものなどではない。あれは、生贄を犯す奴等の姿を表わしたものだったんだ）

と、そこで、うはぎが半泣きで叫んだ。

「道が終わってる。もう駄目——」

いかにも、けもの道は、あと三十歩となかった。その向こうは狭い空間——中腹に設けられた祠社《ほこら》である。

白山媛命の祠社の位置する場所だった。

二人はこけつまろびつ三十歩を一気に駆け下りた。林から飛び出した。そのまま、加速のついた状態で、つんのめっていった。

頭から滑り込んだ。

「もう走れない。殺されてもかまわない」

うはぎが俯せに倒れたまま、荒い息の合間に洩らした。

「そんなことは絶対に言うものじゃない」

一休は喘ぎつつ、言い返した。首を上げる。白山媛命の祠社はそこにあった。月の光を浴びて、白木造りの祠社は青々と輝いて見えた。傾きかけた格子戸を一休は見つめた。

そして、戸の向こうに祀られている物を思い出した。

(弓と矢箱だ)

彼は必死で身を起こした。

次いで片手を拝む形に、顔の前で固定した。

「南無白山媛命、我が不敬をお許しあれ」

一声呼びかけるや、一休は、杖を振った。

白木の格子戸が粉々に砕け散った。

祠社の中に手を突っ込んだ。弓立てに固定されていた弓を摑み取る。弓は真紅の塗籠籐だった。次いで、矢箱を取った。矢は三十本余りある。どれも白鷹の矢羽《やばね》に、真鍮《しんちゅう》の鏃《やじり》が付された物だった。

(真鍮は古来、魔を祓うというが)

一休は矢箱を足元に据えた。

杖を弓に持ち替えて、矢をつがえていった。

葉擦れの音がした。――しゃがが、いよいよ迫ったのだ。

すかさず身を翻した。何も見えなかった。

それでも立ったまま、弦《つる》を引いていった。

うはぎが一休の足元に屈みこんだ。その目は山の頂きより駆け下りてくるしゃがを見つめていた。

「あッ――」

うはぎが叫ぶと同時に、藪の中から空中高く、しゃがは舞い上がった。闇に大きな弧を描きつつ、一休めがけて飛びかかる。

一休は「当機《とうき》」と唱え、矢を射ち放った。

真鍮の煌《きら》めきが闇を横一文字に貫いた。

空中で矢はしゃがの眉間に深々と突き刺さった。犬狼にも似た胴体が、空中より、まっすぐ地面に叩きつけられた。ギャンッ、という鳴き声が夜気を震わせた。

「やったか」

と、一休は弓を持つ手を下ろしかけた。

地面に横たわったしゃがを見やった。裂けた口から長い舌をだらりと垂らし、四肢を投げだしている。思わず一休は笑みを浮かべかけた。

だが、次の刹那――。

横たわった身が見えない糸で持ち上げられたごとく、ふわり、と浮かんだ。そのまま、四肢が下に向いた。元の通りに脚を地面につけた。額に突き刺さった矢が、内側より押されてくる力によって、力なく落ちていった。

しゃがの瞳に真紅の輝きが甦った。

牙を剥くと、身を低くして、こちらに跳びかかる姿勢をとりはじめた。

けけけけっ　けけけっ　けけっ——

ひゃっ　ひゃっ　ひゃっ　ひゃっ——

立ち直ったしゃがの後方より、あの邪悪な嘲笑が湧き起こった。葉擦れ、枝擦れ、幹を擦る獣毛の音、土や石を踏む音が、嘲笑と共に津波のように一休とうはぎに押し寄せる。

(きっとこの弓と矢で倒せるはずだ。それゆえ里の人に祀られていたに相違ない)

一休は弓を握りしめた。

いま一方の手が自然に矢箱から、次の矢を取り上げた。

と、その時——。

一休の脳裡にひそやかな声で歌われる古謡が浮かんできた。

輿を迎えに来たしゃがが歌っていた歌である。

一休は思わず口の端《は》に上らせた。

や　美濃介殿は弓上手よ
　生きた射干の　や　眼も射抜く
や　塗籠籐の弓によ　や　唾塗れる矢よ

（……この弓に……唾を塗った矢か）

そう思い到るや、一休は、手にした矢を口に持っていった。真鍮の鏃から白鷹の矢羽まで唾をたっぷりと塗った。塗り終えて矢を持ち直した時、これまでとは全く違う手応えを感じた。さながら木刀を真剣に持ち替えたような感覚である。

矢を弓につがえた。

前方のしゃがに狙いを定めた。

正面から見据えたしゃがは大口を開き、舌を出し入れさせて、まるで笑っているように見えた。

邪悪な嘲笑は、今や、一休の周囲の闇という闇から響き起こり、渦を描いて彼のまわりを廻っているようだった。

だが、一休は、精神を前方のしゃがに集中させていた。嘲笑はおろか、うはぎの息遣いも、風の音も、まったく耳に入らない。

完全な没我の状態となって、

「宝剣、手裏《しゆり》に在《あ》り」

独りごちると同時に、しゃがが宙に跳んだ。

「喝《かつ》ッ！」

と、一休は矢を射放った。

白銀の輝きが流星と化し、闇を切り裂いた。

空中でしゃがが静止した。

真紅に輝く左眼に、矢は白羽あたりまで突き刺さっていた。

一休の周囲を廻っていた嘲笑が、ぴたりと熄んだ。

矢で射られたしゃがの四肢が、一瞬、伸びかけた。犬狼の類の脚から人間の手足へ、瞬くほどの間だけ、変化しかけた。

突き出た鼻面も、刹那、人間の面貌に変わりかけた。それは意外にも端整な目鼻立ちである。

だが、変化はすぐに止まり、矢の突き立った左眼が真っ赤にめくれあがった。

と次の瞬間、しゃがは矢に射られた部分より眩い炎を噴き上げた。

火の粉を散らして空中を滑り、鼻面から地面に落下していった。その時には、すでに全身が激しい炎に包まれていた。炎の中でのたうつ動きはぎごちなく弱々しい。見る間に頭を垂れて四肢を投げだしてしまう。そうしてあとに残されたのは、一摑みの黒い灰でしかなかった。

「来い、妖物ども」

一休は周囲を取り巻くしゃがの群れに呼びかけた。

そして、矢にたっぷり唾を塗り、弓につがえながらこう続けた。

「美濃介藤原朝臣高房が再び貴様等を討ちに参ったぞ」

一休の大音声を聞くなり、木々の間から咆哮があがった。すでにそれは嘲笑ではなかった。天敵にも似た存在に対し、野獣の群れが発する怯えと威嚇である。

藪が揺れた。

一匹、また一匹と、しゃがが跳びかかってきた。

一休は矢をつがえては射放ち、また矢に唾を塗った。矢はすべてしゃがの左眼を貫いた。

妖獣は炎に包まれ、地に落ちて、あたりを照らしあげた。その数はすでに十匹を越えていた。

それゆえ中腹は大きな篝火を焚いたように明るかった。

麓のほうから松明の列が見えてきた。

(どうやら里の衆も化け物を討ちに来たようだ)

一休はそう考えた。

自然に笑みがこぼれた。同時に弓を持つ手に隙が生じた。

と。——そこを狙って。

視界の端から白い影が襲いかかった。

慌てて身を向き替えて、矢を射放った。

白い影は空中で止まった。

矢はその左眼ではなく、乳房の左下に突き立っていた。

白い影は手足を伸ばした。汚れて垢じみ、爪が尖がっていたが、人間の手であり足だった。ただし、その片腕は折れている。

一休が昨夕、杖で折ったものだった。

ギャンツ、という犬のごとき喚きとともに地面に叩きつけられた。その四肢が炎に映えた。白い裸身はまごうかたなく若い女のものだった。汚れた髪を振り乱し、女は面を上げた。大きな瞳は赤く輝いていたが、未だ人間の光を留めていた。同じように鼻から口にかけての線も、犬狼類の形状になりきってはいなかった。

美しい女の容貌だ。

しかも、その顔は、一休に見覚えがあった。

「ね、姉さんッ」

うはぎが女のいしゃがの顔を見て悲鳴をあげた。

いしゃがはすかさず、まだ利くほうの手で、さっと顔を隠した。

「なんだって。今、何と申した」

一休は弓を止めた。矢を下げると、うはぎに問おうとする。いしゃがと交わった女はいしゃがと化すのか。それを拒めば、食われてしまうというのか。そして、うはぎの姉は、いしゃがを受け容れたのか。

錯綜する思いを胸に一休は身を翻した。

と、その目に、眩い光輝が突き刺さった。

真っ赤な光だった。

いしゃがの燃えた炎の色ではない。里人の松明や蠟燭の火の色でもなかった。

はるかに眩しくて、力強い光である。

一休はあまりの眩しさに思わず目を背けた。

そして――。

夕陽に照らされた小さな石碑のほうに、一休は顔を向けていた。

そして呆然として周囲を見渡した。

どこにも妖物の姿も燃え殻もない。

また、足元にしゃがんだうはぎの姿もなかった。

手を見れば、三尺五寸余の杖一本、左手に握っているばかりである。足元には矢箱もない。

（まだ夕刻……）

一休は楓や桜や花の木の幹にそっと触れていった。それらは確かにそこにある。秋の涼風が額に吹きかかるのを感じつつ、ようやく彼は独りごちた。

「山の向こう側の麓には里があった。その裏にはしゃがの集落……いや、そんなことはあり得ない。だったら、しゃがの集落は東山道に向いていることになる……」

そして、訝しむままに杖をつき、こう続けた。

「わたしは裏の世界の裏の、そのまた裏に行っていたのか。この世のことならば裏の裏は表にもなろう。しかし、この世ならざれば、裏の裏には、も一つ裏があるのかもしれない」

＊

山の頂きに行ってみても、茶吉尼堂など影もかたちもなかった。それでも記憶を辿って、うはぎとともに下りたように、山の麓まで下りていった。

そこには、大きな惣村《むら》が開けていた。

ただし、惣村の周囲を取り巻くのは古臭い土塀ではない。手入れの行き届いた田や畑であった。惣村に建ち並ぶのは、一休が見慣れた茅葺き屋根の百姓家だった。

また惣村の中央には名主の屋敷があり、東北の外れには、浄土宗の小さな寺があった。こうした位置は彼の記憶のままであったが、建物の様式は今日風のものばかりだった。

一休は村外れの寺に立ち寄ると、水を乞うつれづれに、寺の住職に面談を求めた。そして、この惣村のいわれを——特にしゃがなる妖物のことを遠まわしに尋ねてみた。

八十近いという老住職は首をひねった。

「しゃが。射《しゃ》に干《かん》と書いてそう読むのなら、それはアヤメの一種でござろうが」

「アヤメでございますか」

「左様。ヤブショウブと申しますがな。したが、このあたりでは見かけません喃《のう》」

「野の花ではなくて、妖怪、妖かしの野獣《けもの》の類ならば如何でございましょう」

「なに、妖怪、はは、おことも臨済の僧のくせに迷信深いことを」

ひとしきり笑ってから、老住職は言った。

「おことの申される射干とは、仏典にいう悉伽羅《しがら》なる悪獣のことではござらぬかな。奸悪にして狗《いぬ》や狐《きつね》に似た形状をなし、人を食《く》らう、と。別名を野干《やかん》と申す。射干・野干とは唐人《とうじん》が悉伽羅という音にあてた字であり名であるとか」

「まさしく、それで」

一休は身を乗り出した。

「わたしは昨夜、藤原高房なる者の弓と矢で、その射干と戦ったのでございます」

「は、は、は。おことは面白いことを申されるな。——いかにも百年余も昔、鎌倉も末の頃には、このあたりに射干を名のる山賊が出没し、娘や金品を里の者に求めておったとか。だが、京より流れ来た一人の高僧が、かって名国司と謳われし美濃介高房殿の弓をもち、かの山賊を一掃してしまったと。は、は、この言い伝えは、この郡《こおり》一帯では、知らぬ者とてない物語でござるよ」

「百年余も前……鎌倉も末……」

一休は愕然として、ただ老住職を見つめるばかりだった。

＊

数十年後、一休は茶吉尼天崇拝に言及した書物の中で次のごとき奇妙な記述に接した。

「天長《てんちょう》四年、美濃介に任じられし藤原高房、美濃国は席田郡《むしろだのこおり》に妖巫《ようふ》ありて、其の霊転行《れいてんぎょう》して暗《ひそか》に民の心の臓を食らうと聞くや、単身馬を駆り、郡に入りてその一類を追捕《ついぶ》せり。この一類、射干ともいう。茶吉尼を崇めし賊巫なり」

「なるほど。高房殿と射干に、そんな因縁があったとはな」

と一休は呟いて、書を閉じた。

「いかがなされました」

傍に坐っていた弟子の茶人、村田珠光《むらたしゅこう》が怪訝そうに言いながら、茶碗を差し出した。

「なに。裏の裏は表にあらず。裏の裏には、もっと裏があるということじゃよ」

とぼけるように応え、一休は、珠光の出した茶を無造作に取り上げた。大きな音をたてて一息に啜《すす》っていく。

「美味《うま》い」

大きくうなずくと、彼は、珠光に微笑みかけた。

「お礼に一首進ぜましょう」

そして、一休は、若き日の不思議な一夜を思い出しつつ道歌を詠ずるのだった。

世の中はまどろまでみる夢のうち
　みてやおどろく人のはかなさ

甤《ずい》

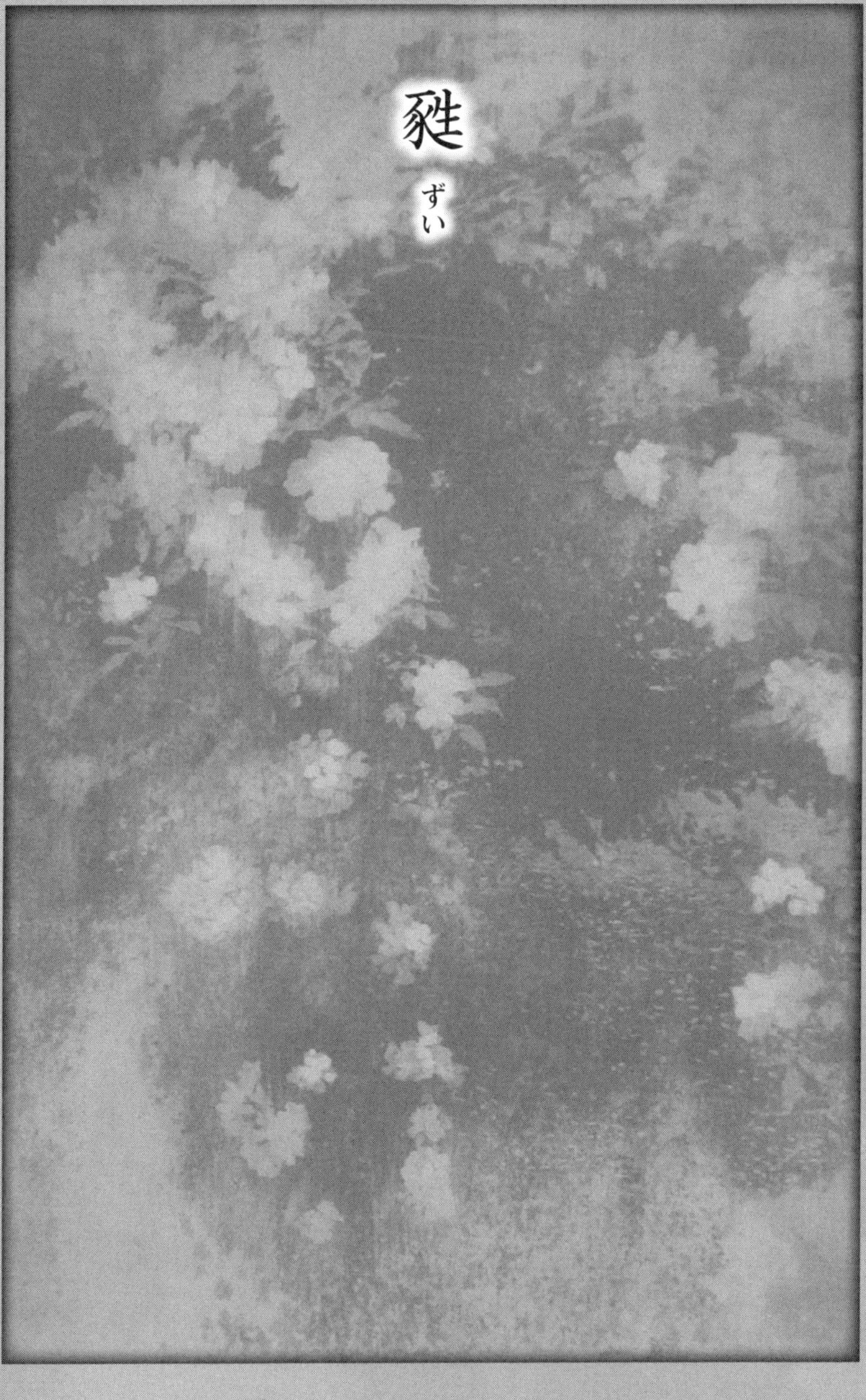

一

とある冬の夜。

北摂の山中に位置する丸太作りの小庵、尸陀寺《しだでら》で――。

寺の住職一休に、たった一人の弟子、南江宋沅《なんこうそうげん》がこんなことを言った。

「師はお若い頃より様々な怪異に巡りあい、数え切れぬ妖変に立ち会われてこられましたが。快刀乱麻、どんなあやかしといえども、ことごとく、これを倒して参られたのですなあ」

宋沅にとっては、糊口《ここう》しのぎの扇《おうぎ》作りのつれづれに、ついうそぶいてみただけのこと、軽口や冗談と同じ積もりだったのだが、一休は不意に難しい表情になってしまった。

そして、遠い目になると、

「快刀乱麻と申すかね、宋沅さん」

と小さく問うなり結珈趺坐《けっかふざ》をといて、囲炉裏端にごろりと横になり目を閉じてしまった。

これはしたり、お怒りになられたか、と宋沅は六尺近い巨軀《きょく》を竦《すく》めた。

それは、一休が気分を害した時に決まって見せる態度と表情だったのだ。

だが、しばらくの沈黙の後――。

宋沅の恐れた「雷」を落とすことなく、

「わたしは世間の思うているほど強い人間ではない。恐怖も感じるし、女子《おなご》になびかれれば頭に血も上る。平々凡々たるありきたりな男さ」

と、一休は静かに呟いた。

宋沅が言い返そうとすると、一休は目を閉じたまま続けた。

「その場の成り行きや行きがかりで、たくさんの人に出会い、ともに旅をし、時には危難から守ろうともしてみたがね。結局、救うことのできなかった人のほうが、救えた人よりはるかに多かっただろうさ」

「師は五代将軍義量《よしかず》公のことを申しておいでですな。しかし、五代様は、師と別れられてから一年近く後に、病没されたのでございましょう。ならば、それは師が心を痛める筋合いではございますまい」

扇の骨を伸ばしながら、宋沅は微笑した。

だが、一休は、すっかり銀色のものが目立つようになった頭を横に振ると、

「何も、わたしは、五代様のことを未だに口惜しく思っているのではない。その他にも、わたしの手がついに及ばず、救うことのできなかった人は多数いるという話だよ」

と、寂しげに唇だけ笑った。

そして、少し考え込んでから、口を開いた。

「そうだ。あれは、蜷川《になが》殿や、そのお仲間の奉公衆《ほうこうしゅう》とともに、五代様を若狭《わかさ》国までお送りした、そのすぐ後のことだった。だが、時の経つのはなんと早いものだろう。もう二十年以上前になるのか……」

「異国の魔物のために、五代様がまことにあらせられたことさえ消されてしまいそうになったという……。先日お話し下された、あの一件の後のことですな」

宋沅は扇を作る手を止めた。真っ黒に日焼けして岩のようにいかつい顔のなかで、瞳がきらきらと輝いてきた。まるで御伽噺に耳を傾ける童《わらわ》のような表情だ。

だが、それも無理からぬことであった。

一休の昔語りはいずれも、老若男女を問わず、つい引き込まれてしまうほど奇想天外なものばかりだったのである。

いい年をした宋沅が、子供に返って身を乗り出したとて、誰が非難し得ようか。

やがて一休は、

「京よりの道中をともにした皆に別れを告げて、ただ一人、若狭小浜《おばま》を彷徨《さまよ》いはじめた頃だから、応永《おうえい》三十一年は夏の終わりあたりだったかな」

肘枕をついたまま、静かな調子で話しはじめた。

二

二十年ほど音のことだ。

そのとき、わたしはまだ三十一歳。まったくの青二才で、少年将軍を京から小浜へ運ぶ重責からようやく離れて、まことの解放感をしみじみ味わいはじめたところだった。

当時、小浜の港は、四代様が暫定のことと言いながら、異国との商いを再開してくださったお陰で、明《みん》はもとより高麗《コリョ》や琉球《りゅうきゅう》、蝦夷《えぞ》、安南《あんなん》、太泥《パタニ》、爪哇《ジャワ》、蘇門答臘《スマトラ》、さらに遠く天竺《てんじく》や南蛮からも船が集い、話に聞く大唐《だいとう》の都のごとく殷賑《いんしん》を極めていた。

市《いち》を歩けば様々な国の言葉が飛び交い、見たこともない衣装を纏《まと》った商人や、赤や黒や桑茶といった色の肌をした水夫《かこ》が行き来していた。

いたるところから、羊の肉を焼く香ばしい匂いや、鮭《さけ》の塩漬けの生臭い匂い、蝦夷昆布《こんぶ》の磯の匂い、なんとも凄まじい大蒜《にんにく》の匂い、嗅いだだけで喉の渇きそうな唐山椒《からさんしょ》の匂い、名も知らぬ香のかぐわしい薫《かお》り、さらに高麗や明国《みんこく》の強い酒の匂いが漂ってきて、海より吹いてくる潮の匂いと入り混じり、さらに市に集う人たちの汗の匂いや体臭と混じっているのだが、奇妙なことに、それが少しも不快に感じられなかった。

今でも目を閉じれば、様々な異国の言葉がこの耳に蘇ってくる。

そうだ。じりじりと照りつける強い陽光のもと、市に店を出した人たちは、こんなふうに叫びあっていた。

「幾多銭《ゲイドーチン》」

「五文だよ。銭がなきゃ、何か品を出しな」

「您来啦《いらっしゃい》」

「要高麗焼酎《イウコリョソジュ》」

「ナエゲ、サッソヨ」

「俺のほうが先に買うって言ったんだ」

「ホク、ユク・キラウ」

「想要点兒甚麼呀《なにをさしあげましょう》」

「アガシ、ケサン、ヘジュセヨ」

「シネプ、トゥプ、レプ、イネッ……」

「ハナ、ドル、セッ、ネッ……」

「貴《グワイ》、貴《グワイ》」

そうした市の繁盛と混雑と活気は、まるで終わることない祭りのようだった。

そして、時折、その祭りのなかを異国の商人から珍奇な品を手に入れた守護の家来や、豪商の使用人などが、品物を見せびらかしながら、威張って人波を掻き分けていくのだ。

そんな連中が引いたり、抱いたりしているのは、生きたラマや駱駝《らくだ》、貂《てん》やラッコの皮、あるいは金の鳥籠に大事に仕舞われた鸚鵡《おうむ》や小夜鳴鳥《さよなきどり》だった。

その日も、わたしは一服一文の茶を立ち飲みしつつ、この珍しくも楽しい賑《にぎ》わいを楽しんでいた。

そんな時、ふと思ったものだ。

(小浜に逗留して早や二十日が過ぎようとしているが、飽きるどころか、時刻《とき》を追うごとに全く新しいもの、珍しいものが現われる。次から次へと陸揚げされてくる。この町は片時も同じでいようとしない。まるで蜃気楼だ)

すると、突然、その蜃気楼から響いてきたように——。

こんな男の声が聞こえてきた。

「たれか、おらん。たれか、おらん」

調子っ外れでぎごちなく、それでいながら、とても切羽詰まった感情が込められている。

「たれか、おらん。たれか、おらん」

わたしは声の主を求めて周囲を見渡した。

人込みのなかから、その男を見つけ出すのはさして難しくはなかった。男はまだ若かった。二十五、六というところだろう。髪を頭頂でまとめて、烏帽子《えぼし》の代わりに網巾《もうきん》という明人の帽子を被っていた。さらに叫び続ける男の周りを子供が笑ってつきまとい、こんな歌で囃《はや》し立てている。

と、と、唐人《とうじん》の道士殿、
く、く、黒い海青《かいせい》纏い、
呪文むにゃむにゃ、蛇出した、
結印《けちいん》パッパッ、鬼出した。……

確かに子供の囃す通り、男が着ているのは小袖ではなかった。それは海青。小袖より、もっと袖が広くてゆったりした麻の着物である。それは道教僧、いわゆる道士の纏う衣装だった。我々僧侶の墨染のようなものと思えばいい。

子供たちは男の言葉を真似しながら、その周囲を走り回っていた。

だが、道士は必死の形相で、悪童どもを追い払うことも忘れ、ずっと叫び続けているのだ。

「たれか、おらん?」

仕舞いのほうはほとんど悲鳴に近かった。

ようやく、わたしは男が人を——それも助けてくれる人間を求め歩いているらしいことに気がついた。

(異国の港で、神に仕える者が、あたりも憚《はばか》らず助けを求めるとは。なにかよほど切羽詰った難事に遭っているのだろう)

そう思った瞬間、すでに風狂の血がわたしを動かしていたのだろう。気がつけば、大急ぎで道士のあとを追いかけて、その背に拙《つたな》い明語と日本語でこう呼びかけていた。

「給你幇助《ゲイニンバンジュ》。……そちら、助けをお求めか」

と、道士はぎょっとしたように立ち止まった。

身が恐怖で竦んでいるのが、背後から見てもはっきりと理解できた。呼吸が一瞬止まったかとさえ思われた。

……それから道士はおそるおそる、こちらに振り返った。

白くて粉っぽい、まるで何日も熱に魘《うな》されていたような顔が、こちらを見つめた。目は覇気がなく、瞳の奥で怯えた光が瞬いていた。

道士は言った。

「あなたは明人か、日本人か」

張りのない声だった。おまけに少し震えていた。

「愚僧は江州堅田は祥瑞庵の修行僧で、一休宗純と申す者。お手前が、助けを求めておいでとお見受けしたので、かく声を掛けた次第でござる」

「……僧……あなた……和尚《ホシャン》」

と呟いてから、道士は、改めてわたしを頭から爪先まで眺めると、

「あなた、は、密教《ミジアオ》の、和尚か」

ちょっと声を潜めて言った道士の目に、一瞬、明るいものが閃いた。

わたしは若い頃に明人を師として杖術を学んだお陰で、明国の言葉は片言ならば理解できる。それを少しばかりありがたく感じつつ、

「違う《プウシィ》。臨済宗……禅宗《チャヌゾォン》の僧だ」

と応えれば、道士の表情が見る見るうちに暗くなって、どうにも絶望的な、陰惨きわまりない表情になっていった。

こちらに片手を振って「告別《ガオベイ》、再見《ザァイジェン》」と断り、またぞろ、「たれや、おらん」と叫びかけようとする。そんな道士を留めて、

「待たれよ。たとい、我、まだし修行中、いまだ未熟の身と言えど困却往生《こんきゃくおうじょう》いたせし衆生《しゅじょう》を前にして、これを無視いたすごとき真似はでき申さん。まして相手が異国の御方なら尚更のことだ」

と、わたしは力をこめて断じた。

彼は、こっちをじっと見つめた。そうするうちに、多少は頼れそうな気がしてきたらしい。蒼

い顔をやっと縦に振った。

「同意《トォンイ》……分かりました。それでは、ちょっと、わたしについてきてください。くわしい経過《ジュアヌグォ》……ああ……いきさつ、は、とちゅうで、お話しします」

「いかにも、ご一緒いたすが、どちらまで」

と、わたしが問えば、道士は南のほうを示して応えた。

「ああ、あちら……唐人坂《とうじんざか》。そこに、わたしと妻の住んでる蔵、あります」

「唐人坂」と聞いて、さしものわたしも、少しひるんだ。

何故というに、当時、若狭小浜の唐人坂と言えば異国の荒くれ水夫や倭寇《わこう》のお尋ね者、人買い商人といった連中の〝溜まり〟として、知らない者はいない悪所だったからだ。

反射的にわたしが、

（こやつ、相談事にかこつけてわたしを唐人坂に誘いこみ、気を失わせて、異国に叩き売る腹積もりではあるまいな）

と考えたのも、当然のことだろう。しかし、次の瞬間、わたしの唇が勝手に動いて、

「唐人坂とは面白い。かねてより一度、歩々《ほほ》是道場《これどうじょう》実践のため、若狭一の悪所に赴いて、彼《か》の地の衆生に知足《ちそく》の理《ことわり》を教化《きょうげ》したかったのだ」

そんな強がったような言葉が飛び出していた。

いや、なにも、わたしの持病と呼ぶべき風狂が、わが身惜しさ、命惜しさの念を圧したという訳ではない。道士の仔細ありげな様子や彼の腰に差した短剣より漂う血の臭いが、わたしの好奇

心を猛烈に刺激したまでのことだった。

そして、道士の後に従って、わたしは若狭の唐人坂へと向かったのであった。

三

唐人坂は、もともと大きな土倉《どそう》の屋敷があった場所だった。

ところが、土倉の主の高慢僭上《せんじょう》の言動が目に余り、とうとう、領主の一色義貫《いっしきよしつら》に取り潰されてしまった。それもただの「お取り潰し」ではない。気性の荒さから〝若狭の虎〟と呼ばれた一色義貫が、国をあげて力任せに叩き潰したのだ。一夜にして一族郎党は、赤子や年寄りも残さぬ皆殺しとなった。屋敷には火矢が放たれ、いくつもの蔵にため込んだ珍奇な品や何千貫もの銭はことごとく、強盗同然の足軽どもが盗むに任せられた。

かくして、あとに残ったのは衣類を剥ぎ取られた死体の山と、屋敷や蔵の焼け跡と、それを取り囲む高い塀ばかり、その凄愴たる有様には野犬や鴉《からす》さえ近づかなかったという。

そんな焼け跡にいつの頃からか見慣れぬ連中が住みつきだした。その者たちは焼け跡の柱を使って小屋を建て、塀に凭《もた》れるような幕屋を設《しつら》えていった。そうして、瞬く間に小さな集落を築き上げたのであった。

そんな唐人坂が今日のごとく成るまでの経緯は、小浜の人々より聞いて知っていたが、実際に道士の案内で向かってみると、唐人坂はそれ自体、別天地のようだった。

なだらかな坂に沿って伸びた塀の内側に、幕屋と掘っ立て小屋と材木を重ねただけのものが盛り上がっている。その有様は膿《う》んで膨れ上がった巨大な腫れ物だ。しかもこの腫れ物は今にも膿《うみ》を噴き出しそうにしている。こんな気分がするのはどうしてなのか、と自問してみて、やっと思い至った。唐人の趣味なのか、海賊や悪徳商人の符丁なのか、赤や黄や青の旗指物が何百本となく天を衝《つ》き、築地《ついじ》塀の屋根も同じように赤・青・黄で塗りたくられているせいだった。さらに、目に刺さるほど派手な色に染められた異国の衣類が何百何千とはためいているせいでもあった。

唐人坂の入口は、五山に属する名刹《めいさつ》の門と見まごうほど、大きく立派な門構えで、左右の門柱の間は馬が二頭並んで出入りできるほどの広さだった。

ところが、門から二間と行かずして、昼なお暗き闇に包まれている。

それは門に連なる塀のすぐ内側に、足軽長屋のごとく築いた一間四方の掘っ立て小屋が並んでいるせいなのだが、わだかまる闇の濃さが、そこいらの闇夜の比ではない。まるで漆汁だ。触れれば、そのまま長く糸を引いて粘ってくるかとさえ思われた。

道士はここに至るまでに片言の日本語で、自分についてのことどもを掻い摘んで、わたしに話してくれていた。

――自分の名は鄭尊法《ていそんほう》という。道教の修行僧だったが、師匠の愛妾に手を出して、彼女と二人、着の身着のままで金陵《ジンリン》から寧波《ニンポー》、さらに釜山《プサン》、対馬《つしま》、平戸《ひらど》と逃げに逃げ延びてきた。その愛妾の名は王芳華《おうほうか》という。芳華は師匠に呪術をかけられている。これまで必死で師の呪術を和《やわ》らげる方位を狙ってしのいできたが、どうやら師匠は呪力をさらに増したらしい。それというのも、二人で小浜の唐人坂に潜伏したこの十日足らずのうちに、今までの鳥獣虫魚、霊怪変化の監視や攻撃ではなく、芳華の身に口にすることもできない恐ろしい症状があらわれてきた。そのため自分は師の呪術を解ける人間を求めて、毎日、若狭の市を走り回っていたのである。

というような内容を説明してくれたと思うのだが、なにぶん、向こうは明語混じりの片言の日本語、こちらもさして明人の言葉に通じている訳ではない。さらに鄭は気が急《せ》いて早口でまくしたてる。そんなこんなで、本当に今の説明で正しいのか、仔細は二十余年たった今でも分からない。

ただ、怪しい術を掛けられた芳華の様子が急変しているらしいことは、芳華を気遣う鄭の表情で痛いほど理解できた。

そうして鄭に連れられて、唐人坂の門のなかへ飛び込んでみれば——。

そこは、まるで迷宮だった。

土倉屋敷の塀の跡が左に連なり、それに沿って、一間四方ほどの幕屋や掘っ立て小屋が建ち並んでいることはすでに述べたが、まさか、それが右のほうにも並んでいるとは思わなかった。歪み傾いた小屋が互いに凭れ合いながら、ずっと奥まで続いている。左の小屋の連なりと、右の連なりとの間は一間とない。そうして造られた細い路が奥のほうまで、渦巻きを描くように続いていた。

そんな路を辿っていけば、所々に歯の抜けたような狭い空地があるのだが、そこは屎場《しじょう》で、異人が日本人を真似て高下駄を穿き、不器用に用を足していた。もちろん、排泄する者ばかりでなく、異人は唐人坂の門の内の、あらゆる場所に、数え切れないほど見受けられた。いや、ここは異人の溜まり場なのだから、わたしのごとき日本人のほうが珍しい。腰に桃色の絹帯を巻き、三日月形の短刀を差した韃靼《だったん》人らしき者。白い頭巾《ずきん》と覆面で顔を覆ったのは安息《あんそく》の人間か。辮髪《べんぱつ》を結った者もいれば、髷《まげ》を布で包んだ者もいるし、蓬髪《ほうはつ》を振り乱した者もいた。彼等はいずれも商人や海賊や水夫や旅人や逃亡者で、なかには、その全てを兼ねている者もいる。と、そう思った途端、誰も彼もが悪相で、いずれも鋭い目つきで我々のことを睨んでいるような気がしてきた。

ところが鄭の姿を見れば、それら一癖ありげな連中の悪相にハッとした表情が浮かび、誰もが「南無太一《たいいっ》神君」だの「南無阿弥陀仏」だのと口の中で魔除《よ》けの言葉を呟くか、慌てて自分の塒《ねぐら》に引っ込んでしまうのだった。

やがて――。

鄭が行く手を指し示して、

「あれ。あそこ、だ」

と、教えてくれた。

そちらに目を向けるなり、わたしは突然、自分の視界が明るく広がったような気がした。

だが、そうではない。よく見れば、そこの周囲だけ掘っ建て小屋も幕屋も皆無なせいなのだ。

そこは屎場のごとき空地だった。茫々《ぼうぼう》と雑草が繁り、焼け跡に残る立ち木がある。立ち木は明らかに庭師の手で植えられたものであった。

土倉屋敷の裏庭跡か、と驚いたわたしの目に飛び込んできた灰色の建物は、明らかに蔵ではないか。どうやらいくつもあった土倉の蔵のうち、一番小さな蔵が焼け残っていたらしい。

「あそこに、わたし、と、芳華がすんでいる。二人、だけ、で」

鄭は言った。

蔵をたった二人で占有しているというのに、鄭は少しも誇らしげではなかった。

だが、蔵の煤《すす》けた壁に殴り書きされた落書きを見れば、なんとなく、その理由が分かるような気がしてきた。壁にはこんなことが記されていたのだ。


「倒霉的美人」


それが「呪われた美女」の意味であることは、すぐに理解できた。

しかし、その隣に茶褐色の染料で書かれた文字は、意味はおろか何と読むのかさえ全く分からなかった。蔵の壁にはこんな二文字が殴り書きされていたのであった。


「猚女」

四

蔵の入口近くには、これも焼亡を免れた石榴《ざくろ》の木が大きな実を実らせていた。

その下にはたくさんの萱草《かんぞう》の花が、昼なお暗き唐人坂の闇を橙《だいだい》色で飾っている。元来、この土地の持ち主だった土倉の主人は、裏庭にまで湯水のように銭を使っていたらしい。あたり一面、明らかに本来のこの土地のものではない、真っ黒い豊かな土で覆われていた。

「なか、で、芳華はまっている」

と鄭は言い、蔵のなかに進めとわたしに促した。うなずいて開け放された蔵の戸口をくぐった時、二つのものが、わたしの注意を引いた。

一つは石の床に叩きつけられ、まるで親の仇のごとく、散々に踏みにじられた石榴の実。

もう一つは、蔵に漂うなんとも言えない悪臭である。

それでも最初は気がつかず、

「こっち、だ」

と手招きする鄭のあとに従って歩んでいった。

(蔵の奥で芳華は待っているらしい)

そう得心したのだった。

ところが焼け残ったガラクタが積みあがった蔵のなかに進み、ひんやりした暗がりを、芳華のいるという奥の場所に近づくにつれ、饐《す》えたような悪臭が鼻を衝いてきた。

悪臭は人間の汗や垢、屎尿の臭いではなかった。そんなものは、京や大津の貧民溜まりで托鉢してきたこの身なれば、一向に気にならない。むしろ、嗅ぎ慣れてさえいる臭いだ。しかし、蔵に漂う悪臭は、そうしたものとはまるで違っていた。だが、どんなふうかと問われても、すぐには返答に窮してしまう。

あえて申せば血膿《ちうみ》を大量に集めて、鍋に入れ、ぐつぐつと煮立てたような臭い……。こう言えば、想像してもらえるだろうか。

しかも悪臭は鄭の行く先より漂ってくるらしい。いよいよ強烈に、ほとんど嘔吐を催しそうなほどになってくる。

元来が土倉の蔵のこと、空気の入れ替えなどできようはずもない。だから、空気が濁っているのだろう、と、一切の不合理を排する考えになったのは、五代将軍を若狭小浜に送り届けた旅が、あまりに奇怪で不可思議な出来事に満ち満ちていたため、もうこれ以上の怪異は御免だ、と心のどこかで思っていたせいかもしれない。

しかし、そんな思いに冷水を浴びせるように――。

悪臭の澱んだ暗闇で、突然、足がなにかを踏みつけた。

硬くて丸かった。

ごろごろした感触は丸石のようだが、肉のような感じもあった。

「む」

と、わたしは低く唸った。

感触の異質さに不審を覚え、足を止めてみた。どうにも嫌な思いが込み上げてきた。とてつもなくおぞましい物をこの足で踏んでしまったのではないか、という思いだった。わたしはそんな考えを振り払おうと、その場に屈んでいった。何を踏んだのか確かめようとしたのだ。

わたしがそうする一方で、鄭は、古衣《ふるぎぬ》を仕切り代わりに掛けた向こうに、

「芳華《ファンフゥア》」

と呼びかけた。

「もう害怕《しんぱい》はいらない。お前を助けて下さる和尚《ホシャン》を連れて来たよ」

すると、仕切りを震わせて、女の鋭い声が返ってきた。

「无望《ウーワン》!!」

これは我が国の言葉で『駄目よ』とでもいった意味だが、それに、やや『絶望』のような強い調子を含んでいる語ではなかったか……。そう考えながら、わたしは踏みつけた小さな丸い物をやっと摘んでいた。そこで、その丸いものを目に近づけていった。

と、その時であった。鄭が、

「芳華――」

妻の名を呼んで、古衣をさっと引いたのだ。向こうの部屋では煌々と明かりを点けていた。眩い光がこちらに差し込んだ。一瞬目がくらんだ。

次の刹那、指に摘んだものが目に飛び込んできた。

灰色がかった生成《きな》り色をしている。大粒の豆のようだ。だが、それにしては先のほうに螺鈿《らでん》のごとく真珠の輝きを帯びた小さな欠片《かけら》が付いている。

見つめてから、ようやく、それが何か思い至った。

右足の小指だ。

小指は大きさと爪に塗った真珠色の染料で、女のものと一目で分かった。

わたしは叫びを呑み込んで、反射的に肉塊を投げ捨てた。

五

小さな肉塊は、そのまま、わだかまる闇に吸い込まれていった。

小指がどこに飛んだのか確かめもせず、わたしは鄭を押し退《の》けて、芳華の休む部屋へと踏み入った。

「愚僧は一休宗純と申す。未だ修行中の身なれど、あやかしの外術《げじゅつ》にお苦しみと伺ってまかりこしたる次第」

などと言いつつ、わたしは厚刃の包丁なり、短刀なりが部屋にないものかと目で探していた。

正直言って、小指は芳華のもので、それを切り落としたのは鄭だと、すでに決めてかかっていたのである。

ところが——。

寝台代わりの本箱より起き上がって、

「これは御仏にお仕えになる御方をお迎えするというのに……」

などと言い訳しながら、慌てて桃色の布鞋《ぬのぐつ》をはこうとする女の右足に視線を転ずれば、固く白布を巻いているとはいえ、その先より覗いた指の数は、ちゃんと五本ある。

わたしは一気に拍子抜けするのを隠して、

「ああ、いや。お加減が優れぬであろうから、どうぞ寝たままで」

と、芳華を寝台に戻していった。

(小指は芳華のものではなかったのか。では、誰のものなんだ)

そう訝《いぶか》しく思う気持ちを悟られまいと、わたしは殊更に威厳を見せて尋ねた。

「前のご主人が、貴女に呪術を掛けたと鄭は申しておりますが、それは確かなことでござるか。何か、証拠でも」

その頃になって、ようやくわたしは女の足ではなく、容貌に注意を向けていた。

「是的《シイダ》」

とうなずいて、彼女は、ふと近くの銀燭を見やった。燭台の明かりに縁取られたその横顔の端正なこと、まるで観音像のようだ。そこから、さらに向き直り、涙ぐんでいるようなつぶらな瞳をこちらに向けて見つめてくる。

そうされると、なんだか、この女を守ることのできる男は自分しかいないのではないか、などという戯《たわ》けた思いに駆られてしまいそうだった。

わたしは杖を握る手に、そっと力をこめていた。

(この女、わざとこんな雰囲気を漂わせているのか。それとも生来の体臭のごときものなのか)

芳華は花の蕾《つぼみ》のごとく愛らしい唇を開いた。

「わたくしの前の主人は姓を姜《ヂアン》、名を宙《ジョウ》。房做道人《ファンヅォダオレン》と号しました。もともと楚《そ》の出身で、先祖代々、彼の地で巫術《ウーシュー》を生業《なりわい》としてきたそうです」

「巫術……」

とわたしが繰り返せば、鄭が横から、

「巫術とは、日本で、いう邪術、外術、魔術の類、です」

と補ってくれた。それにうなずき、芳華は言葉を続けた。

「房倣道人は、明の金陵の大夫様に、お抱え巫術師として仕えて、大層な羽振りでした。主人は自分の出自が誇らしいのか、よく、『楚では、妖巫は、神をも使役する者として尊敬されるのだ』とか、『わしの名の宙は、呪と同じ音になるよう、妖巫だった父がつけてくれたのだ』などと申したものでございます」

「なるほど。されば、貴女の主人だった男が、明においては名の知れた外術使いであったことは、いかい承知仕《つかまつ》った。されど、ここは日本国。明とははるかに海を隔ててござる。さらに申さば、我が国は推古《すいこ》天皇の昔より篤《あつ》く仏教を敬いますれば、房倣道人の外術がいかに強力であろうと、きっと……」

皆まで言わせず、芳華は首を横に振った。

そして、纏った衣服の襟元に手をやったのだ。

「やめろ、芳華」

と鄭が叫んだ。

だが、彼が制止するより早く、芳華は着物の胸元をくつろげていた。

豊かな乳房が躍り出た。

その美しさに、わたしは眩しささえ覚えた。

「これを御覧下さい。こんなになってしまって……」

芳華が顎を上げ、乳房の付け根あたりを突き出して訴える声は、悲鳴に近かった。

わたしはおずおずと彼女の胸に目を向けていった。肌の色が目に染みた。一点の染みもないその肌は処女雪のようだった。喉の付け根に生じた影さえ、その美しさを引き立たせるためかと思われた。

息をひそめて芳華の示す部分をさらに見つめた。

何の異常もないではないか。と、応えようとした時である。

突如、動いたのだ。

乳房の付け根から左肩に向かって。

それは赤子の拳ほどの大きさに膨れ上がったかと思う間に、芳華の皮膚を盛り上げ、筋肉を押しのけ、血の管をくっきりと浮き上がらせ、素早く肩へと移って、そのまま肉と脂肪の底へと沈んでいったのであった。

芳華はかぶりを振り続けて言った。

「これです。これが房倣道人の巫術なのです」

だが、わたしも、臨済の僧の端くれである。芳華に襟を戻すように言うと、

「種々《しゅじゅ》の幻化《げんけ》は覚心《かくしん》より生ず、と申します。愚僧の見立てでは、それは身中に巣食う虫の一種であろうかと。あるいは腫物《しゅもつ》、瘍《よう》の類なるべし。虫下し、腫瘍散じの妙薬ならば、小浜の市にて買い求められましょう。すぐに、この足で、愚僧が買いもと——」

わたしがそこまで言いかけたところで、

「和尚《ホシャン》は」

と芳華は声を張り上げ、こちらの言葉を遮ったのだが——さて、次に芳華の口にした言葉が分からない。

「——ルイウーの恐ろしさが想像できないのです」

〝ルイウー〟とは未だかつて耳にしたこともない明語であった。それゆえ理解できないのは当然だ。また、わたしの明語の知識の限界もあったろう。それは否定しようもない事実である。

しかし、それ以上にわたしを当惑させたのは、突然芳華の声が、まるで洞窟の奥で叫んだごとく反響して聞こえたことだった。

たぶん、わたしは芳華の顔を睨んでいたのだろう。

はっとして芳華は唇に手をやった。次いで身を返して、背を丸め、空咳をしはじめた。まるで労咳《ろうがい》の発作に襲われたようであった。

さらに空咳に合わせるごとく、丸くした背に小さな瘤《こぶ》が盛り上がり、少し動いて沈んでいった。

何が起こったのかと、わたしが女の顔面に回ろうとすると、すかさず、鄭がわたしと女の間に飛び込んできた。

「もう、結構です。和尚、きょうはどうぞおひき、とりください」

そう言われても、こちらは来たばかりで、未だ折伏《しゃくぶく》らしきこともしていない。これから女の状態を検《しら》べて、掛けられたという外術が本当か、あるいは単なる思い過ごしかを判定しなければならないのだが、鄭の剣幕には有無を言わせぬものがあった。

やむを得ずわたしは、

「本日はこの場にて退散いたすが。貴女の苦しむ様を見てしまったからには、その身に掛けられし術は、何があっても解いてみせましょう」

と言って、とりあえず蔵の外に出ると、芳華のために心経と消災咒《しょうさいじゅ》を唱えて、唐人坂から離れることにした。

六

再び唐人坂を訪れたのは、それから四、五日後だった。

その間《かん》、わたしは道教巫術《ふじゅつ》なるもののことを調べ続けた。まずは小浜と近隣の寺社に赴いて、呪術に詳しい僧侶・神主・陰陽師などに教えを乞うてみた。ところが、異国の外術のこととていずれも要領を得ない。

唯一知りえたことといえば、

「楚国では民が神怪や霊異なる事象を好み、それゆえ妖巫の数も大変な数に上り、術をよくする者は師公《せんせい》と呼ばれて敬い畏《おそ》れられたという。特に奇怪な術を使ったのは姜《きょう》姓を名乗る氏族《うから》だったと伝えられる」

と、はからずも房做道人《ぼうさどうじん》の出自を裏付けるものでしかなかった。

わたしは悩みはじめていた。

（どうしたものだろう。種々の幻化は覚心より生ず、などと臨済の教えをさかしら顔で説いてみたところで、芳華の奇怪な症状が消えたり、鄭の怯えが早急になくなるとは思われぬ。さりとて、我が宗派の〝縄張り〟ではないから他宗に相談しろ、などと言うのも業腹だ。なにより、鄭を呼び止めたのは、このわたしではないか。ええい。芳華が口にした〝ルイウー〟なる語が気にかかる。どうも、あの語に、この一件を解く鍵があるような気がするのだが）

そんなことを考えると居ても立ってもいられなくなり、とりあえず二人の様子だけでも見ておこうと、とある昼下がり、鄭の許に向かったのである。

そろそろ夏も終わろうとしているのか、小浜の町は朝から、晴れたり、急に雨が降ったりを繰り返していた。

空を仰げば暗い雲が、また群れはじめていた。

おそらく、そのせいだろう。

唐人坂に着いた頃には、周囲は夕方のごとく菫《すみれ》色に沈んでいた。

例の門前には痩せこけた男が坐っていた。昼間から酔っているのか、足を投げ出し、何やら歌っていた。擦れ違いざま、

「看来要下雨《あめがふりそうだぞ》」

と明語で声を掛ければ、即座に、

「感謝《カームサ》ハムニ、ダ」

高麗の挨拶が返ってきた。「いつ来ても不思議な場所だ」と、わたしは苦笑しながら蔵のあるほうに進んでいった。

だが、苦笑する余裕があったのは、門の近くだけのこと、あの幕屋と掘っ立て小屋に挟まれた隘路《あいろ》を歩み、敷地の奥へ行くにつれて、次第にこの前とは違った気配がしてきたのである。

険悪な空気とでもいうのであろうか。

足腰の悪い老人から、女の腰に手を回して闊歩《かっぽ》する水夫ども、褐色の肌をして太った異人の辻君、海賊と思《おぼ》しき日本人——それら目につく誰も彼もが刺々《とげとげ》しい雰囲気を帯びていた。ことごとくこちらに敵意を抱いているように見える。みんな、わたしのことをそっと囁きあっているように感じるのだった。

また、隘路を隈取る闇も、今日は一段と濃い。まるで深夜のごとき鉄紺色《てつこん》で、その奥のほうに鼠《ねずみ》のごとき小さな獣の目が何百何千と光っているように思われた。さらに硬い地面も今日はやけに湿り、足が取られて、田圃《たんぼ》の泥濘《ぬかるみ》を進んでいるような錯覚に捉われてくるのであった。

(これは妖気か。はたまた、実際に異人たちが実際に敵意を抱いているのか。どうも即断しかねるものがある)

わたしはとりあえず、全てを無視して歩き続けた。そうして、間もなく、蔵のある空き地に差しかかろうという時である。

「喂《ウエイ》、和尚《ホシャン》」

突然、暗がりから呼びかけられた。

さては昼強盗か、と杖に力を込めて振り返れば、長身な男が一人、鍬《くわ》を手に立っていた。鍬を持っているからと言って百姓ではない。派手な柄の帯に短刀を差し、髭面のいたるところが刀創で白く光っている。一目で堅気ではないと分かる人種であった。

「何か、御用かな」

わたしはつとめて平静に訊き返した。

男は、蔵と周囲の空き地を顎で示すと、

「あんた、鄭と、奴の女に会いに来たんだろう」

そう問うてきたのだが、「奴の女」の一語を国にした時、男は音をたてて唾を吐き棄てた。これは呪われたものの名や悪魔の名を口にした時、〝穢《けが》れ〟を清めるために、明のやくざな連中が行なうまじないだった。いよいよもって、相手は海賊らしい、と思いつつ身構えて、

「そうだが。それが気に食わないとでも」

わたしは問い返してやった。

すかさず男は首を横に振り、ひどくぞんざいな明国語で続けた。

「いいや。あんたが、あの混蛋《ちくしょう》に会おうが、間抜けな鄭のために経を唱えようが、そいつはあんたの勝手だ。俺達が指図するこっちゃねえ。だがな。あの倒霉的《のろわれた》クソ袋に同情するなら、それ相応の覚悟をしといたほうがいいぜ」

わたしは次第に頭をもたげてきた怒りを抑えつつ、男に尋ねた。

「なにが言いたい」

男は鼻で笑って、手にした鍬をわたしのほうに放った。わたしは足元に転がった鍬に視線をくれて尋ねた。

「これは何の真似だ」

すると男は笑いながら言った。

「和尚《ぼうさん》、俺はあんたに喧嘩を売ってる訳じゃない。その鍬で蔵の周りの土が掘り返された跡を検べてみろ、と言ってるのさ」

わたしは鍬を取った。それから蔵の周りに目を転じた。眺めてみれば、なるほど、確かに石榴の木の下に点々と掘り返された痕跡がある。前回来た時、空き地を橙に彩っていた萱草の花が根こそぎなくなっているので、すぐそれと分かった。

わたしはそちらに近寄ってみた。

まるで飼っていた犬猫を埋めた跡のようだが、ずっと小さい。それにひどく乱暴に埋めてあって、変な話だが、罠に掛けた鼠を殺して埋めた跡のごとき、憎しみや忌々《いまいま》しさも一緒に埋めたような印象を受けた。

わたしは黙って鍬を使ってみた。

乱暴な埋め方だったから、埋まった物はすぐに現われた。小さな布袋だ。手にとってみた。シャラシャラと、小石の触れあうような音がした。眉を顰《ひそ》めて袋の口を開き、傾けてみた。小さな白いものが二十以上も地面にぶちまけられた。

地面の黒褐色にそれらの白さが映えた。

目に染みるほど真っ白だった。

小石に見えた。

細長いもの、丸いもの、二種類あった。

だが――。

小石にしては、一方に茶褐色の染みがこびりついていた。乾涸《ひから》びた肉だか皮だかの付いているものもあった。

しばし、わたしは果けたように見うめていた。

と、突然に、それが何であるか、思い至った。

歯だ。

大きさ、薄さから見るに、女か子供の歯だ。

前歯もあれば、奥歯もある。

どれも皆、歯茎より引き抜かれたことは明らかだった。

美しく光る白い歯が、わたしをくるわせたのであろうか、わたしは取り憑かれたように、鍬で他の箇所を掘り返しはじめた。

不安が頭を過《よ》ぎった。怖れと言ってもいい。あるいは「最悪の予想」と呼ぶべきか。それは絶望した鄭が芳華を殺したのではないか、という考えだった。

外術に操られた者がよくするという、むごたらしい殺し方で。徹底した容赦ない方法で。まるで儀式のように――。

「まさか、地面の下に女の死体が」

わたしは独りごちた。

すでに地面は掘り終えていた。

わたしの「最悪の予想」に反して、そこから出てきたのは芳華の、生きながら全ての歯を抜かれた死体などではなかった。鍬で掘り出したのは、ただの腐りかけた肉塊であった。どことなく動物の尾を思わせる細長い肉の塊に過ぎなかった。

なぜか、少し安堵して、次を掘った。今度は丸い肉塊が二つ出てきた。こちらもすっかり腐っていて、元の形が判然としなかった。

わたしの呼吸は自然に荒くなっていた。

次を掘った。土のなかから、五本出てきた。今度は、どれも、未だ原形を留めていた。

わたしの呼吸が、一瞬止まった。

真珠のごときものが、それらの先で冷たく光っていた。光を放つ部分の反対側はいずれも同じように厚刃の包丁で裁ち切られていた。これこそ、「最悪の予想」がまことになった証《あか》しでなくてなんだろう。

やっと息を吸いこむと、わたしは呟いた。

「指だ。手の指が五本も——」

大きくうなずいて男が言った。

「あの女の指だよ」

男はもう笑ってはいなかった。その声は恐れのために細かく震えていた。これまでの精一杯の虚勢は、とうに剥がれ落ちていた。男はぼそりと洩らした。

「ルイウー」

それを聞くなり、わたしは鍬を放り出し、弾かれたように走り出した。

「鄭！」

わたしは蔵に飛び込んでいった。

「なんという愚かなことをしてしまったのだ、鄭！　絶望と恐怖から芳華を殺すなどとは。それこそが外術使いの狙いだと、どうして考えが及ばなかったんだ」

興奮して、自分でもなにを喚いているのか、自覚がなかった。とにかく、杖を振りかざし、蔵の奥の、二人の住まいへと駆け込んでいった。

「鄭、おるか」

わたしは叫んで、戸口に掛かった古衣を杖で払い除けた。

と、血膿を煮立てたごとき例の悪臭が、こちらの目鼻を襲った。今日のは一段と凄まじい。古沼より湧く瘴気《しょうき》のほうが、はるかにましなほどだった。

それでも精神を統一して、奥の部屋に目を向けた。

芳華がいた。

心臓が喉元までせりあがった。

わたしは思った。

（幽霊だ）

芳華は先日と同じように寝台に腰を掛け、艶然と微笑を湛《たた》えていた。腿《もも》の上に置いたなよやかな両手には清浄な布が巻かれ、血が滲んではいたが、左右ともに五本の指は揃っていた。

「どうなさいましたか、和尚《ホシャン》」

と言って、彼女は唇を綻ばせた。花の蕾のごとき朱唇から、真っ白い歯がこぼれた。それは一本たりとも欠けてはいなかった。

「鄭はどこに……」

と、わたしは拍子抜けした調子で言った。

「あの人なら、わたくしのために、朝から薬草を買いに出かけております」

と芳華は応えた。

わたしはかぶりを振った。

「いや。外の奴等が……あなたが傷つけられたと……そのようなことを申しておったので……」

「わたくしが誰に傷つけられたと申されるのですか」

そう尋ねた芳華の瞳の奥で、蒼い火花が散ったように見えた。だが、それはわたしの気のせいだったのかもしれない。

わたしは口を濁した。

「鄭が絶望して……刃物を振ったのではないかと……そんなふうに思って……」

すると、芳華は首を横に振り、くすくすと笑いながら、

「あの人に、絶望の何が分かるというのでしょう」

と呟いた。

その声の冷たかったこと、美しかったこと——わたしには玻璃《はり》の鈴が鳴ったように聞こえた。

「和尚にはご想像できますでしょうか。わたくしの絶望が……」

涙ぐんでいるような大きな瞳が、じっと、こちらを見つめた。まるで磨き上げた黒玉のようだ。

その、輝く黒色に、吸い込まれていきそうな感覚に襲われた。

鄭は師匠の愛妾を寝取ったのではない。愛妾に誘惑されたのだ。この、美しくて、蠱惑《こわく》的な、
王芳華という女に……、と、わたしは確信した。

芳華は静かに木箱の寝台から立ち上がった。

「このように美しい姿で生まれながら、老いて醜い巫術師に買われ、妾にされて、外の光も風
も当たらない僧房に飼い殺しにされて——」

静かに言いながら、わたしのほうに近づいてくる。

「わたくしは、もっと外の世界を知りたかった。あんな老人ではなくて、もっと若く美しい、
わたくしに相応《ふさわ》しい男と恋がしたかった。金の籠のなかで房做道人のためだけに歌う小夜鳴鳥な
んて真っ平だった」

ふと立ち止まり、部屋の片隅に疎《うと》ましげな一瞥《いちべつ》をくれた。視線の向こうには、鄭のものと思し
き書籍が積みあがっていた。

「鄭なら、わたくしを、きっと逃がしてくれる。金の籠を壊して、外の世界に逃がしてくれる。

真の自由をわたくしにくれる。そうして、この身も、魂も、燃え尽きるような恋をさせてくれる。そう思った。そう考えたから……」

「鄭を誘惑したのか」

わたしが言えば、芳華はゆっくりとうなずいた。白い手がこちらに伸びてきた。そのまま、わたしの首に回されてきた。

柔らかい腕が触れるや、心の臓が烈しく脈打ちだした。自分の男の象徴《もの》が勃然となっていくのを体感した。

「好哩《ええ》……このように、金陵《ジンリン》の屋敷で……」

「愚かな。いずくに行こうとも、望むがままの自由や恋など決して得られるはずもないものを」

わたしは吐き捨てたが、語調からは次第に力が失われつつあった。咫尺《しせき》の位置まで近づいた芳華に魅入られたのだろうか。

女にはわたしの反論など耳に入らないらしい。こちらの双眸《そうぼう》を、熱を帯びた瞳で見つめたまま、言葉を続けるのだ。

「でも鄭は何もわたくしにくれなかった。確かに道人の屋敷からは連れ出してはくれたけど……それからのわたくしたちは、金陵から寧波《ニンポー》へ、寧波から釜山《プサン》へ、釜山から対馬へ、平戸へ、小浜へ。道人の呪いを逃れて、ただ逃げるだけ。おまけに、その日の糧《かて》や明日の宿にも困る毎日で……」

わたしは急速に回のなかが乾いてくるのを感じながらも、言い返した。

「だが、鄭はお前のことを案じ、道人の外術を解いてくれる者を求めて、毎日、小浜の市を叫びまわっていたのだぞ」

「鄭が市で叫びまわっている間、わたくしは、ここで何をしていればよいというのです。ただ怯え、ただ待っているだけでは、金の籠にいるのと全く変わらないではありませんか」

そう尋ねた芳華の甘い息が、わたしの顔を擽《くすぐ》った。

(未だかつて、こんな女に出会ったことはない。こいつは、まるで、〝女〟そのものだ)

わたしの手から杖が離れていった。

杖が床に転がる乾いた音が遠く聞こえた。

その音に芳華の声が重なった。

「だから、わたくしは、鄭のいない時に唐人坂の男たちに声を掛けつづけたのです。強そうな男、裕福そうな男、若くて美しい男たちに……」

「今のようにか」と、わたしは洩らした。

「はい。身も心も燃やしつくせる恋を求めて、このように」

芳華の紅の唇が、わたしの視界いっぱいに迫ってきた。甘い匂いも鼻に迫ってくる。

「一休様、なにとぞ、哀れなわたくしをお助けください。わたくしは、一目見たその時に、悟りました。この方なら、きっと、わたくしを助けて下さる」

そこまで囁いたあたりから――、

「道人《ダオレン》の呪いをといてくださる……愛してくださる……」

突如、芳華の声が、反響しはじめた。

まるで洞窟のなかから響いてくるようだった。ひとつの言葉が発せられると、すぐに同じ言葉が起こり、さらに同じ言葉が続く。それがいつ果てるともなく繰り返されるのだ。

芳華は眦《まなじり》も裂けんばかりに目を見開いた。

明らかに自分の声に驚いた様子である。慌てた表情で、わたしの首から手を引き、己れの口を押さえた。

それでも芳華の声は微かに反響していいいいいいいいいいいいた。

「あいしてくださる……てくださる……くださる……ださる……さる……る……る……」

芳華の手の下からメリメリという音が起こった。それと同時に、わたしは女の身体を力任せに寝台のほうへ押しやった。すでに芳華の異常な性格と、それをうわまわる肉体の異常に、この女を救うなどという考えはけし飛んでいた。

わたしは杖を取り落とした位置まで跳び退った。

杖を蹴り上げ、一瞬で空中から掬《すく》い取った。

それを構えて先端を女に向けた時、メリメリという音がいっそう大きく聞こえた。それは膠《にかわ》で貼り合わせた二枚の皮を力まかせに引き離す音のような、張り詰めた皮が裂ける音のような、あるいは厚い唐紙を引き破る音のようだった。

おぞましい音に女の悲鳴が重なった。

悲鳴も反響していいいいいいいいいいた。

杖を構えたわたしに女は向き直った。女の口が耳まで裂けていた。否、「裂けた」という言い方は正確ではなかった。女の口は内側より凄まじい力を加えられて、強引に引き裂かれていたのだ。

そして、芳華の口を引き裂いたのは、彼女自身の舌に他ならなかった。

口が耳まで裂けた美女の顔の下半分から、数え切れないほどの舌が溢《あふ》れていた。まるで桃色にぬめる巨大な蛞蝓《なめくじ》の大群である。それが悲鳴を発しようと、互いに縺《もつ》れあい、蠢《うごめ》きあい、絡みあっていた。

女は苦痛のあまり、両手を広げて、わたしに向けた。

同時に、左右の甲から掌にかけて巻かれた布が、内側から動き出した。布が裂けた。なかから現われたのは、女の指だった。ただし一本や二本ではない。何十もの指が一斉に手の甲からも、掌からも生えてきたのであった。女の両手は瞬く間に指で覆われた球と化していた。同じことが足でも起こった。足の裏から指が何十本も生えてくる。女は立っていられなくなり、寝台に尻をついた。そのまま、寝台の上に仰向けに倒れこんだ。苦し紛れに宙を蹴る両足の甲からも、指が生えてくる。瞬く間に伸びていく。実際の足指よりもはるかに長くなっていく。やがて数え切れぬ足指群はうじゃうじゃと蠢いて、足首へと向かっていく。その有様は、まるで巨大なイソギンチャクの類に足を食われているようだった。

(落ちていた指も、埋められていた指も、全て芳華のものだったのだ。この女は生えてくる片端から自分の指を切り落とし、舌を根元から引き抜いて……)

絶叫する〝怪物〟は大きく口を開いた。美しい唐人服の胸元あたりまで下顎が落ち、蠢く舌の重なりが丸見えだった。そして、口の内部の上下から歯が生え始めてきた。前歯の後方にまた歯列が生まれ、さらにその後ろで歯茎を割って純白の歯が頭を見せていた。血と膿が後から後から流れ出て、〝怪物〟の下顎から着物をだんだらに染める。そして、その着物の胸の辺りが膨らんだかと思うと、ものすごい勢いで肩へ、背中へ、また胸へと移動する。着物の下で生えたなにかが鼠のごとく肉体上を逃げ回っているのは明らかだった。

（果てしなく生えてくる歯を抜き続けてきたのだ。若狭小浜に潜伏してから、ずっと……毎日……）

ようやく、ことの全容を知って、

「これが、房做道人がお主に与えた恐怖の罰の正体か」

わたしは震え声で呟いた。

これほどまでに変容してしまっては、もはやなすすべなどなかった。おそらく金陵の房做道《ファンヅォダオ》人《レン》以外、芳華を元に戻すことはできまい。いや、当の道人でさえ、かくも恐ろしい怪物に成り果てた芳華を戻すのは、不可能であろうと思われた。

だとすれば、わたしに為し得ることは、もはや、ただひとつしか考えられなかった。

芳華を安楽に、今すぐ御仏の許に送ってやる。それのみである。

「いざ、成仏得脱なさしめん」

と、わたしは杖を振り上げた。寝台の上でもがき苦しむ芳華の頭を一撃で粉砕しようと狙いをつけた。

と、その時——。

わたしの背後から芳華に駆け寄った者があった。鄭尊法である。いつの間に薬草市から戻ったのだろう。籠も薬草も放り出し、彼は短刀を抜き放っていた。

短刀を振りかぶると叫んだ。

「お前は、俺だけの、ものだ」

叫びながら短刀を芳華の胸に突き立てた。

「愛するのも、傷つけるのも、殺すのも、俺だけが——」

そう喚きつつ、短刀の柄に両手を添えて、力任せに押し下げた。衣《きぬ》の裂ける音と皮の裂ける音が同時に響いた。それに芳華の絶叫が重なった。そうした音に酔ったごとく、鄭は短刀を腹へ、さらに臍《へそ》の真下あたりまで引き下ろした。芳華の叫びが瞬く間にかすれていった。が、代わって聞こえてきた音があった。音か。声ではないのか。小さな、小さな、人間の叫び声ではなかったか。

寝台の怪物は手足を投げ出した。どうやら胸から腹を引き裂かれた衝撃で事切れたようであった。だが……。小さな叫び声は未だに続いていた。わたしは、叫びがどこより出ているのか、目で追った。源はすぐにそれと知れた。腹だ。引き裂かれた芳華の腹から声は洩れていた。どうやら鄭も、声を聞き、どこから発せられているのか、察したらしかった。

「魔鬼子《あくまめ》」

掠れ声で呟いて、鄭は短刀を引き抜いた。刃を追いかけるように、傷口から赤や橙や青で彩られたものが温れだした。——芳華の内臓《はらわた》か、と、わたしは息を呑んだ。だが、出てきたのは人間の内臓などではなかった。胃の腑や腸や子宮《こぶくろ》の代わりに溢れ出てきたのは、頭がなくて首から下の身体ばかりが四方八方に伸びている矮小な赤子、小さな指の塊、豆のような眼球が葡萄の房のごとく連なったもの、拳ほどの大きさの芳華の顔面、心の臓ほどの大きさの乳房……。いや、さすがのわたしも全てを見届けた訳ではない。思わず、目を背けてしまった。

そんなわたしの耳に入ってきたのは、鄭のひきつった声だった。

「和尚、ごらん、なさい。わたし、と、芳華の、こども。こ、こんなに、たくさん」

鄭はそこで絶句した。

面を上げてみれば、鄭の手から短刀がゆっくりと落ちていった。鄭は笑っていた。泣いていた。なにか訴えたそうな表情を浮かべていた。

だが、やっと口を開いた彼が、わたしに投げかけた言葉は、これだけだった。

「ルイウー」

わたしは鄭を見つめた。

鄭は頬を緩めた。唇の端が両端につりあがっていった。だが、鄭は、笑った訳ではなかった。

彼はもう一度言った。

「ルイウー」

へらへらと笑いはじめた。笑いながら寝台に手を伸ばし、芳華の腹から溢れた得体のしれないものの一つを取り上げた。それは、拳ほどの大きさの芳華の顔面だった。

「もう、こそこそ、と、逃げ隠れること、は、ない。お前、は、いつでも、空気に当たれるんだ。

好きなだけ……」

そして、鄭は天を仰いで、

「ルイウー！」

もう一度叫ぶと、今度は哄笑しはじめた。

赤子のように奇怪な肉塊を抱いて、鄭は去っていった。魂を失った者の虚ろな哄笑が蔵を出て、ゆっくりと遠ざかっていく。隘路へ、闇の彼方へ、唐人坂の外へ。

血と膿の臭気が濃厚に漂う部屋には、おぞましい怪物の死骸と、怪物の腹から溢れたさらにおぞましいものども。そして、わたしだけが残された。

七

長い昔語りを終えると、一休は、重い溜息を落とした。それから、言い訳のような口調で言い足した。

「今から二十年以上も音のことだよ、宋沅さん」

一休の話に身じろぎもせず聞き入っていた南江宋沅は、その言葉で、魔法を解かれたごとく全身の力を抜いた。思い出したように扇作りの手を動かしだして、

「それから、どうなさいました」

と尋ねた。

宋沅に背を向けて寝転がったまま、一休は応えた。

「どうもしない。わたしに鍬を貸してくれたならず者が唐人坂の連中となだれこんできた。そうして、芳華の成れの果てと、おぞましい肉の塊を、すべて燃やしてしまったよ。わたしも責任を感じて、その場に立会い、心経を百遍唱えさせてもらった」

「それで、蔵は、どうなりました」

「どうにもならんさ。簡単に酒と塩で清められ、あの二人にゆかりの品は小浜の市で売り払われて、上がりは片付けた連中に均等に配分された」

「なるほど」

「その後、一色義貫殿が六代様の手の者に暗殺されてから、小浜の港は急速に寂《さび》れだした。だが、その前に唐人坂は火事に遭い、大層な人死にがあったと聞く。そうして、今では、小浜のどの辺りにそんな悪所があったのか、土地の古老さえ明確には答えられない有様だ」

一休の言葉は、ゆっくりとくぐもりがちになっていく。どうやら話し疲れて眠くなってきたようである。

南江宋沅は感慨深げに考え込んでいたが、はっとした表情を浮かべると、一休に問うた。

「いくつか、お伺いしたいのですが」

「なんだね」

すでに一休の頭は舟を漕いでいる。

「まず、芳華も鄭も、唐人坂のならず者も言っていたルイウーとは何だったのですか」

「ルイウーか。ウーは巫術《ウーシュー》のウーだよ。つまりは外術《げじゅつ》というような意味だな。後に聞いた話によると、明のほうでは、外術に使うものの名とか性質を頭に付けて、区別してよぶそうだ。虫を使う外術は虫巫《ちゅうふ》……火を操る外術は火巫《かふ》というようにね」

「すると、ルイウーとは」

「そりゃあ、ルイを使う巫術という意味に決まっているじゃないか」

「いえ、ですから。その、ルイと申すのが何かとお尋ねしておるのです」

苦笑まじりに宋沅は言った。

「ああ、そうか……」

と首をこっくりさせてから、一休は応えた。「ほら、蔵の壁に落書きされていた、とわたしが話したのを覚えているかな」

「はい」

「豕《いのこ》に生まれる、と書いてあった難しい文字だがね。あの文字は日本では〝ズイ〟と読むのさ。だから〝⿰豕隹女《ルイニュウ》〟とは、ズイの外術に魅入られた女という意味だったんだ」

「では、そのズイの外術とは——」

宋沅は公案の解答を質問する学僧の口調になっていた。すると一休は弟子のほうに身ごと向き直ると、

「あんたもしつこいね。⿰豕隹《ズイ》というのは、木の実なんかが、こう、ふさふさと垂れ下がっている様子とかさ。さもなきゃ、ころころした豚の子が、たくさん生まれることを表わした文字なんだ

よ。だから、ズイの巫《ふ》で、ルイウー……」

説明を聞いて宋沅は、

「猅巫《ルイウー》」

と二文字を思い浮かべてみた。

たちまち、真っ赤な木の実がたわわに実った様子が、明確な形となって宋沅の脳裏に浮かんできた。木の実は次の瞬間、真っ赤な豚の子の群れに変わり、さらに得体のしれぬ奇怪な肉塊の犇《ひしめ》き蠢く様子へと変わっていく。

そうすると、己れが押さえた扇の骨の連なりまでが、何だか恐ろしいものに感じられ、南江宋沅は作りかけの扇から、師に気づかれぬように、そっと手を離すのだった。

應仁黄泉圖

おうにんこうせんず

一

そこは、深さ一丈（約三メートル）、幅二丈（約六メートル）の巨大な空堀《からぼり》であった。

その堀の底を一休と森《しん》は逃げていた。

二人の行く手を阻《はば》むように、空堀一杯に溢れた群衆が、真正面から押し寄せてくる。まるで空堀に流れ込んだ人の津波だった。

群衆はいずれも顔や手足を真っ黒に煤けさせ、火傷を負い、血を流し、声の限りに泣き叫び、意味のない言葉を喚《わめ》いて、恨みや呪いを吐き散らしながら駆けていた。

擦れ違いざま、一休の肩に、逃げ去る女の肩が凄まじい勢いでぶつかった。

「痛い」

一休は思わず叫び、皺面《しわづら》を歪めた。一瞬、肩が抜けたかと感じられた。

（力任せに大槌《かけや》で殴られたようだ）

そんな一休の思いを察したか、

「一休様、どうなさいました」

心配げに森《しん》が訊き、一休に目を向けてきた。

清澄《せいちょう》な瞳であった。生まれてこの方、汚いものなどその目にしたことのない少女の瞳だ。

「なんでもない。通りすがりの女の肩がぶつかったまでのこと。それより、森さん、わたしの手を放してはなりませんぞ」

そう言い返すと、一休は森の手を握りしめた。

森は端正な顔を縦に振り、鼓《つづみ》をしっかりと抱き込んだ。それだけが遊芸人である森の財産だった。

森の身をより近くに引きつけると一休は、

「どうぞ、お気を配られよ。こちらは目が不自由な女人《にょにん》を引いておる。どうか、お気を配られよ」

押し寄せる人の津波にそう叫びながら、また小走りに進みだした。

だが、二十歩も行かぬうちに、今度は森の肩に、男の肩がぶつかった。「あっ……」と洩らす暇もなく、森は後ろに倒れていった。それにつられて一休も、尻餅をついてしまう。

「何をなさるか」

思わず一休が叫べば、

「逃げるのに邪魔だ。目の見えねえ女なんか、塹《ほり》の底でウロチョロさせてるんじゃねえッ」

森にぶつかった男が人の群れのなかから大声で罵《ののし》り返した。さらに男の尻馬に乗ったものか、逃げ惑う群衆から、

「目明きだってどこに逃げたらいいか、分からないんだよ」

「他人なんかに、かまってられるものか」

「いっそ、さっさとその女を殺しちまいな、糞坊主」

などと聞くに堪《た》えない言葉が二人にぶつけられた。

「なんということを」

一休は下唇を噛みしめた。だが、群衆に怒鳴り返すこともなく、一休は森を起こしてやった。その身を抱いて空堀の土壁近くに身を寄せた。人波から逃れようとしたのだ。

と、突然、二人に罵声を投げた群衆が、一斉に十間（約十八メートル）向こうでバタバタと倒れていった。あるいは地に伏し、あるいは土壁に覆いかぶさって死んでいく。彼等の身には矢が突き刺さっていた。一人に何十本と突き立って、どの人も、まるで矢衾《やぶすま》と化したような有様だ。

「これは……」

絶句した一休の耳に、雷鳴のごとき音が届けられた。

音はゆっくりと大きくなり、雷鳴から巨人の歯軋《はぎし》りのような、ガラガラガラという音に変わっていく。その音の大きさと恐ろしさに、森が面を上げた。美しい顔が不安に翳《かげ》っていた。

「一休様、この音は……なんでございますか」

「これは……」

一休は天を見上げた。

地上より流れ込む空気は熱く、生木と腐肉の燃える悪臭を帯びていた。

まだ未《ひつじ》の刻(午後一時)過ぎのはずなのに、空には鉄色の煙が流れ、まるで夜のように暗かった。

その暗い空中を火の粉が舞い、時折、数知れない火の玉の群れが飛び交っていた。

それは射放たれた火矢だった。

火矢の放たれる間隔が、見つめるうちに狭まってきた。同時にガラガラガラというあの音が近づいてきた。

やがて、音が聾《ろう》するほどになった時——。

空堀の底から見上げた視界の端に、異様なものの影が割り込んできた。

暗天を摩するかとさえ思われる巨大な影だった。

両目を赫々と燃やして、地を滑り行く巨人の骸骨であった。

その高さは相国寺《しょうこくじ》の七重塔ほどもあった。

「一休様、どうしたのでございますか。何が現われたのでしょう」

森が震え声で言い、一休の破れ墨染の袂《たもと》を摑んできた。一休は森の手に己の手を重ねると、静かに言った。

「恐れることはない、森さん。あれは西軍、山名宗全《やまなそうぜん》軍が近頃つくったという井楼《せいろう》だ」

「井楼……」と森は繰返した。

「兵櫓《へいやぐら》と呼ぶ者もいるがね。ふん、なんと呼んだとて、所詮は人間の拵えたもの。何も怖がることはないさ」

「でも……。いま、たくさんの人が殺されたのでございましょう」

と、森は、一休を見上げた。

「たかが十丈（約三十メートル）ほどの高さの櫓じゃないか。山名の兵どもが大急ぎで櫓を組んで、人馬がそれを鎖で引き回し、動く櫓の上に弓兵がいっぱい乗って火矢を射放つだけのことだ。祭りの山車《だし》と変わるものかね」

一休がそう応えた時、またしても何十本もの火矢が井楼から射出された。小さな火の鳥の群れが舞い上がったように見える。

すぐに馬の嘶《いなな》きや鯨波《とき》の声が起こった。

白刃のぶつかり合う音が大気を震わせた。

血にくるった兵どもの雄叫《おたけ》びも響いてきた。

どうやら近くで、東軍と西軍が正面切って戦いはじめたようだ。

森は花の蕾《つぼみ》にも似た唇をわななかせて言った。

「一休様、わたくしは……恐ろしくて……震えが止まりません」

空気の裂ける気配を感じて一休は、

「危ない」

と反射的に森を抱きしめた。そのまま、森の身を土壁に押し付けた。一息おいて振り返れば、たった今まで二人のうずくまっていた位置に何十本もの火矢が突き立っていた。

「死にたくないッ」

小さく叫んで、森が一休の背に両手を回し、力一杯抱き返してきた。

森の肉体の柔らかさと温《ぬく》もりが、墨染を伝って感じられた。項《うなじ》から森の匂いが甘やかに漂ってきた。

一休は動悸を覚えた。

「わたしも死にたくない」

と応えた一休は、己が分身が勃然としてくるのを感じた。人は死に直面すると欲情するものなのだろうか。一休は、戦《いくさ》で殺された足軽や百姓の死体のなかに、時折、逸物《いつぶつ》を隆々《りゅうりゅう》と勃《た》てたものがあったことを思い出した。

一休は小さく身震いすると、森をさらに抱きしめて、今、ここで森を抱きたい、と心の底から思った。

（ここで死ぬのなら、その前に森を抱いておきたい）

すると、心の底から悪意の籠もった声が響いてくる。

――歳を弁《わきま》えろ、一休。貴様、もう七十過ぎであろう。

その声は彼の兄弟子、養叟《ようそう》のものだった。

養叟は一休が自分より先に師匠より印可状を賜《たまわ》ったことを妬《ねた》み、さらに一休がその印可状を受け取るのを拒んだことを嫉《そね》んで、一休を生涯の敵と攻撃し続けてきた。

対して一休も、俗世に媚びる養叟を批判したこともある。だが、すでに養叟は入寂し、一休は老いた。すでに一休が森を愛することを責める者などこの世に一人もいない。

しかし、まぼろしのなかで兄弟子の声は、すぐそこにいるかのようにはっきりと聞こえた。

――晩節を淫情に汚すか、一休。しかも、相手は艶歌うたいの傀儡女《くぐつめ》ぞ。一碗の飯、一夜の宿のためならば、誰にでも帯を解く下賤な女ぞ。貴様はいやしくも後小松上皇《ごこまつじょうこう》陛下の子であろう。恥を知れ、恥を。

一休は、そう自分を罵る兄弟子に、わたしは森が愛《いと》しい。愛しいからこそ、こうして森を連れ、東西両軍の戦で焼尽した京より逃れようとしている。森とともに命長らえたいからこそ、京を逃れる路銀を乞い、旅の安全を乞うために、古い知己《ちき》の帝を訪ねようとしているのだ。こんなわたしを、女にくるうた破戒僧と呼ばば呼べ。帝に無心する乞食《こつじき》坊主、女の色香に身分を忘れた助平爺と蔑《さげす》みたければ蔑むがいい、と、厳として言い切った。

一休の目にまぼろしと映った養叟は嘲笑を拭《ぬぐ》う。険のある眼つきで一休を睨《にら》んだ。

だが、それ以上何を言うでもなく、そのまま静かに消えていった。

まぼろしめ。失せおったか、そう思って、一休は、肩から力を抜いた。

と、その時であった。

ボロボロの皮を垂らした白骨の手が、一休の肩にそっと触れてきたのは。

二

悲鳴をあげたのは森のほうだった。

「一休様、なにかがお肩に」

盲女ゆえの鋭い勘が閃《ひらめ》いたのであろうか。森はそう言うと、一休の身を自分に引きつけようとした。

森の悲鳴と同時に、一休の肩から手が引かれた。

それは皮を垂らした白骨の手ではなかった。

若い男の痩せた左手である。細くて長い指に、一枚の絵図面を挟んでいた。

一休が肩越しに見上げれば、二十五、六の男が困惑した笑みを湛えていた。男は烏帽子を被り、水干《すいかん》をまとっている。着ている物の生地と、仕立ての良さから察するに、富裕な公家《くげ》の従者と思《おぼ》しかった。

「す、すまん。驚かせる心算《つもり》はなかったのだ」

と若い男は言った。

「ただ、お坊様と、そこの女《ひと》が死んだように見えたものでな」

そう続けて、男は右手を後ろに回した。カチリという音が聞こえた。

刃を鞘に納めた音だ、と一休は察した。

こやつ、わたしと森さんの死体から銭入れでも盗もうとしたな。そう考えた時には、自然に手が森から離れて、使い慣れた三尺五寸余の杖へと伸びていた。

＊

応仁《おうにん》二年は晩夏の頃である。

都の北方——上京《かみぎょう》一帯は細川勝元《ほそかわかつもと》率いる東軍と、山名宗全率いる西軍が真正面から干戈《かんか》を交わし、大戦開始からわずか一年余にして京をまったき焦土と化していた。

後世にいう「応仁の乱」である。

『応仁略記』にいう。「二条より上、北山《きたやま》東西ことごとく焼野と成りて、すこぶる残る所は将軍の御所ばかりなり」と。

そんな上京に東軍は、花の御所を中心に据えて、高さ一間（約一・八メートル）に土を積み上げた〝塁《るい》〟と、深さ一丈・幅二丈の空堀〝塹《ほり》〟より成る防御坑を設けていった。

これを〝構《かまえ》〟という。

〝構〟は、すぐに西軍も設けはじめたが、それのみならず朝廷や、公卿《くぎょう》、さらに土倉や酒屋といった金融業者までもが自衛のために〝塁〟を盛り、〝塹〟を掘るところとなって、上京は縦横無尽に〝構〟の走る迷宮と化していった。

かくして――。

上京は、地上では昼夜を分かつことなく数十万の兵が殺し合い、〝構〟のなか――地下では公家平民の別なく非武装の民が戦禍を避けて逃げ惑う、まさしく「末法の世」そのものの有様と変じていたのである。

さらに、〝構〟に潜む人々を脅《おびや》かすものが三つあった。盗賊と疫病《えきびょう》と魑魅魍魎《ちみもうりょう》である。

そして、突然現われた男は、盗賊としか思えなかったのだった。

＊

こともあろうに、〝構〟で、いの一番に怖いものに遭うてしまったな、と一休は思ったが、しかし、慌てるまいぞ、と何気ないふうを装って、森の手を引いて歩いていた。

二人の前を水干の男が進んでいた。男は自らを「右馬次郎《うめじろう》」と名乗っていた。さらに「西軍に焼かれた清水寺《きよみずでら》の行者《あんじゃ》（寺男）だった」と付け加えたが、一休はもとより信じていなかった。

なんと言っても右馬次郎の腰に差しているのは、柴打《しばうち》——山伏の使う両刃の短剣だったからである。

還俗《げんぞく》して盗人に成り果てた山伏か。戦が恐ろしくて地上から〝構〟の中に逃げてきた足軽か。いずれにせよ、わたしたちの乏しい懐を狙って近づいてきたに相違ない。そう考えると一休の杖を握る手にも自然に力が入ってしまう。

若き日に明の武人に習った杖術は、五十余年を経て、七十を過ぎた今も健在だった。

相手が二十半ばの若者であろうが、柴切を振り回そうが、杖一本で取り押さえて森を守ることは容易《たやす》い。だが、目下の一休と森には右馬次郎の後をついていく、それなりの理由があった。

というのは、一休が、

「内裏《だいり》に行くところだ」

と言うと、右馬次郎は意味ありげに笑い、

「なに、内裏に用がある。それは奇遇だな。ちょうど俺も内裏の近くにある三条様の御屋敷に用があったんだ。屋敷に叔母が奉公していてな。しばらく、そこに厄介になろうと思ってたところよ。しかし、見れば爺さんに傀儡女の二人じゃねえか。〝構〟は歩き慣れてるのか。なに、知らない。よし、だったら俺が案内してやろう」

と案内をかってでたのだった。

「いや、結構」

そう言って一休が断るのも聞かず、勝手に二人を導くように〝構〟を進みはじめたのである。

そうして、足早に人波を掻き分けて行くうちに、

「おっと、待ってくれ」

行く手の構が二股に岐《わ》かれているのに気づいて、右馬次郎は不意に立ち止まった。左手に持った絵図面を広げる。

手にした奇怪な絵図を広げて、その黄色い表に目を落とすと、

「ええと内裏に行くのなら、ここは左だ」

右馬次郎は自信たっぷりに言った。

「間違いはねえよ。なにしろ、この『構遷図《こうせんず》』に、きちんと描いているんだからな」

一休は絵図面を見つめ、奇怪な絵図面だ……と反射的に眉をひそめていた。何百匹となく縺《もつ》れ合った蛇とも蚯蚓《みみず》ともつかぬものが、異常な細かさで描かれている。それだけでも無気味なのに、絵図面からは生ぐさい臭いと、思わず引いてしまう瘴気のようなものが漂っていたのだ。

一休が身を引きかけたのに気づいて、

「変な目で見なさんなって。こいつはな、上京中に掘られた〝構〟の完全な見取り図なんだぜ」

右馬次郎は、つい先程会ったばかりだというのに、そんな貴重な「構遷図」を見せびらかしつつ説明した。

「行基《ぎょうき》って大昔のお上人様が拵えた差図《さしず》の一枚でよう」

差図とは地図のことである。

「清水寺の奥の奥に長いこと隠されていたのさ。全部で百八枚あったんだが、南北朝の戦のどさくさに、大半が焼かれるか盗まれるかして、残された一枚というのが、こいつなんだ」

「行基上人が神州六十余州の津々浦々まで旅をされて、我が日本国全体の姿をあらわした差図を描かれたことは有名な話だが。お上人が描かれたのは、都より延びる五畿七道《ごきしちどう》の道線を示し、各国郡の位置をあらわしたもの。お主が持っているような、異様な差図ではなかろう」

と一休が首を横に振れば、右馬次郎は舌打ちして尋ねた。

「あんた、宗派は」

「臨済宗大徳寺《だいとくじ》派だが」

それを聞くと、右馬次郎は失笑した。

「へっ、臨済の坊主に華厳《けごん》宗の秘奥《ひおう》の知識で描かれた『構遷図』の何が分かるってんだ。いいか、坊さん。こいつはただの差図なんかじゃねえ。たったいま、俺たちが話しているこの時にも、上京の誰かが土を盛り上げ掘り下げて、どんどん延ばしている〝構〟、地の上での戦で崩されていく〝構〟、そんな〝構〟の全体の有様ばかりか、差図を持ってる人間が〝構〟のどこらへんにいるか、さらに〝構〟の中で行きたい場所はどこらへんにあるか、そこまで知ることができるという、まさに神通眼《じんつうがん》みてえな差図なんだぜ」

「しかし、〝構〟が造られはじめたのは、昨年秋あたりではないか。行基上人は今から七百二十年近い昔の御方、そんな大昔の人物が、どうして、つい最近掘られだした〝構〟の、完全な見取り図など描けよう」

「ふん、そこが菩薩とまで呼ばれた行基様の法力よ。俺が燃え盛る清水寺から持ち出したとき、こいつには密教法具の独鈷杵《とっこしょ》みたいな島と、そこに乗っかる神州六十余州が描かれてるだけだった。ところが辺り一面の火の海を逃げ回ってるうちに、いつの間にか差図には、清水から鳥野辺《とりのべ》を抜けて伏見口《ふしみぐち》に出る道が描かれてるじゃねえか。それに従って、俺は無事五条に入り、富小路《とみのこうじ》を北に上ってきたのさ」

そうして右馬次郎は、

「嘘だと思うなら、ほら、見てみなよ」

と絵図面の表を見せつけた。

一休は眉をひそめて、右馬次郎が広げた絵図面を覗き込んだ。先程見た通り、何百もの蛇が複雑に縺れあったような絵であった。

ただ、見つめるうちに、描かれた蛇が浮かんできて、一休の鼻先まで迫ってきた。

一休は「むう」と呻《うめ》いて顔を引いた。

蛇どもの生ぐささえ臭ってきそうだったのだ。

これだけでも絵図面は言いようもなく奇怪なのだが、さらに見つめると、その縺れあった蛇が、今度は緩慢《かんまん》に蠢きはじめた。そのため、図面の絵は常に変化して一瞬たりとも同じということがない。

一休はそっと唇を湿らせ、

（この絵図面は生きている）

と心で呟いた。

すると、一休の傍らに立った森が不安そうに尋ねた。

「一休様、いかがなされました。右馬次郎様の差図がどうかいたしたのでございますか」

どうやら森は、一休がほんの一刹那に覚えた戦慄を感じ取ったらしい。森はいつもこんなふうに、一休の心を読み取るのが常であった。森の問いに慌てて、一休は、

「なんでもないよ。右馬次郎殿の差図が、かつて見たことのないほど精緻《せいち》を極めたものだから、それでいささか驚いてしまったのさ」

と応えた。森は形の整った眉を少し寄せた。それから一休の気配をさらに読み取ろうと、小首を傾げた。

そんな二人の遣《や》り取《と》りを皮肉な表情で眺めていた右馬次郎は、すぐに確かめるように言った。

「ふん、坊さんたちは内裏に行きたいんだろう。だったら、ここから〝構〟の左へ進め、と『構遷図』は言ってるぜ」

（どうしたものか）

一休は躊躇《ためら》った。人生の大半を厳しい修行と、妥協を許さぬ内省で鍛えてきた者の直感が――全国津々浦々を旅して幾千万もの人間を観察してきた禅僧の直感が――いや何より、これまで数え切れない危地を潜《くぐ》り抜けてきた者の勘が、この男に付いて行くな、と危険を訴えていた。

しばし考えた一休は、

「ならば、わたしたちは――」

右を行こう、と言おうとした。

その時である。

雷鳴とも巨人の歯軋りともつかぬ物凄い音が、またしても、ガラガラガラと響きあがった。

「おわッ、逃げろ」

と、右馬次郎が駆け出した。

井楼だ、と察した瞬間、真上から火焔《かえん》の雨が降ってきた。

またしても井楼より一斉に射放たれた火矢であった。

まるで炎の土砂降りか、火焔の滝のようだった。

「ええい、ままよ！」

と一休は、必死で森の手を引くと、先に走り出した右馬次郎の後を追っていた。

三

駆けながら右馬次郎は「構遷図」を振り、こんなことを叫んでいた。

「逃げろ、逃げろ、逃げろ。奴等に捕まるな。俺は絶対に捕まらねえ。逃げろ、逃げろ、逃げろ」

その後を走りつつ一休は、ふと、右馬次郎は誰に向かって叫んでいるのだろう、という疑問を覚えた。

だが、のんびりと考えている暇はない。火矢が暗天を赤く裂いて、後から後から降ってくる。またしても前方からは、逃げ惑う群衆が津波と化して押し寄せる。地面に横たわる死体に、森が足を取られそうになる。

一休は時折後ろを振り返り、

「森さん、貴女の杖と鼓をしっかり左に抱えるのだ。右手はわたしの手を握れ。そうして絶対に離してはならぬよ」

そう呼びかけて森を励ました。

森は一休の声に強くうなずいた。応える代わりに一休の手を握り返してきた。一休も握る手に力をこめた。握り合う手と手――それだけが、互いが本当にそこにいてくれるという証だった。

ガラガラガラという鎖が触れ合い車輪の回転する音は、今まで〝構〟の右から聞こえるのみだったが、いつしか右方向のみならず左からも、さらにはるか後方からも、ずっと前方からも響いてきた。

東西両軍の、何台もの井楼が、地響きをあげて移動し、大量の矢を放ち続けていた。

耳を聾する音に、何十何百もの弓弦を弾く音が重なった。

さらにその音に、鎖を引く足軽どもの、えいおうえいおう、という掛け声が重ねられた。

また、逃げ惑う男女の喚きが、父母とはぐれた子供の泣き声が、人波に潰されかけた老人の掠れた悲鳴が渦を巻いていた。

すべては火の粉の舞い上がる暗い空に吸い込まれていく。

深い〝塹〟の底なればこそ、洞窟のように木霊《こだま》して、恐ろしい音や声は一層大きなものとして、一休と森に迫ってくる。

「左だ、右だ、また左だ、今度はまっすぐ走り続けろ。ええ、逃げろ。逃げろ。逃げろ」

右馬次郎は取り憑かれたように叫び、「構選図」に導かれて〝構〟の中を縦横に駆けていく。

一休と森は、そんな右馬次郎の後を力の限りに追い続けた。

若い時より修行で鍛えたお陰だろうか。七十過ぎているというのに一休は、どんなに走っても息は乱れず、大した疲れも覚えなかった。それどころか、走るうちに若い頃の体験がまざまざと脳裡《のうり》に浮かんできた。

(異国の化け物に追われて、五代将軍義量《よしかず》公をおぶったまま、何十枚という襖を破って駆け抜けたことがあったが……。ふん、あの時に比べれば、まだまだ、これしき)

だが、すぐに走っているのは自分一人ではないと思い出し、

「森さん、大事ないか」

と声をかけた。森は、しっかりと駆けつつ汗まみれの顔を縦に振り、

「はい」

はっきり応えて微笑みさえ見せた。

森の紅潮した頬が、一休には少女のように映った。一休は、このような表情の森が好きだった。明るくひたむきに前進する――そんな森の生き方が伝わってくるからであった。

ことによったら、森さんの、この表情に、わたしは惚れたのかもしれない。そう考えると一休

は改めて、どうあっても京から脱出して、彼の寺のある里に無事還らなくてはならない、と唇を引き締めて誓うのだった。

無事に薪荘《たきぎのしょう》に戻るためには、右馬次郎に従って行かねばならない、と一休は覚悟を決めて右へ、左へ、正面へと走り続けた。

もとより迷路のごとく入り組んだ〝構〟である。

二手に岐《わ》かれているかと見れば、すぐに道は三叉《さんさ》となり、さらに四叉と岐かれた。

それでも右馬次郎は、自分の家の庭を行くように、三叉でも四叉でも五叉でも、一心に駆け進む。

それというのも、駆けながら時折目を落とす、左手に握った「構遷図」のお陰だった。

（しかし、それにしても丈夫な紙だ。汗まみれの手で、あんなにぎっちり握って……。普通なら、すぐにボロボロになってしまうところだぞ）

後方から右馬次郎を見て、一休は感心した。

ひょっとすると、本当に「構遷図」とやらには行基上人の法力が籠められているのかもしれない。

そんなことを考えた一休の頭上から、にわかに火の粉が降ってきた。キナ臭い悪臭も、パチパチという音とともに〝構〟の上から流れてくる。さらにたくさんの男女の叫ぶ声も聞こえた。これらは戦によるものではない。

火事か、と、一休は顔を上げかけた。だが、何も見えはしない。目に映るのは低く流れる黒煙、夥《おびただ》しい量の火の粉ばかりである。ただ、目を細くすれば、それらの向こうにぼんやりと、夕焼けよりもまだ赤く染まった暗い空が見えてきた。

（いや。昨今は足軽どもが戦のどさくさに公家や守護の屋敷に火を放ち、それに乗じて金品を奪い、女子供を攫っていく。この争闘と混乱の京にあっては、もはや単なる火事などあり得ないのではなかろうか）

確かに女の悲鳴が地上から聞えてくる。子供の泣き声は文字通り、火がついたようだった。さらに斬る音、打つ音、破る音、踏み抜く音、蹴りつける音、叩く音、ありとあらゆる乱暴狼藉《ろうぜき》を働く音が、叫びや呻きや唸《うな》りを伴って流れてくるのだ。

「あれは、いずれかの公家屋敷が襲われているのではございませんか」

森が一休に尋ねた。

相当に息が乱れていた。

だが、それも当然のことである。鼓一つで旅をする、盲目の遊芸人の森には、こんなに走った経験など未《いま》だかつてなかったはずなのだ。

一休は先を行く右馬次郎に呼びかけた。

「ちょっと、待って下さらんか。森さん、連れが……もう走れないようだ。なにしろ目が不自由な女子ゆえ、走ったり跳んだりすることは、大の苦手なのだ」

すると右馬次郎は左手を挙げ、「構選図」をチラと見て、すぐにかぶりを振った。

「駄目だ。今すぐ、ここを駆け過ぎなければ、大変なことになる」

「なんだと」

一休は、むっとして問い返した。

だが、右馬次郎は汗の粒を散らしながら、

「嘘じゃない。そう、『構遷図』に描いてあるんだ」

と言って左手を挙げ、「構遷図」を一休に示した。

一休は差し出された黄色い絵図面に目を凝らした。走りながらなので、容易に目の焦点が合わなかった。あるいは、そろそろ視力が衰えつつあるのかもしれない。そのため、突きつけられた「構遷図」も、長方形の黄色い厚布のようにしか見えなかった。

やがて、ぼんやりと、細長い緑の蛇が複雑に絡み合っているような絵が見えてきたが——。

突然、右馬次郎は、

「や、次は左に曲がって、下りだ」

と言って「構遷図」を自分のほうに向けてしまった。

(絵図面を見もしないで、どうして、次に行くべき道が分かるのだろう)

怪訝に思ったが、ここまで来てしまえば勢いは、そうすぐには止まらない。

一休は、

「ままよ」

と森の手を引いて、右馬次郎に従い、次の道を左に曲がった。

が、曲がった途端、真正面から真っ黒な、闇そのもののごとき突風が吹いてきた。

恐ろしい勢いだった。

息が一瞬止まってしまう。目も開けていられない。身に纏った襤褸がすべて突風に奪われてしまいそうだった。

「森さん、手を、手を離してはなりませぬぞ」

「はいっ」

二人はそう叫びあった。

そして、一休と森の声に、右馬次郎の喚《おら》びが重なった。

「畜生。俺は絶対に貴様等にゃ捕まらねえぞ。絶対にだ」

それを聞いた一休は、右馬次郎は誰に向かって叫んでおるのだろう、と思ったが、次の瞬間には、突風の中を駆けながら、フッと気が遠くなっていた。

四

しかし、それも刹那のことである。

すぐに我に返った一休は、依然として、森の手を引きながら走っているのに気がついた。前方を見れば、右馬次郎が「構遷図」片手に駆けていた。

左右は〝構〟の土壁で、行く手には曲がりくねり、幾枝にも岐かれた〝塹〟が果てしなく続いていた。

真正面からは傷つき火傷を負った人々が互いに押しのけあい、足を引きあいながら津波のごとく押し寄せてくる。

何もかも一瞬前と同じだったが。——一休は、そこはかとない違和感を覚えた。どこがどう違う、と言われても、すぐに口にできる違和感ではない。だが、泉の水の色と、甕《かめ》に溜めた水の色が、同じ水でも微妙に異なるように、一瞬前と今とでは「違う」と、長年鍛えた五感が訴えてくるのだった。

一休は自問した。

(どうした。わたしは、なにを戸惑っている)

そして、目を凝らすと周りを眺めてみた。

(この、なんともいえぬ薄暗さのせいか)

確かに周囲は、突風が吹く以前よりも格段に暗くなっていた。

ただし、夜間の暗さとは微妙に違っている。

靄《もや》がかっていながら、後ろの森も前の右馬次郎も、はっきり見える。だが、それなのに自分の杖の先や足元に目を落とせば、薄暗がりにまぎれてよく見えない曖昧《あいまい》さだ。

これが曇色《どんしょく》というのであろうか。

つまりは不安を掻き立てる薄暗さなのだ。

あるいは空気のせいか、と一休は微《かす》かに音を立てて息を吸ってみた。空気は相変わらずキナ臭かった。焼けた材木の臭いに腐肉を焼いたような悪臭が混じっていた。刀や薙刀《なぎなた》や槍の放つ鋼《はがね》の匂いと血臭《けっしゅう》が感じられた。

だが、今の空気の臭いは、それだけではなかった。

反吐《へど》の悪臭と腐った糞便の入り混じった臭いを感じた。炉の中で煮え滾《たぎ》る銅か、溶けた鉄より起こるような悪臭を覚えた。腐った土の臭いがした。山犬の体臭がした。死体の臭いがした。死体を啄《ついば》む鴉の群れの臭いがした。河原の火葬場より昇る煙の臭いがした。火葬場の石にこびりついた膏《あぶら》の臭いがした。

そうした悪臭が〝構〟の底にわだかまり、渦を巻き、満ち満ちているのだった。

一休の口の奥から苦い汁が滲《にじ》んできた。たぶん、胃の腑から込み上げてきた汁だろう。鼻の奥が痛い。汁の臭いと、鼻から入った空気の悪臭が混じって、口がネバネバする。昔、場末の酒房で、馬借どもから酷い安酒を飲まされた時のことを思い出した。あの時とまったく同じに、気持ちが悪かった。

(吐き気がする)

それでも、ここで吐く訳にはいかない。立ち止まれば曇色の空気にまぎれて、走る右馬次郎が見えなくなりそうなのだ。

一休はかぶりを振って悪臭を感じないように己に命じた。

そして、右馬次郎の後を、森とともに駆け続けた。すでに一里近く走り続けているのではなかろうか。なんだか少しずつ〝構〟の道が傾斜がかって、なだらかな坂になっていくような気がしてくる。

(疲れてきたせいか)

さすがの一休の額からも、汗が滴《したた》ってきた。森はと見遣《みや》れば、こちらも荒い息をつきつつ、必死で駆けていた。

わたしはともかく、森さんは、そろそろ限界だ、と、一休は思って、右馬次郎の背に呼びかけた。

「右馬次郎殿、ちと休みませぬか」

すると、一休に応えるかのように、
ひいいいいいっ——、
という布《きぬ》を裂くような甲高《かんだか》い音が響いてきた。

女の悲鳴だ。さらにか細く、

「痛い、痛い、痛い」

と、訴える声が聞こえた。一休は反射的に肩に力を込めた。女の呻きが消えやらぬうちに、今度は猫の鳴き声がした。否。それは猫のものではない。赤子の声、それも火がついたように泣く声ではないか。だが、泣き声は唐突に消えた。その代わりに男の叫びが、

「肝取りだ。わしの腹を裂いて、肝を盗みおった」

と聞こえた。すると男の叫びが掛金を外したように、若い女や老人や中年男や子供や老婆、あるいは百姓らしき大和訛《やまとなまり》丸出しの声や、気取りも忘れたような公家《くげ》の呻き、悔しげな武士の声などが、「盗人めが、盗人めが」「わしの生き肝を盗みおって」「生きてる子供の腹を裂いて」「まだ息のある婆の喉を掻き切って銭を奪って」「麿《まろ》の舌を生きたまま抜いて」「人の肝や舌や目玉や心の臓を」「業病の妙薬と騙して」「皮を剥ぎ、肉を売り、骨を砕いて売りさばき」

と、恨みを込めた言葉を切れ切れに、こちらに投げつけてくる。ただし、そう吐いているのは

後から後から、こちらに押し寄せてくる群衆ではない。群衆は溜息一つ洩らさず、沈黙したまま、一休と擦れ違い、肩と肩とをぶつけ、ずっと向こうへ走り去っていくのだ。

それに思い至った時、ようやく一休は目下の違和感がなんのせいなのか、気がついた。

「沈黙……。この人々はまったき沈黙のうちに押し寄せてくる」

一休は頭から冷水を浴びせられたような戦慄を覚えた。

（では、この声はどこから……この怨嗟《えんさ》の声を発する者たちはどこにいるのだ）

一休は周囲を何度となく見回した。だが、果てしなく恨みごとを投げてくる者の姿は曇色の薄闇に紛れたせいか、まったく見えない。

そうするうちに、一休のはるかな頭上から、

ぼたっ、ぼたっ、ぼたっ、ぼたっ。

という柔らかくて重いものが落ちてくる気配と、それが地面に当たって潰れる音が、

べたっ、べたっ、べたっ、べたっ。

聞こえてきた。まるで誰かが暗い空をちぎって、こちらに叩きつけてくるようだ。その音はさらに広がって、駆ける一休の右から左から湧き起こる。が、それに負けぬ大声で、右馬次郎は、突然激しく頭を横に振りながら叫びだした。

「捕まらぬ。捕まらぬ。捕まらぬぞ、この俺は。貴様等になどは捕まらぬ。なにしろ俺には『構遷図』があるのだからなあ。は、は、は、は、は……」

その笑い声に危険なものを感じて一休は、立ち止まらねば、と思った。

（いますぐ、走るのをやめなければ、大変なことになる）

だが、どこがどう、何がどんなふうに大変なのか、それはまったく分からない。しかし、何がどうあっても自分たちは走るのをやめなければならないのだ。

ついに一休は意を決し、

「ままよ。森さん、止まりましょうぞ」

手をつないだ森に振り返った。森の顔は蒼白だった。唇をわななかせ、全身を細かく震わせていた。

「どうなさった、森さん」

一休は大声で問うた。何か恐ろしいものを、森は感じ取ったのではないか。それゆえの、この怯えようなのではないか。そう思った。

走る速度を少し緩《ゆる》めて、森と並んだ。その位置から改めて、一休は尋ねた。

「どうなさったのだ」

森は駆けながら震え声で応えた。

「左右……左右に恐ろしい人たちが」

「なんだと」

「とても恐ろしい人たちです。怖い目でこちらを睨んでいるような……」

あまりの森の怖がりように、一休はさらに足を緩めていった。そして、森の指し示す方向に目を凝らした。

だが、そちらは土壁の左右――曇色の薄闇にかすんだ壁の連なりでしかない。人たちどころか、鼠一匹見当たらない。

と、駆けながら右馬次郎が身を翻《ひるがえ》した。

「なにしてやがるんだよ。この阿呆どもが。早く走って、俺の後に付いてこねえか」

これまでの親切めかした気配など微塵《みじん》だにない。黄色い歯を剥きだし、眉を逆立て、

「貴様等、内裏に行きたくねえのかよ。えっ、こんなに俺が心配してやってるのによ。この『構遷図』がそんなに信じられねえのかよ」

餓えた野獣のごとく目をギラギラさせて叫びつつ、左手に握った絵図面を激しく振った。

絵図面が湿気った音を立てた。

それを耳にした森は堪りかねたように、

「あぁっ」

と一声呟くなり、足を止めた。

「森さん」

一休も、森に合わせて立ち止まった。急に足を止めたので、心の臓が喉元にまでせり上がってきた。汗が一気に噴きだした。瞬く間に滝に打たれたばかりのような姿になっていく。肩を上下させつつ、一休は森の肩に手をかけた。

「よし。森さんや、もう走るのはやめにしよう」

そんな二人を見た右馬次郎は、

「走れ、この畜生ども。走るのをやめるんじゃねえ」

と足踏みしながら喚き散らした。

だが、一休は荒い息の間から、「走れ、走れ、走れ」と怒鳴り続ける右馬次郎に言い返した。

「走るなら、お前様一人で走りなされ」

すると右馬次郎は頬を強張《こわば》らせ、

「なんだと」

殺気立った口調で言った。自然に右手が腰に回る。柴打を抜いて、その両刃をこちらに見せつけ、

「これが怖くないのかよ」

と訊いた時には、目が血走って真っ赤だった。

「一向に」

森を庇《かば》うかたちを取りつつ、一休は応えた。

「なんだと、貴様。こっちの言うことが聞けねえってんなら、ここで商売を広げたっていいんだぜ」

右馬次郎は柴打を振った。曇色の薄闇に銀の弧が刻まれた。

「商売とは、生きた人間の腹を裂いて肝を盗む肝取りのことか。それとも死人の皮を剥ぎ、肉を削ぎ、骨を砕いて、業病に苦しむ者に売りつけることか」

一休は口早に問うた。

すると右馬次郎は、一瞬、目を瞠《みは》った。

「爺、貴様、どこでそれを」

一休は周囲を顎《あご》で指し示し、

「この声がそう言っておろうが。お前様を憎む凄まじい怨嗟の声が」

「声……」

と右馬次郎は呟いた。不安が瞬く間にその顔を翳《かげ》らせていった。

そんな表情を見て一休は尋ねた。

「聞こえぬのか、お前様には。あんなに大声で『捕まるものか』と叫んでいたくせに」

右馬次郎は息を呑んだ。自然に、足が止まった。石になったように黙り込み、じっと左右の土壁を眺めはじめた。

気がつけば真正面より押し寄せる群衆は途絶えていた。

恐ろしい呪いの声も止んでいた。

周囲は耳鳴りのしそうなほどの沈黙のなかにあった。

一休と森は抱き合って、右馬次郎を見つめた。

沈黙。

曇色の薄闇。

前も後ろも目路《めじ》の続く限り、〝構〟——。

突然、右馬次郎は「構遷図」を持ち上げると叫んだ。

「逃げ道だ。今すぐ、逃げ道を出してくれ」

それは「構遷図」に対して呼びかけたらしかった。すかさず、右馬次郎の左手のなかで差図がびくびくと動いた。まるで生きているようだった。その手応えに右馬次郎は頬を緩めかけたが、次の刹那、悲鳴をあげた。

絵図面から緑色をしたものが飛び出して、手に絡みついたのだ。右馬次郎は左手を振った。だが、「構遷図」は手から離れない。それどころか、かえって右馬次郎の左手に絡んでいく。

「糞ッ、糞ッ、俺を捕まえに来たな。そうはいくか。逃げてやる。逃げてやる。逃げ切ってやるぞ、俺は」

そんなことを喚きつつ、右馬次郎は柴打を左手に振るった。絵図面に突き刺した。引き裂いた。ひいいいぃいぃいっ、と女の悲鳴のような音がした。黄色い絵図面が瞬く間に鮮血に染まっていく。それでも「構遷図」は右馬次郎の左手から離れない。右馬次郎はそのまま土壁に倒れていった。おうおうおう、という声が一休の耳朶《じだ》を打った。森が悲鳴を洩らして一休の胸に顔を埋めた。一休も右馬次郎から目を逸らした。おうおううおうう、と咆哮《ほうこう》は続いていた。だが、それが右馬次郎の苦痛の叫びか、再び響きだした呪いの声かは、分からなかった。なんといっても、その声は一つならぬ複数の喉より発せられるものであったし、男の倒れこんだ土壁とは反対のほうからも湧き起こってきたからだった。

「立て、森さん。ここから、逃げるのだ」

一休はきつく抱いた森に囁いた。森が小さくうなずいた。その身は恐怖で細かく震えていた。ゆっくりと立ち上がった。

そして、森を抱いたまま、駆け出した。

右馬次郎が行こうとしていたのとは反対の方角へ、「構遷図」が導こうとしていた道とは逆のほうへと――。

五、六歩進んだところで、森の手から鼓が転がり落ちた。森は立ち止まった。泣きそうな顔になりつつ、鼓を拾おうとする。

「わたしが拾う。お前様は、そこに立っていなさい」

一休はそう言って鼓を求めた。鼓は転がっていた。――その先から右馬次郎の叫びが聞こえてきた。一休は鼓を拾った。さらに、右馬次郎は悲鳴をあげた。

一休は思わず、そちらを見遣った。

そして、見た。

左右の土壁から滲み出るように、人間が後から後から湧き出てくる光景を。

男のものがあった。女のものがあった。老人のものがあった。さらに立烏帽子に水干姿のもの、兜を脱いだ具足姿のもの、足軽風のもの、百姓風のものと、性別も年齢も身分も一定していない。ただ、それらには共通した特徴があった。それは一様に、ぱっかりと腹に傷口を広げ、腸《はらわた》を引きずっていた。また、全身の皮を失った赤裸の女がいた。背中の肉や骨を露《あらわ》にした男がいた。蛞蝓《なめくじ》のように這う骨のないものがいた。さらに、よちよち歩くもの、這いずるもの、ぴょんぴょんと残された足で跳んでいく小さなものがいた。

それらは右馬次郎を捕まえた。

泣き叫ぶ彼の口に手を入れた。舌を摘《つま》んだ。大きく瞠った両目に指を突き入れた。両耳を握って引きちぎりにかかった。

這うものは踵《かかと》の上や脹脛《ふくらはぎ》に噛み付いた。小さなものたちは腰から下に纏わりついて押し倒した。老人や女たちが右馬次郎の右腕を摑まえた。足軽と鎧武者が片足を摑まえて持ち上げた。公家と百姓がもう一方の足を持ち上げた。

一休は素早く目を逸らした。鼓を手に、森の許に駆け戻った。

「なにが起こったのです」

掠れた声で問うた森に、一休は言った。

「奴の行く場所を『構遷図』が決めただけのことさ」

その言葉の終わりのほうに、右馬次郎の絶叫が重なった。これまで数知れぬ修羅場を掻い潜ってきた一休も、かつて聞いたことのないような叫びであった。叫びは絶望と苦痛と恐怖を帯びて、長く尾を引き続ける。生きながら皮を剥がれ、肉を削がれ、骨を砕かれ、歯を折られ、舌を引き抜かれ、手足を付け根から引き抜かれて、それでもまだ、絶望と苦痛と恐怖は続くようだった。

「行く先とは……」

と尋ねた森に、一休は応えた。

「地獄とやらだろうよ」

さらに静かに言い足した。

「森さん、さっさと戻ろうじゃないか。わたしたちの天地へ」

そうして、一休は、愛する盲女の手を引いて、これまで逃れてきた方向へ駆けはじめた。

彼等の世界へ。

応仁の世へ。

彼等の地獄へ――。

＊

十日後、命懸けで薪荘に戻った一休は、奇怪な噂を耳にした。

それは〝構〟の中で見つかった「蛇食い男」の話である。「蛇食い男」と言っても、生きた蛇を食らう男ではない。それは、両の手足のみか、男根までも失って、丸裸で放置されていた死体の名前だった。

それが、どうして「蛇食い男」かというと、死体は、何十もの蛇が絡み合った絵柄の刺青が彫られた背中の皮を、かたく噛みしめていたとのことであった。

「おそらく唐人の背中の皮でしょうが。一休、どこの誰が、そんな酷い悪戯《いたずら》を御仏にいたしたものでしょうかな」

と続けた名主《みょうしゅ》に、一休は渋面をつくると、
報いをば目の前に見よ虫けらを　取り食う鳥の鷹に捕らるる

そんな即興の道歌を口の端《は》にのぼらせた。

「はあ」と名主が首を傾げれば、

「互いに食らい合う鷹の世など長くはあるまいよ」

そう鼻を鳴らして立ち上がり、

「ちょっと森さんの歌と鼓でも聴いてきます」

と言って、奥の間に消えていった。

朽木の花
くちきのはな

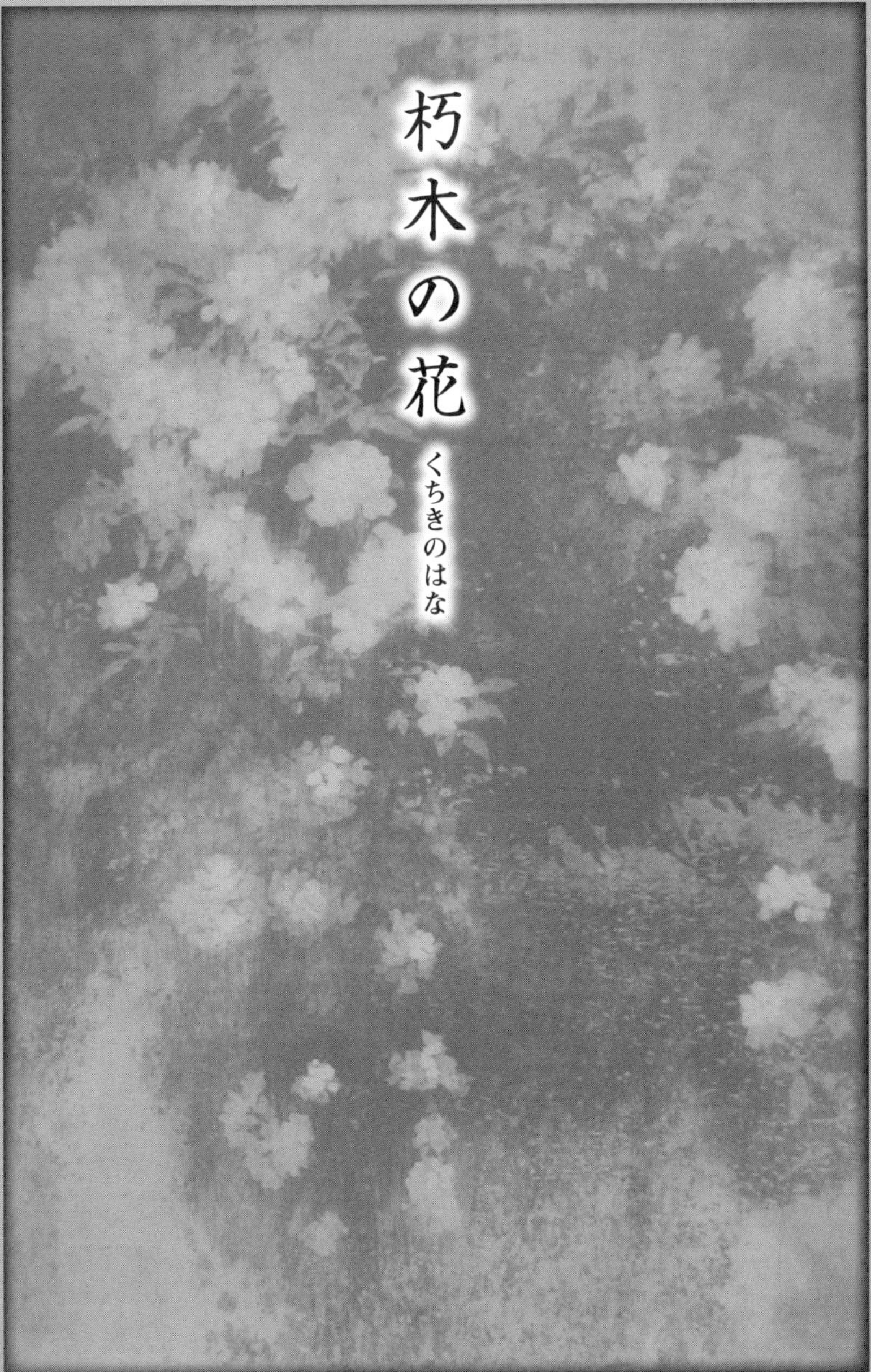

道の辺の朽木《くちき》の桜しばしとて
昔を語る袖の春風

正広《しょうこう》

一　凍れる風

風が京から摂津まで運んでくれた。

国境《くにざかい》から摂津に入った時、心に、ふとそんな考えが浮かんだのを一休は覚えている。

ただし、自分を摂津まで運んだ風は優しい微風《そよかぜ》でも、たおやかな薫風でもなかった。

真正面から吹きつける風である。息を止めるほど強くて、吹き飛ばされそうなほど烈しい風である。しかも風は眼に沁み、耳をちぎりそうなほど冷たく、しかも血と焦土の臭いを帯びていた。

国境からさらに何日に彷徨ううちに、やっと一休は、何かに憑かれたように歩き続けている自分に気がついた。

(国境から遠く離れて、わしは、どうやら摂津の外れにいるらしいな)

朝日の眩しさに瞬きながら、そう考えても足は容易に止まらなかった。

やっと立ち止まることが出来たのは、昼過ぎのことである。立ち止ったのは行く手に花が見えたからだった。

この辺りでも小さな戦闘が行なわれた名残であろうか。

大樹は表面が真っ黒に焼かれている。

だが、その枝にただ一つ、花が咲いていた。

周囲がすっかり色を失い乾き切っているだけに、その、黒変した大樹に咲いた小さな花が目を萎いたのであった。

一休は自問した。

(花だと？)

淡い色のその花は桜だった。

文明二年（一四七〇）二月、厳冬である。

天地を焼尽せしめんほどに燃え盛る「応仁の乱」の戦火はいまだ熄《や》む気配すら見えない。

流血と叫喚が日常と化した京に長らく身を置いていたせいか、花に目が向くなど久し振りのことだった。

(真冬に桜などと……。あの桜の花はわしの目の迷いか？　それとも、とうに殺されてあの世におるのか？)

一休は目を凝らした。

と、風が吹いてきて、花が、ちぎれそうに戦《そよ》いだ。身を切るような風の冷たさと、今にも枝から落ちそうな花の動きが、まぎれもなくこれは現実だと教えている。

「まだ……」

一休は魂の抜けたような表情で周囲を眺め渡し、大きな溜息を洩らした。

「……まだ、わしは、いぎたなく生きておったか」

独りごちた声は空中で白く曇って消えた。微かな痛痒を覚えて、杖を握った右手に目を落とす。

痛痒は冷えきった指から生じていた。さらに一息二息するうちに、一休は、ようやく凍えんばかりな凄まじい寒さに気がついた。

「坊《ぼん》さん、坊さん」

と自分を呼ぶ声も聞こえてくる。

一休は振り返った。

黒焦げの桜の大樹から少し離れた場所で、下帯に薄い半纏を引っかけただけの男たちが五人、焚き火を囲んでいる。どれも二十代半ばから三十になったばかりだろう。いずれも長身で屈強な体つきをしていた。

その中でたった一人、四十前後と思《おぼ》しい白髪を後ろに束ねた男が一休に手招きしていた。

「坊さん、こっちに来《き》なはれ」

白髪の男は一休が目を合わせると、人の好さそうな笑みを拡げて続けた。

「こっちぃ来て、焚き火にあたり。ちっとは温《ぬく》いで」

白髪と肩を並べた髭面が大声で言った。

「わいらは山賊でも足軽強盗でもあらへん、馬借《ばしゃく》や」

馬借とは当時の、馬を用いた運送業者である。正長の土一揆以降、馬借は百姓や国人侍（地侍）と結んで津波のごとき一揆を起こすことで各国守護に恐れられていた。

「馬借衆……」

一休の言葉に髭面は何度もうなずいて続けた。

「嘘やないて。わいの馬も仲間の馬も、蹄の手入れせなあかんよって近くの厩に預けとるんや」

「摂津の馬借は気ィは荒いが馬と女子供には優しいんや」

と白髪の男が笑いながら言った。

「そら、ツラは鬼みたいやけどな。坊さん騙して取って食うたりせえへん。名前かて大吉丸いうんや。どや、縁起ええやろ」

そんな大吉丸の口調と笑顔に惹かれ、一休はそちらに歩み出した。

笑顔を目にするのも、桜の花と同じく久し振りだった。

一度立ち止まって、再び歩いたためか、足が鉛の草鞋を履いたように重い。こんなことを自覚したのは、京を逃れて初めてのことだった。

一歩前に踏み出すごとに、関節という関節が軋み、筋肉という筋肉が痛む。それでも杖を頼りに歩き続けて、やっと五人の所に着くと、半裸の男たちは左右に分かれてくれた。

「さ、あたって温《ぬく》もり」

髭の男が一休に火を勧めた。

一休がぎごちなくうなずいて、火に手をかざすと、もう一人が竹筒を一休に渡した。

「食うもんは何にもあらへんけど、どぶろくや」

「ゆっくり、飲みなはれ」

大吉丸が一休を気遣ってか、そんなことを言った。

「忝《かたじけな》い……」

男たちに礼を言った一休の声は木枯らしのようだった。

竹筒のどぶろくを一口啜った。

何日も呑まず食わずの口に、どぶろくは果実より甘く感じられる。

一息置いて、胃の腑がカッと熱くなる。一休は大きく息をついたが、今度のは溜息ではなかった。

「坊さん、何処から来たんや」

焚き火の向こうから若い男が尋ねた。

「……京から……逃げてきました……」

一休が切れ切れに応えると、男たちは顔を見合わせた。

「京やと⁉」

「ほんまか」

「わし、侍でも野伏《のぶせり》でものうて、い、いまの京から生きて出られた人に遭うたんは一年振りやで」

驚きの言葉を交わす男たちを制して、

「坊さん、ほんまに京から逃げてきたんか？」

大吉丸が尋ねた。

「……はい」

一休は力なくうなずいた。

「いまの京いうたら、地獄でっしゃろ」

「まこと地獄でござった」

「坊さん、たった一人で逃げて来たんか？」

「いいえ。……連れがござったが……西軍の猛攻と……それから逃れようとする町衆や……細川城に働く女子供や年寄りの人の津波に巻き込まれて……はぐれてしまいました……」

一休は、か細い声で切れ切れに応えた。

応える一休の脳裡に、森とはぐれた時の光景が閃く。

ただし、それは連続した光景ではない。

幾つかの断片――一休の心に突き刺さり、強烈に焼き付けられた何枚かの「絵」に過ぎなかった。

たとえばそれは、瞬く間に視野一杯に溢れる西軍の足軽。地下深く掘られた塹壕「構《かまえ》」から逃れようともがく女子供。迷路のような「構」を逃げ惑う人の群れ。握りしめた森の手の小ささ。土砂降りのように降り注ぐ西軍の矢。火矢。一休と森を押しのけて逃げようとする男。その男の身に瞬間的に何十本もの矢が突き立つ。森を離すまいとその手を引き寄せる――。

「大内の軍勢は頭おかしいで。女子供も年寄りも坊さんも見境なしや」

「頭おかしいんは大内だけやない。畠山《はたけやま》も斯波《しば》も赤松もやることは一緒や。寺やろが神社やろが構わず火ぃ点けよるわ」

「神も仏もないとはこのこっちゃ」

「ほんまや。あん餓鬼ども、ほんま腹立つ」

「いつか摂津の馬借の男意気、威張りくさった侍どもに思い知らせてやらなあかんで」

そんな馬借の声高な話し声が迫って来る。

やがて最初の馬借の、

「けどな、何度も言うけど、ほんま、しょうみの話、ようもまあ殺されもせんと逃げてこられましたな」

という呼びかけで、一休は我に戻った。

「はい」

暗澹とした目で一休はうなずいた。

「本当に、わし一人……生き延びて……ここまで参りました」

そう応えた目の端に焦げた大樹が割りこんでくる。一休は竹筒をもう一口あおると、それを大吉丸に返した。よろよろと大樹に歩み寄る。その無残に焼け焦げた表面を片手で触れた。焼かれて間もないのか、キナ臭い。

一休はかすれ声で独りごちた。

「この枯れ木はわしだ」

馬借たちが一休に振り返った。

「何も為し得ず、誰一人として救えず、ただここにあることしか出来ない」

そこまで行った時、突然、強風が吹き抜けた。

凍った刃のような寒風にちぎられて、ただ一つだけ咲いていた桜の花が、一休の面前をかすめて散っていった。

それを目にした一休の目から涙が溢れて来た。

桜の花が森の優しく美しい顔を思い出させたのだ。

戦場で引き離された森は見えない瞳で一休を求め、何事か叫んでいた。

その光景を細部まで思い出すと、自然に激しい嗚咽がこみ上げてくる。

「森さん……どうか無事でいてくれ……」

嗚咽の合間から一休は洩らした。

次いで黒焦げの大樹に額を押しつけて声をあげて泣きはじめた。

馬借たちは老いた僧が母とはぐれた子供のように泣く姿に、かけてやる言葉もなく、ただ見つめていた。

やがて一番若い馬借が歩み寄り、

「坊さん……」

と一休の背に手を掛けようとする。すかさずその前を大吉丸が遮り、首を振って見せた。

「この世で一番大事な人と戦で生き別れになったんや。泣かせたり」

髭面が大吉丸にうなずいた。

「戦で女房子供とはぐれた者には泣くことしか出来《でけ》へんのや。わいも嬶《かか》が赤松の足軽に殺された時は気ぃくるうほど泣いたわ」

「………」

若い馬借は一休に伸ばしかけた手をそっと引いた。

その時、何頭もの軍馬《いくさうま》の迫る音が物凄い勢いで響いてきた。

遠くから百姓たちの呼び交わす声がした。

「侍が来おったで」

「何処の軍勢や？」

「軍勢やない。数が少ないよって偵察やろ」

「いや、偵察やない。もっと恐ろしい奴らや」

「野伏か⁉」

二　荒《すさ》み風

やがて一休と馬借たちの前に現われたのは凶暴な気配を漂わせた一団である。

その数は三名。いずれも腹当に下帯一つか、穴だらけの陣羽織を引っかけている。腹当や陣羽織は侍の死体から剥いで奪ったもの、跨る軍馬も東西いずれかの軍より奪ったに相違ない。

野伏――武装した盗賊あるいは盗賊化した地侍であった。

三人は桜の大樹前まで来ると手綱を引き、馬を止めた。脂ぎった目で馬借と一休を睨めつける。

その視線は飢えた山犬そのものだった。

若い馬借が拳を握った。すかさず髭面が制し、唇に指を立てて「何も言うな」と無言で命じた。

他の馬借たちは緊張した面持ちで三人の様子を見つめ続けた。

「よう、酒か食い物、持ってねえか」

一人の男が馬借たちに声を掛けた。男は頬と額を護る足軽の面具「半首《はつぶり》」で顔を覆っている。

漆黒の半首から見える目は鋭く、赤く血走っていた。

「酒ならここにあるで」

大吉丸が竹筒を持ち上げた。

「寄越せ」

陣羽織の野伏が短く命じた。男の陣羽織は一見黒く見えるが、近寄れば、それが血の汚れと分かる。

大吉丸はその野伏に近づき、おずおずと竹筒を差し出した。馬上から手が伸びて竹筒をひったくった。その勢いに大吉丸は身を竦める。すかさず大吉丸の背に槍の石突が突き込まれた。音を立てて倒れた大吉丸を裸体に腹当一つの野伏が指差して笑った。こちらは恐ろしげに黒光りする鉢鉄《はちがね》で額を護っているが、左こめかみのやや上から下顎まで刀傷を光らせていた。

鉢鉄の野伏の野卑な馬鹿笑いを耳にして、ようやく一休は大樹から振り返った。

三人を見た一休の目は半分死んでいた。

京で何度となく目にした光景だ。

諦めきった瞳がそう語っている。若い頃なら野蛮な行いを目にするや否や杖を振り上げただろうが、戦に疲弊して、森のことだけを案ずる今の一休は、疲れ果てた一人の老僧に過ぎなかった。

竹筒の酒を廻し呑みしながら野伏どもは大声で話しはじめた。

「お頭《かしら》たちとこの辺の寺で合流の約束だ」

と陣羽織が言えば、すかさず半首の男が訊ねる。

「なんて寺だよ、兄貴」

「瑞輪寺《ずいりんじ》といったな」

「それだけで分かるのかよ」

半首の野伏は音高く舌打ちした。

「臨済の寺だからすぐ分かると聞いたぞ」

陣羽織の野伏が言うと、

「そこに坊主がいるぜ。磐十《ばんじゅう》兄貴が今いった瑞輪寺とかいう寺の坊主じやねえのか」

槍に鉢鉄の野伏が一休を顎で指し示した。

野伏と馬借の視線が一休に集まった。

三頭の馬の足音がゆっくりと一休に近づいてくる。三頭は一休の真ん前で止まった。射抜くような視線が一休に注がれる。だが一休は睨み返すでも嫌悪の情を見せるでもなく、ただ虚ろな目で三人の野伏を見上げた。

「おう、坊主」

と最初に呼びかけたのは大吉丸を押し倒した槍に鉢鉄の野伏だった。

「俺たちゃ瑞輪寺って寺を捜してんだがよ。てめえはその寺の坊主じゃねえのか」

一休は何も応えない。

半首の男がさっきより高く舌打ちした。

「ちっ、聞こえねえのか、こいつ」

「坊主なんざ縁起でもねえ。殺っちまおうぜ」

鉢鉄の野伏がじれったそうに槍を振り上げた。

「まあ、待て」

と陣羽織の男が鉢鉄を制して一休に言った。

「坊主、一度しか尋ねぬぞ。瑞輪寺は何処だ？　素直に答えるなら、それでよし。仲間の坊主を庇おうと惚《とぼ》ければ、この岩切り磐十の太刀が黙ってはいない」

磐十は背中に差した刀の柄に手をやった。

脅しではない。

馬借たちは同時にそう思った。

磐十は眉一つ動かさずに人が殺せる男だ。

やっと立ち上がった大吉丸が磐十の背に呼びかける。

「わいらは近くに荷を運んできただけで、ここいらのことは何《なん》もしらへんのや」

大きくうなずいて髭面の馬借も言った。

「そこの坊さんかて、今さっき焚き火にあたりに来ただけや」

「京から逃げてきた、言うとりましたわ」

「わいらも坊さんも瑞輪寺なんて知らんて」

と他の馬借も口々に磐十に訴えた。

「やかましい」

半首の野伏が怒鳴りつけた。

馬借が身を竦めて口を噤むと、磐十は言った。

「もう一度訊くぜ。ただし二度目はねえ。……桜塚の瑞輪寺は何処だ?」

その時、初めて一休は顔を上げた。磐十を見上げた瞳にゆっくりと光が甦ってくる。

(桜塚……瑞輪寺……。摂津国……桜塚……瑞輪寺……)

心の中でそう繰り返した一休の心に、ずっと忘れていた昔の記憶が静かに浮かんでくる。そぼ降る雨の中、十歳ほどの少年の手を引いて、一休は歩いていた。時は八月。蒸し暑くて息をするのも苦しいような午《ひる》過ぎである。

(そうだ。あれは二十年に一度、摂津一帯を襲うという大旱天《おおひでり》の年だった。あの年、伊勢の北畠満雅《きたばたけみつまさ》が南朝復活を叫んで立ち上がり、満雅の手の者に煽られて摂津国の地侍と馬借と百姓が一揆を起こした。……年号も覚えている……正長元年……。青蓮院義円《しょうれんいんぎえん》が神籤《くじ》で六代将軍に選ばれたあの年の夏……)

正長元年といえば四十二年も前のことである。

(……わしは、いずくかの守護に頼まれて……男の子と共に……長い長い旅をした……)

すでに細かい記憶は定かではない。

(まるで御伽噺《おとぎばなし》のように不思議な旅だった)

その旅の最後に、一休は少年の手を引いて伊勢から摂津に旅をして、ここ桜塚までやって来たのだった。

（桜塚にある臨済の瑞輪寺へ――）

そこまでは、ぼんやりと思い出せる。

だが、自分が手を引いて一緒に歩いた少年のことになると、靄がかかったようになってしまい、はっきりとは思い出せなかった。

（あの少年……汚れた浮浪児だったような気もするし……凛々しくも聡明な面立ちをした皇子《みこ》だったような気もする……）

あの少年は誰だったろう。

一休は自問した。

あの少年のことになると何ゆえに、かくも記憶が混乱するのか。

そう己れに問えば記憶の縁の底から遠く響いてくる声がある。あれは少年のものだ。少年は一休の背にこう叫んでいた。

「俺のおっ父の名は、一休宗純だ。江州堅田《ごうしゅうかただ》の禅興庵《ぜんこうあん》の修行僧、一休宗純禅師だ！」

一休は少年の声を完全に思い出した。

（わしの息子……？）

老僧の瞳に光が拡がったのを、半首の野伏は見逃さなかった。いつの間にか馬を下り、槍を構えていた野伏は薄ら笑いを浮かべ、磐十と鉢鉄の男に振り返った。

「見なよ。坊主め、瑞輪寺が何処にあったか、思い出したらしいぜ」

それに応えるかのように一休は遠い目で言った。

「瑞輪寺にわしは行ったことがある。四十年以上も前のことだ」

「なら、早ぇとこ、そこに案内しろ」

半首が言えば、一休はその凶暴な顔をまじまじと見据えてから、大きくうなずいた。

「よかろう」

いともあっけない返事である。

野伏どもは拍子抜けしたような顔を見合わせた。磐十がニヤリと笑って言った。

「よし、行こうぜ」

一休は歩き出した。その後を三頭の馬が進みだす。と、一休に大吉丸が駆け寄った。

「坊さん、あんた正気づいたばかりやないか。まだ元に戻ってへんのに歩いたら危ないいて。な、もうちょっと休んでからにし」

——こんな奴らと言ってはいけない、という大吉丸なりの遠回しの表現である。

一休が大吉丸に振り返り、何か言い返そうとした。

だが、声を発するより早く、

「やかましい、このクソが！」

鉢鉄の怒声が飛ぶと同時に、槍穂が大吉丸の背に突き込まれた。

馬借たちから「おおっ」という声が沸いた。

大吉丸は己れの胸から飛び出した槍穂に目を落とした。信じられない、という顔で仲間に振り返った。唇が動いて何か言おうとしたが——そのまま声もなく地に倒れていった。

鉢鉄は大吉丸から槍を抜き、馬借たちを威嚇するように睨んだ。

「次は誰だ？　いつでも地獄に送ってやるぜ」

半首の野伏がそんなことを喚いた。

「……」

馬借たちは無言である。だが、男たちは一様に拳を握り、歯軋りしていた。

一休はそんな有様を痛ましげに眺めていたが、何を言うでもなく、ただ大吉丸に向かって手を合わせるのみだった。凄まじい喪失感が一休の心から怒りや憤りといった感情を剥落《はくらく》させてしまったようであった。

一休はまた歩き出した。

野伏どもがそれに続いて進んだ。

老僧と野伏の後姿はゆっくりと遠ざかっていった。

野伏が容易に戻れない距離まで離れたのを確かめて、馬借たちは大吉丸の死体に駆け寄った。その身を桜の大樹の下に運びながら、何人かの馬借が震え声を絞り出した。

「今に見さらせ」

「大吉丸の仇はきっと討ったる」

若い馬借がすでに見えなくなった一休のほうを見やって呟いた。

「あがいな外道と一緒じゃ、あの坊さんも無事では済まんな……」

三　憶《おも》い風

田舎道を進むうちに一休の心に遠い記憶がゆっくりと甦ってきた。

（そうだ。この道をわしは十かそこらの男の子の手を引いて歩いたのだ。そぼ降る雨のなか、傘も蓑もないのに男の子は文句も言わずに歩き続けた）

瑞輪寺は臨済宗寺院ではあるが、もともと近くにある原田神社の宮寺であった。宮寺とは神社に付属した寺院のことだ。

その本社の原田神社は東西いずれかの軍勢に焼かれたか、曇天に無残な姿を晒している。

瑞輪寺もまた山門が崩され、軍馬の駆け回った跡が一帯に残されていた。

だが、そんな荒廃の跡を目にしても一休は眉ひとつ動かすことなく、

「こっちじゃ」

と足早に歩み続けた。

寺の前庭は相当に荒らされた様子だが、外から眺めた雰囲気では、本堂や僧房は無事なようである。

一休が玄関の前に立つと、一休の背後で三人が次々に馬を下りた。馬を前庭のアカマツにつな

ぎ、三人は声をひそめて言葉を交わした。

「兄貴、仲間の馬が見当たらねえ」

「この様子では、お頭たちはまだ着かねえようだぜ」

「仕方ない。寺で待つとしよう」

「酒と女にありつければ有り難いが。……このしけた様子じゃ、女はおろか、酒もなさそうだな」

「雨風しのげるだけでも有り難いと思え、馬鹿野郎」

磐十は二人の弟分に吐き捨てると、音もなく一休の真後ろに移動した。気配を殺して音もなく刀を抜いた。いつでも下段から斬り上げられる構えをとる。

そうして一休の背に囁いた。

「寺の者を呼べ。もし寺の者が大勢いたら、俺たちのことは近くで合流した地侍だと言うんだ。他に誰かいるのか、いるならそれは何人くらいか、まずそれを尋ねろ。数が少なければ三人で始末できるし、多ければお頭たちが来るまで猫を被っているまでよ」

「……………」

一休はむっつりとうなずいて、玄関から声を掛けた。

「頼もう、頼もう」

遠くから「はい」と答《いら》えが返される。パタパタと早足で近づく音がして、一人の僧侶が姿を見せた。

「病人が休んでおります。目下、当寺は、拙僧と病人だけゆえ何とぞお静かにお願いします」

そう言った僧侶は五十前後か。六尺近い長身で、ひょろりとした体つきである。古武士のように精悍な面立ちで身ごなしに隙がなかった。

「お取り込みの所、まことに申し訳ござらぬ。拙僧は臨済宗大徳寺派の僧で……」

と名乗りかけた一休の背後から半首が顔を出して尋ねた。

「つまり、てめえと病人だけという訳かよ」

いきなり進み出た半首の漂わせる殺気に気づいて、僧侶は身を固くすると眉をひそめた。

「左様にござるが」

「へ、へ、そんならそうと早く言えってんだよ」

垢じみた髭面一杯に野卑な笑みを拡げて鉢鉄も前に出た。鉢鉄の脇に抱えた槍の棒身から血が滴り落ちる。それを見た僧侶は厳然として言った。

「当寺に血の臭いのする物を持ち込むことは許しませんぞ」

僧侶の言葉が終わるより早く、磐十の手が奔った。素早く背中の太刀を抜くと、宙で返して、その切っ先を僧侶の頤《おとがい》に突きつける。

「許せなきゃどうするってんだ、糞坊主?」

髪一筋でも動けば磐十の太刀が頤の薄い皮を破って突き通り、そのまま脳天まで貫かれる。そう悟って僧侶は沈黙した。

「……」

「分かったようだな。俺は物分かりの良い坊主は好きだ。だから殺さねえ」

薄笑いを拡げると陰惨な掠れ声でそんなことを言い、磐十は少しだけ太刀を引いた。

「病人は身も心も傷つき、弱り果てて伏せっております。どうか、そこを汲んで頂きたい」

僧侶は眉を震わせて訴えた。

「安心しろ。俺たちはお頭たちが来るのをここで待たせてもらうだけだ。世話は掛けねえし、悪さもしねえ。その辺、弟分にもよく言っておくぜ」

磐十は薄笑いを浮かべて太刀を背中の鞘に戻した。

「悪さしねえって言ったろ。安心しなって」

半首が黄色い歯を剥いて笑った。

「俺たちゃ、畠山義就《はたけやまよしひろ》ンとこの足軽とは違うからよう」

鉢鉄も意味ありげに笑って槍を三和土に置いた。畠山軍の足軽の悪名は摂津にまで及んでいる。あるいは野伏は畠山軍と衝突してその勇猛と凶暴に手を焼いたことがあるのかもしれない。

「……どうぞお願いいたす」

僧侶は野伏たちに軽く頭を下げた。そうした何気ない仕草にも、背に一本筋の通った気迫が感じられる。

「まずは食い物と酒――酒が無ければ白湯《さゆ》でも貰おうか」

磐十は三和土《たたき》に上がった。

「湯漬けで良ければ進ぜましょう」

「湯漬けだと」

「上等だぜ」

半首と鉢鉄が顔を見合わせて笑った。

「されば、僧房にご案内いたそう」

「済まねえな」

磐十は心にもない礼を言うと、弟分に振り返った。

「おう、坊様の許しを頂いたぜ。てめえら、行儀よく上がらせてもらいな」

「……邪魔するよ、坊様」

そう言い捨てると半首と鉢鉄は三和土に上がった。磐十は弟分が上がるのを見届けてから、ゆっくりと上がる。寺の奥に人が多数いないか、まだ警戒しているようだった。

僧侶は一休に面を向けると、

「拙僧は紹偵岐翁《しょうていきおう》と申します。同じ臨済の方とお伺いしましたが、宜しければご尊名を」

「わしは……」

名乗りかけて一休は深い溜息を洩らした。

「……すでに一切の希望も、出家としての誓いも忘《ぼう》じ果て、今はただ狂うて流離《さすら》い、死ぬのを待つだけの身なれば、風狂とでもお呼びくだされ」

それを聞いた紹偵は、

「風狂殿……」

と眉をひくりと動かしたが、

「なにやってんだ。早く僧房に案内しねえかよ」

という半首の声に振り返って、

「ささ、御坊も。お早くお上がりくだされ」

一休に静かに促した。

四　乱れ風

長い廊下を渡った奥に僧房はあった。

西向きの連子窓から冬の陽の光が差し込める板張りの部屋である。

広さは十六畳ほどか、暖を取るような物は一切ない。あとは座布団はおろか囲炉裏さえない殺風景な小広間だ。

南側の木戸の横に、何のまじないか二尺二寸ほどもある黒檀の鈴棒《りんぼう》——本堂の鉦を叩く棒が細紐でぶら下がっているのを目に止めて、一休はほんの少し眉をひそめた。

(前に、男の子を連れて参った時には、あんな物を下げていただろうか)

そう思った一休の心に、

(そういえば、わしがここに連れてきた、あの男の子はどうしたことだろう)

という疑問が湧き起こった。疑問とともに瞼の裏に普通のやんちゃな表情と高貴さの漂う聡明そうな表情を併せ持った男の子の顔が浮かんでくる。

（あの子は何者だったのだ？　わしは何故、あの子を瑞輪寺に連れて来たのだ？）

という思いが心に満ちて来て、どうにも堪えられなくなって、とうとう一休は紹偵に尋ねた。

「わしが以前、こちらにお預けした男の子はどうしておりましょう？　ご存知ござらぬか？」

「男の子？　名前は何と申されます？」

「それが。……歳のせいか、名前も、どうしてこちらに連れて参ったのかも、いつの事であったかも、すっかり忘れてしまいましてな」

と一休は眉を垂れさせた。

「………」

紹偵は腕を組んだ。

「戦で親を失い孤児となった男の子はよく臨済僧や、それ以外の宗派の僧、神官や山伏、名主殿などが連れて参りますが、それもこの二年ほど、戦で当寺にも余裕が無くなったのでお断りしております」

「二年どころではない。ずっとずっと前のことなんじゃが」

「目下は住職はじめ平僧も高僧も小坊主、寺男の類に至るまで残らず、戦火を逃れて寺を離れております。拙僧は寺の守りを志願して一人残っておりますゆえ、その子のことは分かりかねます」

申し訳なさそうに応えた紹偵の背に、苛ついたような半首の声が投げられた。

「おい坊主、湯漬けはどうしたんでい？　ぐちゃぐちゃ話してねえで、さっさと持って来ねえかよ」

紹偵は「只今お持ちいたす」と応えてから一休に口早に言った。

「その子については後ほど、また、お話し致しましょう」

「何とぞ」

そうして紹偵はその場を立った。庫裡のほうに行って湯漬けを作りはじめたようだ。湯漬けを待つ間、三人の野伏は自堕落な姿で休みながら話しだした。

「あの坊主の話しぶりじゃこの辺りにまで戦は及んでるらしいな」

横になって槍を弄びながらそう言ったのは鉢鉄である。

「寺の前の軍馬の足跡を見なかったのか？　あれは十人くらいの手勢がぶつかりあった跡だぜ」

半首が顔をしかめた。

「ってことは……。おい、また戻ってくるかもしれねえじゃねえか。やばくねえのかよ」

「やばいに決まってるだろ」

少し蒼くなった二人を磐十が怒鳴り付けた。「うるせえ」

「でも、兄貴……」

「お頭が、この寺で待て、と言ったんだ。お頭に何か考えがあるとは思えねえのか、てめえらは」

「いや、それはあると思ってるけどよ。……ただよう……」

と何か文句を言おうとした半首は、磐十が自分のことを殺しそうな目つきで睨んでいるのに気づいて、

「い、いや。俺は信じてるぜ。ずうっと、そう言ってるじゃねえか」

ヘラヘラ笑いながら誤魔化した。

「てめえはどうなんだ?」

磐十は鉢鉄のほうを振り向いた。

「俺は前から少しも疑ってなんかいねえよ」

鉢鉄も作り笑いを拡げて、かぶりを振った時――。

南側の木戸の奥から小さな咳の声が起こった。

それを聞いて野伏は三人顔を見合わせた。磐十が「静かに」と唇に指を立てた。半首と鉢鉄は何度もうなずいた。

一休も顔を上げ、耳を澄ませた。

また咳が起こった。

何度も繰り返されるその声は、か細く、弱りきっている。だが、咳の主が女だということは、はっきりと聞き取れた。

「寺に女がいるぜ」

囁き声で鉢鉄が言った。その顔は野卑な笑いを拡げ、淫らな期待で舌舐めずりしている。

「病人は女だったのか。道理で、あの坊主、人を遠ざけようとする筈だぜ」

黄色い歯を剥きだして笑う半首の目は次第に血走っていくように見えた。

「まだ何もするな。まずは腹ごしらえだ」

磐十が釘を刺せば、二人の弟分はいやらしい含み笑いを洩らして、何度となくうなずいた。

「腹が減っては戦が出来ねえからな」

「何の戦だよ？　へ、へ、まったく兄貴の言うことにゃ無駄がねえぜ」

弟分から転じて磐十は一休を睨んだ。

「おう、爺。あの坊主に下手なこと言うと、てめえの命はねえからな」

赤い目で睨まれても一休は無表情だった。

応仁元年からこの三、四年、至る場所で繰り広げられた蛮行が、また一つ、ここでも行なわれるだけのことだ。

（わしに何の関わりがあろう）

深い悲しみを湛えた一休の目はそう呟いているようだった。

それを察したか、磐十は鼻を鳴らし、

「ふん。この死に損ないの抜け殻ジジイが！」

そう決めつけるなり、一休の顔に唾を吐きかけた。

だが、一休は掛けられた唾を拭うでもなく虚無のように黒い目でぼんやり野伏たちを眺めるばかりだった。

「いいじゃねえかよ、兄貴」

と半首が唇を歪めて言った。

「女を助けようと爺に暴れられるより、こうやって、何もかも捨てた馬鹿面でボーッとしてくれてたほうがよ」

「そうさ。世話が掛からねえし、こっちの槍も汚れずに済むと言うものだぜ」

鉢鉄が肩を揺らして笑った。

「それじゃ、ちょこっと病人の見舞いなんぞをいたそうかね」

半首は四つん這いになると南の木戸めがけて進みだす。そんな姿は飢えた山犬が気配を殺して獲物に接近するようだ。

「調べてくれよ、兄弟。綺麗な声で咳しても、面を拝めばとんだババアってことが良くあるからな」

「任せておけって」

言いながら半首はさらに這い進んだ。

四つん這いから木戸に手を伸ばす。真っ黒い爪の汚れた手が伸びていく。その指先が木戸の引き口にあと少しで届きそうだ。

一休はそちらから目を逸らした。

逸らしたその瞳に、湯漬けの載った盆を持った紹偵が飛び込んでくる。

紹偵はまず一休を、続いて木戸を引こうとしている半首を見た。その目に、瞬く間に怒りの光が拡がった。

「貴様、何をしておるかッ」

紹偵が叫んだ。裂帛の怒号が壁と板床に反響する。その勢いに半首と鉢鉄は身を竦め、磐十までもが身構えた。

それでも虚勢を張って半首は笑いながら紹偵を見上げた。

「何って、俺ァ、ただ隣の部屋の病人が咳して苦しそうだから……」

「黙れ！　京の戦乱に巻き込まれ辛酸の果てに病を得られた御方に、貴様、悪さしようと――」

紹偵に皆まで叫ばせず、磐十が片膝を立てた。

「――しようとしたが、どうした!?」

叫ぶと同時に背中に手を走らせる。

磐十は太刀の柄を握り、一瞬で抜き放った。

だが、紹偵の動きはそれより早かった。

紹偵は板床を蹴って南の壁に飛ぶ。壁から紐で下がっていた二尺二寸の鈴棒を引っ掴む。力任せに引いた。紐が切れる手応えがあった。裸足の蹠《あしうら》が冷たい板床を踏んだ時には、紹偵の手に黒檀の鈴棒が握られていた。

半首がハッとして、紹偵を見上げた。

その眉間めがけて紹偵は鈴棒を振り下ろした。

渾身の力を込めた一撃だった。

薄い黒鉄《くろがね》に漆を塗った半首が砕け散った。

さらに鈴棒は半首に護られていた野伏の顔面をも叩き潰した。

悲鳴を上げる余裕もなく、野伏は背中から倒れた。

予想もしなかった紹偵の動きに、磐十は続く動作を失った。

太刀を振り上げかけたまま、愕然と紹偵を見つめる。

血走った眼球が膨らんでいた。

鉢鉄の男も、唇を戦慄《わなな》かせている。

「いざ」

と低く言って紹偵は黒檀の鈴棒を構えた。己れの顔面を護りながら、同時に、襲い来る敵への攻撃に備えた武芸者の構えだった。

気迫で金縛りとなったか、磐十は身動き一つ出来ない。

鉢鉄は槍を構えるが、その手が震えて、槍穂が定まっていなかった。

「……畜生……畜生……」

鉢鉄はそんな言葉を念仏のように口の中で唱えた。その目が落ち着きなく動き続ける。視線が目まぐるしい勢いで移動した。

鈴棒を構えた紹偵。

金縛りに陥った磐十。

無表情に端坐する一休。

南側の木戸。

男は激しく瞬いた。

沈黙。

小広間だけ時間が静止してしまったようだ。

鉢鉄の呼吸が次第に荒くなる。

脈拍が大鼓を打つ音のごとく聞こえてくる。

鉢鉄に護られた額から冷や汗が滴った。

まだ秒毫《びょうごう》の時も経っていないのに、すでに何刻もこうしているような気がした。

と、——突然、沈黙が破られる。

木戸の奥から女の咳の声が起こった。

鉢鉄の男はその刹那、野獣のような咆哮を上げて木戸に突進した。

槍で木戸を破った。

木戸の後ろには衝立が立てられている。

突進した勢いを止められず、鉢鉄は衝立を蹴飛ばして、その裏まで突っ込んだ。

紹偵が何か叫んで鉢鉄を追おうとする。

鉢鉄の視界に女の姿が飛び込んだ。

女は驚き、夜着を撥ね除けて身を起こした。

歳は三十四、五というところか。

化粧っ気のない細面が薄闇に映えて身震いするほど美しい。

女は清澄な瞳を鉢鉄のほうに向けて震え声で言った。

「紹偵様、どうしたのでしょう? 何かあったのでしょうか?」

その声を耳にして一休はハッとした。木戸の奥に目をやった。奥では病床の女を護らんと、紹偵が鉢鉄に摑みかかったところだった。

紹偵は鉢鉄の胸元を摑むと、鋭く足を払った。

屈強な男の身が半回転した。

男が横倒しになっても、紹偵は男の胸元を離さない。

相手に受け身を取らせない柔術特有の投げ技であった。

「なんでもない！　離れておれ──」

叫びながら紹偵は、仰向けに倒れた男の鳩尾めがけて、鈴棒を突き込んだ。

鉢鉄の男が声もなく即死する手応えを覚えつつ紹偵は女の名を呼んだ。

「離れておるのだ、森殿《しん》！」

森の名を聞いて一休は電撃に撃たれた。

瞬く間にその瞳に生気が甦る。

意識の戻った一休の目に、片膝の姿勢から立ち上がる磐十が飛び込んできた。

刹那、一休は動いた。

七十七の老人とも思えぬしなやかな動きで立ち、床を蹴る。その身が舞い、蹴り込んだ爪先が磐十の胸にめりこんだ。

一休の蹴りは敵の心の臓をたった一撃で破壊した。

驚愕と恐怖の表情を張りつけたまま、磐十は両膝をついていった。

太刀を振り上げた手が緩んだ。ゆっくりと太刀の柄が離れる。安っぽい音を響かせて、磐十の太刀は床に転がった。その音を追いかけるように磬十の身が前のめりに倒れ込んだ。

相手が倒れたのを確かめて、一休は木戸の奥に進み入った。

「さ、こちらへ」

と促す紹偵の手を借りて立ち上がった女を見つめた。それは京で生き別れになった森に他ならない。

森が十五の時に初めて会ってから、何度となく別れと再会を繰り返し、今度という今度は二度と生きて会うことは叶わぬと絶望した――森の姿を見つめる一休の目に涙が溢れてくる。

「……………」

込み上げる嗚咽に邪魔されて一休は容易にその名を呼ぶことが出来なかった。

激しくしゃくりあげる一休の声に、森はハッとした。見えぬ瞳を一休の立つほうに向けた。

「どなたか……おいでですか？」

紹偵はうなずき、一休に目を向けた。

一休の口からやっと声が洩れる。

「……しんさん……」

その声を聞くなり、森は驚きの表情を広げて、盲いた瞳を一休に転じる。消え入りそうな声で森は問うた。

「一休様……？」

紹偵が手を離した。

森は一休の立つ位置まで少しずつ進みだす。進みながら確かめるように尋ねた。

「一休様でいらっしゃいますか？」

「そうだよ、わしだよ」

優しく応えて一休は両腕を広げた。

「一休様！」

森は手を前に出して杖なしで歩んでいる。一休はそんな森に飛びつき、力の限りに抱きしめた。森も抱き返してくる。

森の気配、森の匂い、森の身のたおやかさ、森が生きているという手応え——それらすべてを全身全霊で受け止めながら、一休は言った。

「森さん、よう生きててくれた。会いたかった……会いたかったよ……」

「一休様——」

と低く洩らすなり、森は声を上げて泣きはじめた。

「泣かんでいい。もう泣かんでいいんだよ、森さん。……お互い地獄から生き延びて……こうして生きて再会できたのだ……どうして泣くことなどあろう……なあ、そうじゃないか、森さん」

泣き崩れそうになる森の身を抱いて支えながら、一休はそう繰り返した。

「西軍が大挙して襲ってきて……逃げ惑う人の波に巻き込まれて……杖も落としてしまって……」

森は泣きながら話し続ける。そこまでは一休も覚えている。その後、盲目の女の身にどんな過酷な運命が襲いかかったのか想像に難くない。

だが、一休はそんなことを聞くよりも、今はただ生きて再び会えたことを心の底から喜びあい、天に感謝したかった。

「詳しい事は跡で聞かせておくれ。それより……昔の記憶に促され、さらに野伏に脅されて立ち寄った瑞輪寺に……お前様がかくまわれておったとは……」

切れ切れに言った一休の背に紹偵の声が掛けられる。

「再会を喜び合うのはそれくらいにして、まずは野伏どもの亡骸を片付けましょう」

五　温《ぬく》もり風

三人の凶賊の死体は寺の裏に引きずり出し、無縁仏の墓に埋めてしまった。

僧房の汚れを洗って塩で清め終えた頃にはあたりはすっかり暗くなっていた。

本堂から持ってきた燭台に火を灯し、僧房を明るくした紹偵は、一休と森に呼びかけた。

「さて。改めて、再会を祝されては如何ですか」

「………」

一休と森は手を取り合った。

「森殿も一休様と会って顔に血の気が戻られたようですな。全ては釈迦如来のお導きでございましょう」

紹偵はそう言うと、その場に正座して威儀を正した。

一休も慌てて正座する。

深々と一礼した後、紹偵は言った。

「お会いしとうございました、一休宗純様」

「紹偵殿。……此度のこと、お礼の言葉もござらん」

紹偵は精悍な顔に笑みを一杯に拡げると、

「水くせえこと言うなよ」

不意に砕けた口調で呼びかけた。

「えっ……」

驚いた一休に紹偵は続ける。

「俺だよ、坊さん。……そらまるだよ」

「……そらまる……」

「そうだよ。アルキ比丘尼《びくに》の息子だよ」

暫しの沈黙の後、一休は感嘆の声を洩らした。

「おお……」

そんな声と共に、一休の心に、忘れられた記憶が一気に甦ってきた。

（そうだ。そうだった。南朝復興を企む北畠満雅と、将軍となって間もない頃の六代義教の暗闘に巻き込まれ、彦仁王《ひこひとおう》様——御幼少の砌《みぎり》の今上の御魂《おんみたま》を受ける器として選ばれた少年だ）

その名は虚無の虚と書いて虚丸《そらまる》といった。

一休は虚丸と一緒に旅を続け、彦仁王の御魂を本来の肉身に戻した後は、伊勢から摂津に旅をして、虚丸をこの寺に預けたのだった。

四十二年も前のことがようやく細部まで思い出された。

そんな一休の顔を真正面から見つめて紹偵は叫んだ。


「俺のおっ父の名は、一休宗純だ。江州堅田《ごうしゅうかただ》の禅興庵《ぜんこうあん》の修行僧、一休宗純禅師だ！」


雨の音が聞こえた。

現実の雨の音ではなかった。

四十二年前——虚丸を瑞輪寺に預けたあの日の雨音だった。

静かな雨音が耳奥から消えた頃、一休の目から熱い滴が溢れだした。

「今日は何と言う日だろう。この世で最も大切な女《ひと》と再会できたその場で、四十二年前に別れた、我が息子とまた会えるとは……」

紹偵が手の甲で涙を拭いながら言った。

「森殿は、この先の桜の大木あたりで倒れているのをお助けしたのです」

「わしも……あの黒焦げの桜の木の下で正気づいたのだ」

「そうでしたか。しかし、こともあろうに、我が父の知己であったとは。まったく諸仏のお導きと申すもの……」

紹偵の言葉を聞いて森が一休に尋ねた。

「一休様、紹偵様は一休様のお知り合いでいらしたのですか？」

すると一休は森に応えた。

「森さん、改めてご紹介するよ。紹偵さんはわしの息子じゃ」

「息子と申しても実の息子ではありません。子供の頃、拙僧が勝手にそう言ったと申す話――」

紹偵に皆まで言わせず、一休は首を横に振って、

「あんたは小さかったから何も知らんのじゃ。あんた――虚丸は、若い頃、わしがアルキ比丘尼と契って拵《こしら》えた、れっきとした我が息子。一休宗純の実の息子じゃ。信じられんのなら世間が落ち着いたら、一筆したためて判をついても良いぞ」

「は、は、それは嬉しい限りで」

照れたように笑ってから、紹偵は一休に尋ねた。

「されば、父上。こちらの女性《にょしょう》は？」

「森さんかい？　森さんは……」

一休は少し間をおいて応えた。

「森さんは、この一休宗純の、〝女〟だ」

「おんな――」

紹偵が目を丸くして思わず大声を上げれば森は顔を真っ赤にして首を横に振った。

「左様な……滅相な……。わたくしは賤しい旅芸人……しかも盲目《めしい》で……すでに汚れに汚れた身……一休様の女などと……勿体のうございます」

だが訴える森の言葉を無視して、

「なんなら森さんとの房事を詠った漢詩を聞かせてやっても良いぞ」

一休は片目をつぶって、うそぶいた。

「いや、それはご遠慮申し上げましょう」

と断ってから紹偵は森に向き直り、

「森さん、これから一休殿とご一緒に旅をされ、いずれ世が落ち付いて共に暮らすようになっても、ご自分は〝一休宗純の女〟であると周囲には言い続け、ご自身もそのように信じ続けなさい」

「それは……どうしてでございますか？」

「拙僧の見立てでは、目下の、東西に分かれ武士という武士が血を滾《たぎ》らせて相争う戦は、程なく京から全国に広がりましょう。つまり北は奥州から南は九州まで炎に包まれるのは必定。それから始まるのは守護代が守護を殺し、管領が将軍を殺し、親が子を殺し、子が親を殺す——野獣か修羅のごとき乱世末法の世。そうなればこの世は血と炎に沈み、人々から笑いは消え、草も木も枯れ果てて、二度と花の咲くことはなくなるでしょう」

「………」

「そうした世となった時、貴女のように目のご不自由な女人が生き延びるためには、今上の兄君にあらせられる一休宗純殿の女であることが、何よりの武器となるはずです」

「でも、わたくしと一休様は左様なことは何も……」

「現実に一度も契ったことがなくとも、周囲には契ったことにしておきなさい。嘘も方便。一休殿の庇護の下にあり続けるのです」

紹偵はそう断じると一休に向き直った。

「そのようにお考えになって、森さんをご自分の女だなどと申されたのですね」

一休は答えない。

あらぬほうを眺めて沈黙していた。

「拙僧はそのように……」

言いかけてから紹偵は訂正した。

「俺はそうだと信じてるぜ、坊さん」

「ふん」

面白くなさそうに鼻を鳴らすと一休は森に振り向いた。

「森さん、腹、減っただろう」

「い、いえ。わたくしは――」

首を振った森を無視して一休は紹偵に言った。

「森さんもわしも腹が減ったぞ。おい、息子。わしらに湯漬けを持ってこい」

「はい、只今」

苦笑した紹偵に一休は続ける。

「森さんも何日かしたら元気になるだろう。森さんが立って歩けるようになったら、わしらは大和か和泉のほうに避難することにするよ。摂津も危なそうだからな。……済まんが、ここを発つ時には、路銀と食い物を少し融通してくれんか？」

「はい」

大きくうなずいて紹偵は応えた。

「我が父のためならば喜んで」

六　真冬に吹く春の風

それから五日後――。

体力も気力も取り戻した森と共に、一休は瑞輪寺を辞した。途中まで送っていく、という紹偵に、

「もうこれ以上、世話になったら、わしらはタカリになってしまうでな」

「お気持ちだけ頂きます、紹偵様」

と一休と森は頭を垂れた。

「では、せめて、あの桜の木まで送らせて下さい」

紹偵はそう言って譲らない。仕方なく桜の大樹まで送ってもらうと、近くで馬が何頭も草を食み、大樹の下には何人もの男が大声で談笑していた。

「や、まずいな。磐十の奴が言ってた野伏のお頭一味か」

思わず顔をしかめて身構えようとした一休に、紹偵は眉を顰めて応えた。

「野伏とは様子が違うようですが」

「なにか温かい気配を感じます」

森も見えぬ目を前方に据えて囁いた。

「そうか？　あいつら、下帯一本の裸虫だし、髭面ばかりで赤鬼みたいだぞ」

疑わしそうに言った一休を、その赤鬼の一人が見つけて叫んだ。

「おおい、坊《ぼん》さんやないか！」

その声を聞いて他の赤鬼も一斉にこちらに振り返る。

「なんやて」

「坊さんて、あの坊さんか？」

「せや。あの坊さんや。背の高い坊さんや綺麗な女子《おなご》と一緒やで」

そんな声が一休の耳にも聞こえてきた。

「はは、野伏かと思うたが、馬借衆か」

目を細めて呟くと、一休は森に振り返った。

「あれは知り合いの馬借たちでね。瑞輪寺に来る前に世話になったんだよ」

口早に説明するうちにも一休たちは桜の大樹の下に着いていた。

三人はたちまち馬借に囲まれる。馬借たちは一休が生きていたことに驚き、かつ生きていたのを喜んでくれた。

「坊さん、よう生きとったな」

「野伏に殺されたと思ってたで」

「ほんまに良かったわ」

そんなことを口々に言いながら、逞しい手で肩を叩いてくる。何本もの手に叩かれて痛いほどだが、その手はどれも温かく、優しさと親しみが籠っていた。

「お前さん方はまだここにおったのかい」

一休は馬借に笑い返すと、

「野伏どもなら、鼻息で消し飛ばしてやった。それより、お前さん方、前に会った時より数が相当増えたように見えるが。わしの勘違いかの」

「勘違いあらへん」

「わいら、きっちり、増えとるがな」

若い馬借が真っ白い歯を見せて笑った。

「わい、大吉丸のおっさん殺されて、むかっ腹立ってな。摂津の棟梁に話したったんや」

「棟梁というのは馬借の親分かい」

「せや。偉くて強おい御方や。棟梁に話したら、野伏、皆殺しや」

「なんか話が見えないな」

一休が苦笑すると、横から年配の馬借が補ってくれる。

「摂津の馬借の棟梁に、野伏三人に大吉丸が殺されたと知らせたんや。そしたら棟梁がな、摂津の馬借を理由もなく殺した畜生に思い知らせたれ、と怒りに怒った」

「それでどうした?」

「ほいで、三人が瑞輪寺で野伏のお頭と合流しようとしてる言うから、瑞輪寺のほうに馬を駆る野伏一味を待ち伏せや」

「三十人はおったで」

若い馬借が興奮した調子で横から口を出した。すかさず別の馬借が訂正する。

「大袈裟なこと言いな、十二人やったやないか」

「坊さん、見てへんのや。少し景気付けんかいな」

「それでその十二人をどうした?」

一休が尋ねると、若い馬借は腰に手を遣った。下帯の後ろに提げた革紐を取って、一休に見せつける。

「摂津の馬借は弓も刀も槍も使わへん。これで戦うんや」

「それは?」

「この革紐をぶんぶん振って石礫《いしつぶて》投げたる」

「石礫か」

一休は感心した調子で言った。その脳裡に馬借の大群が原田付近の人気のない野原で十二人の野伏一味に襲いかかる光景が浮かんでくる。——馬借衆は馬に乗って野伏を取り囲み、ぐるぐると周囲を回って威嚇していた。威嚇しながら、馬の鞍に括り付けた石を革紐に仕掛ける。そうして革紐を振りまわして石礫を投擲するのだ。河原の石合戦の昔から石礫は弓矢より強力な飛び道具として人々に使われてきた。刀も弓矢も使わず馬借はこの石礫で百姓や国人侍と力を合わせ、守護の軍勢と戦ってきたのだ。

雨霰と降り注ぐ石礫に野伏一味は弓も槍も刀を使うこともままならず、脳天を石で砕かれて、一人また一人と落馬していく。馬から落ちた野伏を仲間の馬や、馬借の馬が踏んで行く。こうして十二人の野伏は、磐十らと待ち合わせた瑞輪寺に行くこともかなわず全滅してしまうのだ。

「南無……」

全滅した野伏のために、紹偵が片手を上げて呟いた。

その隣で一休は、

「ようやった」

と言って破顔した。

「宜しいのですか、人殺しの群れとはいえ……」

そう訴えかけた森に一休は大きな声で言った。

「死のうが生きようが、人殺しだろうが神仏だろうが、わしはお前様を苦しめる奴、泣かせる奴、傷つけようとする奴らには、金輪際、手も合わせせんし、心経も唱えん」

「……」

困惑した表情が森の貌《かんばせ》に拡がる。それに構わず一休は森の手を握り、引き寄せた。

「一休様、そんな……皆さんが見てらっしゃいます……」

頬を赤らめた森を抱きしめて一休は言った。

「お前様は、一休宗純の活き仏。まことの観音様だ」

そして力の限りに森を抱きしめた。それを見て、周りの馬借衆が手を拍ち、口笛を吹き、ヤンヤと喝采しはじめた。

若い馬借が照れたように二人から目を離し、近くに立つ紹偵に尋ねた。

「あの坊さん、一体、誰や?」

「あの坊さんか。あの方はわいの父上や」

「坊さんのお父か?」

「せや。ほいで、京で窖《あなぐら》に縮こまっとるアホ公方《くぼう》より、ずっとずっと偉い御方の兄君やねんぞ」

「公方様より偉い御方の兄君かいな!」

「覚えとき。一休宗純いうのがお名前や」

「じゃ、あの綺麗な女子《おなご》は?　一休さんの嬶《かか》かいな?」

紹偵は、森の手がおずおずと一休を抱き返すのに目を細めて、馬借に応えた。

「嬶やない」

「なら、なんや?　妾か」

「ちゃう。あの女子はな……」

と一息置いてから紹偵はきっぱりと言いきった。

「一、一、一、一休宗純の女や」

微笑を浮かべた紹偵の鼻先を薄紅《うすくれない》の何かがかすめた。

手を上げて、紹偵はそれを掴んだ。

そっと掌を開いて目を落とした。

それは桜の花びらだった。

(厳冬に桜が?)

何処から舞ってきたのかと見渡して、初めて黒焦げになった大樹から降ったものと知った。

見上げれば、黒焦げになった朽木に満開の桜が咲き誇っている。

紹偵は朽木の花を暫し見つめていたが、近くで森と抱き合う一休の背に呼びかけた。

「父上、先日のわたしの言葉、撤回させて頂きます」

一休は答えない。

構わず紹偵は続けた。

「たといこの世が修羅のものと変じても、いつか再び、花は咲き、喜びの声も甦りましょう」

言い終えた紹偵の頬を撫でた風は柔らかく温かい。

風はまるで春を告げているようだ。

東山殿御庭

ひがしやまどのおにわ

一

それは文明《ぶんめい》十九年七月七日、今日の暦《こよみ》で言えば七月も終わり頃からはじまった。

京の東方に普請《ふしん》中だった東山殿御庭《ひがしやまどのおにわ》で妖かしが相次いで現われだしたのである。

まず、最初に遭遇したのは御庭の造営に携《たずさ》わる人夫だった。

七日の夕刻、ようやく東寺《とうじ》から届いた奇木《きぼく》を、彼等が苦心して植え終わってみれば、真夜中になっていた。

時刻は子《ね》の刻《こく》（午後十一時）をまわった頃であろうか、広い御庭は、すっかり夜闇《よやみ》に覆《おお》われていた。

いかに毎日働いている普請現場といえども、広すぎる場所が真っ暗なのは、気味のいいものではない。

ましてや、この辺り一帯は、応仁の乱で多くの僧侶を巻き込んで焼亡した浄土寺《じょうどじ》の跡だ。五年前、東山殿普請のはじまった時点で、焼け残っていた寺の梁木《りょうぼく》や柱の類《たぐい》、焼死した僧の骨などはすっかり片付けられた、と知っていても、やはり無気味なことには変わりなかった。

十名の人夫はひとかたまりになって、怖々《こわごわ》と、現場を引き揚げることにした。

そうして一同は水が湛えられたばかりの錦鏡池《きんきょうち》に沿って進み、建築途上の観音殿《かんのんでん》の手前まで進んだのである。

観音殿は先の公方足利義政《くぼうあしかがよしまさ》が殊更に思いを込めて造営させている建物であった。

それゆえ建物の周囲は工夫を凝らした奇花珍石《きかちんせき》で飾られることになっていた。

未だ土台に骨組みだけの観音殿前には、植えかけの大樹や、奇岩がとりあえず置かれているのだが、それらが夜闇に紛れ、怖気《おじけ》づいた目には、見上げるほどに大きな老婆や、地面にうずくまった巨大な蝦蟇《がま》に見えてくる。

この無気味な佇《たたず》まいに、一同はいっそう身を強張らせ、沈黙していった。

と、不意に――、

「噂は聞いたか」

人夫の一人が口を開いたのも、怖気《おぞけ》を忘れるためだったのだろう。すぐに肩を並べる人夫が問い返した。

「なんの噂だ」

「なんでもこの観音殿は、北山第《きたやまだい》の観音殿が金箔づくしなのに対抗して、全体を銀箔で飾り立てるんだとよ」

それを聞いて別の人夫が言った。

「そんなもん造るのに、一体、どれほどの銭がかかるんだろうな」

「さてな。どっちにしろ、俺等にはびた一文払われないんだ。知ったこっちゃねえや」

そう悪態つくのも当然で、人夫たちは近在の寺領から年貢代わりに徴発されてきたのだった。

「そりゃそうだが……」

と、はじめの人夫が言いかけた時である。

突然、その声に、奇怪な声が重なってきた。

三人は顔を見合わせた。

まわりの人夫も闇に耳をそばだてた。

そうして聞こえてきたのは、夜気を震わせる甲高い笑い声だった。

高いといっても女のものではない。

子供の笑声《しょうせい》である。三歳、四歳の子がよくするケラケラという、あの笑い声であった。

人夫たちの全身に鳥肌が立った。

四年前に山荘の住居部「常御所《つねのごしょ》」が完成し、義政がすでに平常起居しているとはいえ、目下、正室日野富子《ひのとみこ》とは別居中であった。

また、仮に義政が御所に側室を置いていようとも、子供のあろうはずはない。

しかし、聞こえてくるのは、まごうかたなき子供の笑い声ではないか。

「あれは一体……」

と言いかけた人夫を、相棒が、

「しっ」

と黙らせた。

さらに恐ろしい音が響いてきたせいであった。

それは巨人の歯軋りのごとき音だった。あるいは、壊れかけた水車の回る音。古くなって外れ掛けた扉の開閉する音。あるいは唐様《からよう》の楽に使う珍奇な楽器を無理矢理鳴らせようとする音。とにかく、聞いているだけで歯が浮いてきそうな「軋《きし》み」だった。

二つ目の音が響いてくるや、一同は、ワッと叫んで、中門めがけて我先にと逃げ出していったのであった。

この出来事は翌日、人夫全体に広まり、

「日暮れた後の作業は御容赦願いたし」

という申し出が人夫頭より、山荘造営奉行の松田数秀《まつだかずひで》に出された。妖かしを恐れる人夫たちのあまりに真剣な様子に、松田はやむなく承諾せざるを得なかった。

そんな騒ぎが未だ冷めやらぬ三日後、すなわち七月十日のこと——。

またしても、妖かしが東山殿御庭に現われた。

今回、妖かしに遭遇したのは、山水河原者《せんずいかわらもの》であった。

山水河原者とは、庭木や庭石の採集、運搬、配置などといった作業に従事し、かつ作庭《さくてい》に熟達した者たちのことである。

彼等は長らく支配層より「下賤《げせん》の者」と蔑まれてきたため、河原者などと呼ばれてきたが、先の公方が山水河原者の一人を同朋衆《どうぼうしゅう》に取り立てて、善阿弥《ぜんあみ》なる名を与えてからというもの、徐々に作庭現場での地位と発言力が増しつつあった。

さて——。

その夜は、大和の大乗院《だいじょういん》より運んできた柏槙《びゃくしん》と、鹿苑寺《ろくおんじ》から持ってきた庭石の配置を、二代目善阿弥が容易に納得しなかったので、山水河原者五名は深更《よふけ》まで御庭に残っていた。

当時、作庭は陰陽五行と風水の豊かな知識を必要とする、一種神事めいた「匠《たくみ》の技《わざ》」だったのである。

残った五人は、すべて二代目の弟子たちであった。それゆえ、五人は先夜の人夫と違い、暗くて広い地所に怖気をふるうことも、いらぬ口を利《き》くこともなかった。

ただ、黙々と二代目の指示に従って庭石を移動させ続けていた。

とはいえ、ようやく二代目が、

「よし。これで金気と木気の和がとれた。皆のもの、ご苦労だったね。今夜はもうこれで止めにしよう」

と言って手を叩いた時は、正直、ほっとした色を広げた。

すでに丑《うし》の刻（午前一時）近かったからである。

五人は、とりあえず二代目を見送って、それから現場の後片付けをしはじめた。既に全員、身は綿のごとく疲れていた。

ようやく片付けを終え、足を引き摺るようにして、五人は錦鏡池沿いに歩いていった。

と、突然、行手《ゆくて》のほうから白いものが現われた。

人影だ。

大人、しかも男らしい。

白衣《びゃくえ》一枚まとっただけだった。

反射的に五人は、その場に土下座しようとした。公方が常御所の寝所より出てきたものと思ったのであった。

今回の東山殿造営に執念を燃やす公方なれば、己の指揮する庭園が深夜にはどのように映るのか、それを確かめるためなら白衣で出歩くくらいのことをしても可笑《おか》しくはなかった。

だが、五人は、膝を曲げかけたところで凍りついた。

現われた人影の、頭が異様に小さなことに気づいたためだった。

いくら真夜中で、辺り一面、紺青《こんじょう》の幕を張ったような闇に包まれているとはいえ、四間（約七・二メートル）も近づけば相手の輪郭くらいは判別できる。

まして五人は篝火《かがりび》の明かりで長時間作業してきたので、暗いのには目が慣れていた。

その彼等の目が捉えた白衣の男の頭は、なんと七歳か八歳の子供ではないか。

一人が思わず、

「や。あれは」

と小さく叫んだ。

すると、妖かしは、五人に身ごと向き直った。

大人の広い肩の上に垂髪《すいはつ》を垂らした男の子の頭が載っていた。

豊かな頬の利発そうな子だった。

瞳がきらきらと輝やいていた。

そして、男の子は桜色の唇を開くと、こう尋ねたのだ。

「だあれ、あにさま?」

その声も間違いなく、七、八歳ほどの男の子のものだった。

声を耳にした刹那、五人は頭から冷水を浴びせられたような寒気に襲われた。

真の恐怖を覚えた時、人間は金縛りになるのだろうか。

五人揃って棒を呑んだごとく動けなかった。

男の子はにっこり笑って、五人に言った。

「なにしてあそぼ」

次いで、こちらに踏み出した。

と、見るや五人は悲鳴をあげた。

その途端に金縛りが解けた。

五人は叫びながら、中門めがけて一目散に逃げ出していった。

——と、ここまでならば、平安の昔から、都で囁かれる根も葉もない噂話に過ぎなかった。

だから、東山殿と御庭の造営に携わる役人も、

「徴発された人夫や山水河原者などは、怪談話にかこつけて、そのように不平不満を言うものじゃ」

と決めつけて、訴えを無視し続けたのである。

ところが、三番目に妖かしに遭遇したのが、こともあろうに、その役人だった。

遭遇した者の名は松田数秀といった。先にも名が出た東山殿の造営奉行である。

松田は今回の造営費用捻出について、常御所の公方に報告に出かけ、その帰るさ、妖かしを目撃したのであった。

時刻は亥《い》の刻（午後九時）過ぎ。場所は、やはり錦鏡池の近く、作りかけの観音堂を右に見た辺りだった。

折りしも空には十三夜の月が輝やき、御庭を照らしていた。

銀の光の雫《しずく》が煌めくような蓮池を前にした、入母屋《いりもや》造りも見事な東求堂《とうぐどう》が目に入るや、松田は溜息をおとした。

美しさに感動したのではない。それを建立《こんりゅう》した時の苦労を思い出したのだ。

松田は普請工事一切の責任者であると同時に費用調達も任されていた。特に東求堂建設時の費用と人夫の調達は、困難を極めた。幕府にはもはや自由になる金は一貫たりともなかった。また、人夫の徴発に協力してくれる寺社も皆無だったのである。

そこを何とかしたのが、義政の正室、日野富子であった。富子は特に協力をしぶる山城国《やましろのくに》の国内に、六百六十もの新しい関所を設け、関銭《せきせん》（通行税）を取り始めた。また、幕府の軍事力にものをいわせて、強引に山城国の百姓を徴発したのだった。

今日、山城国に、正長《しょうちょう》以来とも言われる土一揆《つちいっき》が起こりつつあるのは、実に、この時の無理が祟《たた》っているといっても過言ではなかった。

「このうえ、観音堂全体に銀箔をおすだと。上様はいつの時代の話をされておるのだ。七、八十年も前、三代様ご存命の砌《みぎり》ならいざ知らず。大乱《たいらん》治まって、まだ十年しか経っていないというのに……」

そう松田が苦々しく独りごちた時である。

不意に――。

子供の笑い声が聞こえてきた。

「む」

と、松田は眉を顰《ひそ》めた。

人夫や山水河原者のように悲鳴をあげなかったのは、松田も、あの大乱の時代に京で育った武士だったからである。

「かような時刻に、どうして童の声が」

松田は呟き、自然に腰の太刀を押さえていた。

御庭の普請現場に子供のいる訳がないことは、奉行として、知悉《ちしつ》していた。

だが、そのことを容易に妖かしと結びつけて、ただ怖がるほど、松田は暗愚ではなかった。

むしろ身を屈めて、あるいは妖かしに名を借りた夜盗が手先に子供を使っているのかもしれぬ。

まず、兎《と》に角《かく》は確かめてみよう、と声のしたほうに向かっていった。

足音を忍ばせて錦鏡池に沿い、夫婦《めおと》のごとく並んだ二本のブナの樹が、重なって一本に見えるところまで近づいた。

あと十歩でブナの樹というところで、突如、松田は足を止めた。

何か白いものが、視界を横切るのに気づいたのだ。

松田は、まず手近の木陰に身を隠した。そうして、気配を殺し、息を潜めて、ブナの樹あたりに目を凝らした。

すると、それをまっていたように、また子供の笑声がした。

今度は二人。

いずれもケラケラと高い声で笑っていた。

「おのれ、妖怪」

と松田が一歩踏み出そうとするのと、闇の虚空《こくう》にフワリと白いものがまた出現したのとは、同時であった。

それは男の子だった。
七、八歳くらいであろうか。
白衣をまとっていた。

背中から後ろ向きに、虚空めがけて飛んでいった。

松田は心の臓が喉元までせり上がるのを感じた。

その子の、なんとも形容しがたい不思議な姿に、ケラケラという子供特有の馬鹿笑いが重なった。

声を再び聞いた松田は、素襖《すおう》の下で肌が粟立《あわだ》つのを覚えた。同時に全身の毛が逆立つのさえ体感した。

だが、子供の動きは、それで終わりではなかった。

後ろ向きで流れていったと思うと、一度、闇の中空に留まり、次いで今度は前に向かって流れはじめたのだ。

鳥でもなく、虫でもなく、いわんや蝙蝠《こうもり》やムササビの類でもない。こんな動きをするものなぞ、生まれてこの方、目にしたことがない。松田は、そう思った。

と、次の瞬間、松田は人夫たちと同じ悲鳴をあげて、中門めざして逃げ出していたのである。

二

その頃――。

「伊勢外宮炎上の故をもって、来る七月二十日より改元いたす」との通達が朝廷より届き、幕府内は慌しい雰囲気に包まれていた。

そんな幕府の気配を察したかのような今回の妖怪騒動だった。

さらに、「東山殿御庭に妖かし現わる」の噂が早くも巷《ちまた》に流れ、人心は大きく動揺しつつあった。

噂を聞いた人々は、はじめのうちこそ怪異の正体を、「応仁の乱」で無念の死を遂《と》げた武士や、戦さに巻き込まれて死んだ民百姓であろう、と囁き合っていた。

ところが、最初の噂が流れて間もなく、

『民草《たみくさ》の苦しみをよそに御庭や御殿の造営に現《うつつ》を抜かす八代将軍義政公《よしまさ》のことを神仏がお怒りなのだ』

という内容の説経節が流行《はや》りだしたのだ。

わずかな期間のうちに、それが戯《ざ》れ歌《うた》となり、京童《きょうわらんべ》がこぞって口ずさむに到って、とうとう幕府も重い腰を上げざるを得なくなった。

「大乱の残り火は今なお各国でくすぶっている。こんな時には、おかしな風評が予期せざる災禍を生まないとも限らない」

というのが幕府の導きだした結論だった。

やがてこの結論から、

「怪異の現われる場所が、八代将軍義政公の陣頭指揮される東山殿御庭とあれば、他の落書《らくしょ》や流言蜚語《りゅうげんひご》のごとく奉行人などに処理を任せる訳にはまいるまい。ことが将軍家に関するだけに、ここは、管領《かんれい》殿、おん自らに処理に当たって頂くしかなかろう」

という前管領の子細川政元《まさもと》の意見が通され、現管領の畠山政長《はたけやままさなが》が、その責任において解決しなくてはならない破目《はめ》に陥《おちい》ったのだった。

「妖かしなど在《あ》ろうはずがない。よしんばこの世に妖異が起こるとしたら、それは、横紙破りの細川政元めの陰謀《はかりごと》に決まっておる」

と、こぼしながら管領は、まず、比叡《ひえい》や高野《こうや》に救いを求めた。

ところがすぐに、両山とも、なんのかのと言い訳して遠まわしに断ってきたのであった。

そして口を揃えて推薦してきたのは、宗派もあろうに、臨済宗の僧だったのである。

管領が、その僧の名を問えば、近年復興なった大徳寺の先の住持、一休宗純との応えが返ってきた。

「臨済の僧侶に加持祈禱《かじきとう》や悪霊退治など出来るものであろうか。そもそも禅宗とは怪異自体を否定していたのではないか。それに、一休禅師だと。幼少の砌《みぎり》、三代義満《よしみつ》公を頓知《とんち》で負かしたという伝説の持ち主だぞ。未だ存命であらせられたならば優に九十三、四になられている勘定ではないか」

畠山政長は困惑しつつ独りごちた。

だが、こうした案件を先送りしていると、管領職に就かんと狙う細川政元に如何なる方法で足を掬《すく》われるやら、分かったものではない。

下手《へた》をすれば、政元に、どんな陰謀《はかりごと》を仕掛けられるかもしれないわ、とさえ思ったのだった。

やむなく管領は、一休禅師のいる薪荘《たきぎのしょう》の酬恩庵《しゅうおんあん》に使いをやることにした。

使いをやった七月十九日は、酷い雨が降っていた。

その日の夕方近く――。

管領は東山殿の会所にいた。

会所とは義政が来客と共に集う場所である。ただし、義政自身が用いたのは、完成した当初だけのことで、今は管領が義政の命令を待ちつつ執務する建物となっていた。

その会所の玄関に、来客があった。

「頼もう、頼もう」

と大きな声が何度も響いてきた。

張りのある男の声は会所の書院にいる管領の耳にも届いた。

なんだ、うるさい。あの声は細川政元ではないな。ならば、余が出るまでもあるまい。家来が応対するだろう、などと思って管領は眉間に皺を刻んだ。

しばらく放っておこう、そう心に決め、書院でただ一人、ずっと書物を読み続けていた。

と、突然、誰もいないところから、

「ひとを呼びつけておいて応対に出て来られぬとは。わたしのよく知る養父君《ちちぎみ》畠山持国《もちくに》殿は、相手が山名の赤入道《あかにゅうどう》であろうとも、決して礼は忘れませんでしたがな」

そんな皮肉な言葉が管領の背に投げられた。

一瞬、心の臓が縮み上がった。

全身に鳥肌が立った。

管領は小さな悲鳴をあげて身ごと向き直った。

そして、もう一度、戦慄した。

書院の唐紙を背にして、僧衣の老人が静かに坐っていたからである。

雪舟《せっしゅう》の水墨画から抜け出たような、気品と威厳に満ちた老人だった。

一体、何歳なのであろう。

鑿《のみ》で削ったような深い皺面は、とても六十や七十ではない。八十、いや、事によると九十過ぎではないか、と思われる老人であった。

しかし、永い修行のためか背筋は鉄柱を当てたごとく真っ直ぐに伸びて、声も朗々と良く通っている。

全身からは鋼のごとき厳とした気迫を放ち、ややもすれば、三十半ばではないかとさえ思わせるのだった。

「貴方様は――」

管領は、やっとのことで洩らした。

「一休宗純と申します」

老人は堂々と名乗った。それを聞いて、管領は改めて慌《あわ》てた。

この昼過ぎに薪荘に使いをやったばかりだというのに、こんなに早く禅師がお出《い》でになるとは。ええ、あの馬鹿者め。禅師をお連れして帰るなら、お連れして帰ると、どうして余に断らなかったのだ。そんなことを考えながらも、

「これは、失礼をば。禅師には、お初にお目にかかりまする。拙者は管領、畠山政長と申す者。このたびは、遠路はるばるお出で願いまして、かたじけなくもありがたき次第で」

管領が両手をついて頭《こうべ》を垂れたのは、一休宗純が亡き後小松上皇の落胤《らくいん》で、今上《きんじょう》とも親しいと聞き及んでいたからだった。

頭を垂れて上目遣《づか》いに相手を見やった時、管領は、おや、と心で呟いた。目下の酷い雨にも拘《かか》わらず、一休の僧衣がいささかも濡れていないのに気づいたのだった。

同時に胡坐《あぐら》を組んだ足も、迎えの者の応対する気配もなかったはずなのに、たった今洗ったばかりのごとく清潔であった。

管領は、さすがは噂の禅師、これも何十年もの苦行の賜物《たまもの》か、などと感心してしまった。

一休は、管領にほほえみかけると、

「堅苦しい挨拶は時間の無駄というもの。まずは、わたしを呼ばれた理由を聞かせてもらいましょうかね」

と、静かに促した。

「は。いや、それは使いが禅師にお話しいたしたかと」

問い返せば、相手はさらに笑みを広げた。

「わたしは、管領殿ご自身の口より、ご説明を伺いたいのですよ」

「されば」

と管領は口を開いた。そして、東山殿御庭の普請現場に響くという怪音や笑い声や軋み、また見え隠れする奇怪な子供の姿のことを、説明していった。

そして——。

ひとしきり語り終えると、畠山政長は苦笑まじりに言った。

「昔、細川勝元殿のご命令で殺された今参局《いままいりのつぼね》様の亡霊よ、いや、日野富子様の日頃の守銭奴《しゅせんど》振りに引かれた妖怪の仕業《しわざ》よ、と面白おかしく語る者まで出てくる始末でございましてな。幕府といたしましては捨て置く訳にもいかず、さりとて噂を口にする者を片端《かたはし》から捕らえて仕置きいたす訳にも参りませぬ。六代様の頃ならいざ知らず、当節は幕府のご威光も庶民の口は容易に塞《ふさ》げません。かえって義政公の御庭道楽への非難を逸《そ》らすためか、などと一層酷い噂を立てられるおそれが……」

板床に胡座を組んで木像のごとく聞いていた一休は、そこで初めて瞼《まぶた》を開き、

「亡き義教《よしのり》公も、世間にたいした功徳《くどく》を施《ほどこ》された訳だ。は、は、は」

と日焼けした顔一面に皮肉な笑みを広げた。歯が真っ白いせいか、笑いは羅漢《らかん》像のように明るかった。

雨のせいで暗かった書院が、ぱあっと明るくなったように感じた。

一休はひとしきり笑うと、こう続けた。

「赤松播州《ばんしゅう》殿に斬り殺されてくれたお陰で、たかが噂で首を刎《は》ねられる衆生もすっかりいなくなったか。己が死をもって万人の生命を救うとは、まさに公方の鑑《かがみ》だ。今にして思えば六代様は実に名君であらせられましたなあ」

「なんと申されました」

畠山政長は問い返した。如何に禅師でも、弑殺《しいさつ》され奉《たてまつ》った六代様に今の言は余りに過ぎる。

そう感じた時には瞳の奥で険《けわ》しい光が閃いた。

専横を以《も》って多くの守護や公家に憎まれ、「悪管領」と渾名《あだな》される素顔が一瞬、露《あら》わになった。

が、それも束《つか》の間《ま》だった。

管領はすぐに細面《ほそおもて》に苦笑を広げた。

一休禅師と言えば、歯に衣着せぬ皮肉と、寸鉄《すんてつ》人を刺す風刺で知られる名僧である。

今の言葉も、禅師得意の諧謔《かいぎゃく》だと思い到ったのだ。

「いやはや、これは手厳しい」

そう言って政長が髭《ひげ》を撫でると、一休は、いきなり真顔になった。

「なにもこんな、とっくに死んでしまったような爺に、妖かし退治なんぞ頼むこともございますまい」

「いや。若き折より数々の妖かしを退散させてまいった禅師と知って、お願いいたすのでござる」

管領は、また頭を下げた。

だが一休は今度は皮肉な表情になり、

「そういえば、山科《やましな》に若い友がおったよ。幼い頃より苦労して、今は南無阿弥陀仏の六字称名《ろくじしょうみょう》で迷える衆生を救わんと苦労している。わたしなぞより、ずっと徳の高い立派な人物だ。蓮如《れんにょ》殿と申すのだけど、ご存知ないかね。なんならあの御方をご紹介——」

そこまで言いかけた時、唐紙の向こうより、

「久し振りに都に参ったと申しますのに。心にもない意地悪も大概になされませ」

優しくたしなめる女の声があった。

管領が唐紙のほうを見やれば、

「よろしゅうございますか」

まるでこちらを見通したように、女が管領に尋ねてきた。思わず一休のほうに目を移すと、一休は微苦笑を滲ませて言った。

「あれは森《しん》というんだ。わたしの師匠と言うか、弟子と言うか、侍女と言うか。……つまりその、こんな年寄りには身の回りの始末をしてくれる者が必要でね」

「そういうことでござれば」

管領はうなずいて、

「苦しゅうない、入られい」

と女の入室を許した。

「失礼をばいたします」

唐紙が音もなく開かれ、ほっそりした女が伏目がちに入ってきた。

同時に、書院が急に明るくなったような気がして、管領は女に目を凝らした。

美しくも気品を漂わせた女だった。

とはいえ、決して派手な美しさではない。

花に喩《たと》えると、梅や桃や桜だのではない。また、百合《ゆり》や蓮華《れんげ》でもなくて、真っ白な綿花《めんか》、可憐な竜胆《りんどう》のごとき美しさとでもいおうか。

そこにいてくれるだけで癒《いや》されるような、静かな美しさであった。

「森と申します」

女は管領に挨拶すると、一休に向かって、

「天下の管領殿が直々に貴方様をお呼びいたすのは、本当に困っていらっしゃる証《あかし》。それを面白がり、弄《なぶ》って喜ぶとは、もはや意地悪とは呼べません。身分のある方に含むものを持ち、ここぞとばかりに腹いせいたす〝ひねくれ者〟と同じでございましょう」

と決めつけた。

凛《りん》とした気迫であった。

あまりの気迫に、こちらまで首を垂れてしまいそうだった。

管領は、まるで母親が子を叱るようだ、と、森に感嘆した。

叱られた一休は皺面の下顎を撫でたり、頭を掻いたり、大いに悪びれた表情をしていた。

それでも言われ放しは悔しいのか、

「蓮如殿が駄目なら日親《にっしん》殿とも親しいのだがな」

と口のなかで呟いた。

しかし、森はそんな一休を横目に、

「それでは、まず、妖かしの現われるという、御庭へ参りましょう。何事もまず実地を見て確かめることこそ肝要でございます」

と提案するのだった。

「おお、かたじけない。では」

と、畠山政長は腰を浮かせた。が、その時、なにを下級役人みたいな物腰になっている。余は管領であるぞ。と、一瞬、傲慢な考えが頭を過ぎったが、すでに一休も森も立ち上がっていた。

慌てて管領は立ち上がり、

「それでは拙者がご案内いたそう」

と、まさしく下級役人のごとき口調で呼びかけた。

どうやら一休の大樹のごとき年輪と、森の凛とした物腰に、完全に気《け》おされてしまったらしい。

三

東山殿と御庭は白川の清流を望む場所に位置していた。応仁の乱の爪跡が未だに残り、公家でさえ住居に不自由な思いをしている者がまだ多くあるというのに、ここだけは広大な土地を占有している。

さらに、完成した建物群はどれも贅《ぜい》と趣向が凝らされて、まるで別乾坤《べっけんこん》――遥かな遠い国のごとき趣《おもむ》きだった。

たとえ氷の針が降るような雨のなかでも、そんな景観は変わらない。

いや、むしろ奇木佳石《かせき》が華麗かつ巧みに配された御庭では、酷く冷たい雨も庭を巧みに飾る「趣向」とさえ思われた。

御庭全体を築山より眺め渡しながら、

「着工いたしたのが五年前の文明十四年のこと。一年と四ヵ月かけて、ようやく完成いたしましたのが住居のみでござってな。その年に上様はそちらに移られ、以後、ずっと常御所より普請をご指図しておられる次第で」

管領は苦りきった調子で一休と森に説明した。三人には従者が付き、見事なやまと絵の描かれた傘を差しかけていた。

従者を嫌う一休が逃げたりしないように見つめながら、

「建物内の障壁画は狩野正信《かのうまさのぶ》が描き、扁額は彫刻の名匠として知られる右衛門《うえもん》が担当、大工も名だたる名工たちを莫大な給金で召抱えております」

と管領は説明を続けた。

「大乱の後だと申すのに、よくもまあ、そのような金《かね》がございましたね」

と感心した調子で言った森に、一休が、

「世間知らずだね、お前様は。公方の住処《すみか》だの庭だのは、まず各国守護が銭を払うものと決まっておるのさ。そして、各国の守護は、自国の百姓に〝段銭《たんせん》〟と言うて重税を課し、それを幕府に上納いたす。それがこの世の理《ことわり》だよ」

と諭《さと》した。

義政の住居を「住処」と言い放つなど、管領としては絶対に聞き逃せないはずなのだが、畠山政長は、こうしていると別に腹も立たないな、と感じた。それどころか、

「のみならず、公家や寺社からも普請料を調達し、さらに普請人足も近国の領民を提供させ、あれなる銘木や奇岩はすべて京や大和の寺院に進上させた次第で、まったく周囲の迷惑は計り知れず。しかも普請は未だはじまったばかりと申されますから、これから一休、何千何万貫の金が蕩尽《とうじん》されていくのか、空恐ろしくなりまする」

などと前将軍義政を非難するような調子になっていた。

「それはお困りでございましょう」

と森が切れ長の瞳でこちらを見つめた。

その時になって管領は、自分はどうして妙なことを口走るのだ、と思い直し、

「あ、いや。これは今上が仰せられたことで。けっして拙者の言葉では……」

そう慌てて付け加え、後土御門《ごつちみかど》天皇の言葉にかこつけた。

どうも一休禅師と、森というこの女は、奇妙に人を和ませる〝気〟を放っている。そのため、心に秘め隠している事柄をつい口にしてしまうようだ、と管領は、そっと冷や汗を拭《ぬぐ》った。

だが、管領が狼狽していることなど気に留めた気配もなく、いつの間にか一休と森は、従者を置いて築山を降りていた。

それに気づいて管領は、何もない場所に向かってぼんやりと、未だ傘を差しかけている二人の従者に、

「何を見ておるのだ、たわけ」

と決めつけた。

従者たちは慌てて、

「いえ、そう申されましても。誰も……」

などと言い訳しかけたが、管領は無視して、

「お待ちくだされ、禅師」

と、追いかけていった。

ようやく追いついてみれば、一休と森は、一丈ほどの高さのブナの樹が、夫婦のごとく二本並んだ下に移っていた。

小さな傘を差した誰かと話をしていた。

相手は片手に絵図面を広げている。すでに日暮れているため、顔は良く分からない。ただ、落ち着いた物腰と話し方より、老人と思しかった。

「さて。怪しい音や影と申されましても、手前はあれ以来、日が暮れる前には御庭を去るようにしておりますゆえ……」

と話していたその者は、管領が近づいたのに気がついて振り返った。

さらに近づいて行けば、相手は、急にはっとした表情になった。

どうやら向こうは、畠山政長の顔を知っていたらしい。

「や、これは管領殿」

そう言うと、濡れた地面に上下座しようと、膝を曲げかけた。

すかさず一休は相手を制止して、

「土下座は無用だよ。ここにおられる管領殿はそんじょそこらのヘボ守護と異なり、常に天下万民の幸福をお考えの御方、堅苦しい挨拶は最も嫌われるのだ。そうでござろう、のう、畠山氏」

と管領に同意を求めてきた。

天下の一休禅師にそう紹介されては居丈高《いたけだか》に接する訳にもいかず、管領は、

「さて。そちらは」

と、静かに問うた。相手は恭しく一礼した。

どことなく殊更に引いているような雰囲気が漂っていた。

「こちらは義政公の御用作庭師《ごようさくていし》で善阿弥殿と申される」

と一休が当人に代わって紹介すれば、

「本日はこの雨にも拘わらず、上様に命じられた御庭の工夫のため、ただ一人、ここに残られていたそうでございます。今、わたくしと一休様とで、噂は誠《まこと》かとお聞きしておりましたところで」

と、森がさらに説明してくれた。阿吽《あうん》の呼吸とはこのことであろうか。一休と森はまるで夫婦のようだった。

「さ、左様か」

管領は喉元まで出かけていた「勝手に普請現場の者などと話されては困ります」という言葉を呑み込んだ。

それでも〝善阿弥〟の名が引っかかって、

「善阿弥ですと。善阿弥は確か五年前に死んだはずでは――」

と独りごちた。

すると、それを受けて相手は慇懃《いんぎん》な口調で、

「二代目善阿弥、小四郎《こしろう》にございます」

と、名乗るのだった。

近くでよく見れば、まだ三十代の半ばのようだった。

老人のごとく見えたのは一代の作庭家として知られた〝善阿弥〟の名を継いでいるため、自然

に老成した雰囲気が身に付いたものだろう。

また、どことなく卑屈に感じたのは、己が身分を意識して管領に接したためだったらしい。庭師風情と立ち話する不快を堪えつつ、管領は一休を見返した。

「それで。この善阿弥めは、噂されるような妖かしを、なにか見たり聞いたりしたと申しましたかの」

一休と森は絵図面を二人で広げたまま、顔を見合わせた。

次いで、一休はしぶい顔になると、

「いや。さっぱり。この御仁は妖かしなど、見ておられなかったそうでねえ。これじゃ話は進まないよ」

とあっさり応えた。

管領は顔をしかめて、「もう去れ」と善阿弥に命じようとした。

だが、それより早く、森が言った。

「されど、面白いものを善阿弥殿に見せて貰えました」

「面白いもの。はて、何でしょうかな、それは」と管領。

「先代の善阿弥殿が義政公の御指示で引いた、東山殿御庭の絵図面です」

森は一休と広げた絵図面を管領に見せようと、裏返した。

だが、そんなことをされても、すぐそこにいる善阿弥の顔さえ曖昧な、雨の夕暮れである。絵図面など見える筈がない。

「ちょっとここでは」

と管領が首を振れば、一休は言った。

「それじゃ、あちらの一室で茶など喫《きっ》しながら絵図面を検分することにしようか。なんだか冷えてきたしね。ああ、宜しいかな、管領殿」

遠慮も何もあったものではない。

一休は勝手にそんなことを言うと絵図面をくるくると丸めていった。

そして、管領が応ずるのも待たず、そのまま、東山殿の西に造られて間もない禅室に向かって歩みだした。

四

一昨年——文明十七年に建てられたばかりの禅室であった。

名を西指庵《せいしあん》という。

畳、天井、唐紙の材質と、そこに描かれた絵、床に切られた囲炉裏《いろり》、茶釜、何から何まで溜息の洩れそうな造りである。

ところが一休は、そんな内装調度には目もくれず、

「わたしはどうも、ここの御庭を一目見た時から嫌なものを感じたんだがね」

などとうそぶき、たった一人で茶を啜っていた。

森と善阿弥はさすがに身分を慮《おもんばか》ってか、禅室のずっと隅に坐している。

「嫌なものでござるか」

管領はいよいよ困惑の表情をあらわして、ためつすがめつ絵図面に見入った。そもそも作庭に興味のない人間だから、どちらが上で、どちらが下かも分からない。

それゆえ、一休の言う「嫌なもの」が絵図面のどの辺りに描かれているのかも理解できなかった。

「善阿弥殿が悩んでいらっしゃったのは、どのようなことだったのですか」

森が尋ねると、二代目は応えた。

「錦鏡池を望む位置に植えられた二本のブナの樹でございます」

「あそこにブナを植えるのは、作庭では禁じ手なのかね」

と一休が茶碗を置いて問うた。

何も聞かないで、ただ茶ばかり飲んでいると管領には見えたが、ちゃんと話を聞いていたらしい。

二代目は一休に向き直り、

「さあ。禁じ手ということはございませんが。池は水気、ブナは木気の中でも特に〝木〟の気が強い樹でございますから、ああした処に二本も植えては、五行が木気に大きく傾いてしまい、せっかく拵えた池の水気、築山の土気が死んでしまいます。まして、同じ高さの樹を二本並べるなど、およそ作庭の美とはかけ離れた方法としか申しようがありません。名匠と謳《うた》われた先代ともあろう方が、どうしてあそこにブナを二本並べたのか、わたしにはさっぱり理解できないのです。しかし、わたしが悩んでいたのはそれだけではございませんで」

と、そこで言葉を切ると、彼は管領のほうにちらと視線をやった。

それに気づいた一休は、おもむろに立ち上がった。

九十過ぎの老人とも思えぬ軽い身のこなしであった。

そのまま、管領のほうまで行くと、

「絵図面を、ちょっと、よいかな」

と言って取り上げた。

そうして、銀燭にかざして絵図面に目をおとした。目を細めたりしないところを見ると、足腰どころか、まだまだ目も達者らしかった。

一休が、

「ここに何か、善阿弥さんの気になることが記してあった。だから、お前様は、冷たい雨の降りしきるなか、ああやって御庭を実地検分していた訳だ」

と尋ねれば、二代目は「畏れながら」と断って応えた。

「錦鏡池の前あたり、ちょうどブナが二本植わっている辺を御覧いただけますか。〝しう〟とだけ走り書きされておりましょう」

管領は目を凝らし、一休の視線を追っていった。確かに絵図面の真ん中あたり、観音殿のずっと向こう、錦鏡池のまん前に〝しう〟と二文字が走り書きされていた。

なんだ、これは、と管領が首を傾げると、一休が言った。

「先代の善阿弥殿は随分と達筆だったのだねえ。どこかで書を学ばれたのかな」

管領は思わず、一休の横顔をまじまじと見つめた。

突然、この爺は何を言い出すのだろう、と思ったのだ。

「いいえ。先代は仮名文字しか書けませんでした。それも……金釘流《かなくぎ》というのですか、こう大きくてひどく折れ曲がった字で」

二代目はかぶりを振った。

「では、これは先代の字ではない訳だ」

一休は納得してから、急に、くるりと管領に顔を向けると、

「管領殿はいかがかね。この文字に見覚えはないだろうか」

こちらに訊いてきた。突然、自分に矛先《ほこさき》を向けられ、管領はどぎまざしつつ絵図面に目を戻した。〝しう〟の文字を見る。自然に眉間に皺が寄ってきた。

字を睨《にら》みながら、仮名二文字で、見覚えも何もあるものか、などと考えていた。

どうも一休の話は回りくどくて、管領を苛立たせる。

が、じっと睨んでいるうちに、自然に下顎を撫でていた。

待てよ。いつかどこかで、こんな字を見たことがあるぞ、と閃くものがあったのだ。

「お覚えがあるようで」

一休が言った。

面を上げれば、日焼けした皺面が微笑んでいた。そんな表情をした時の一休は、釈迦如来の像そっくりに見える。

管領は、

「確かにどこかで」

と、うなずきつつ、眩しそうに何度も瞬いた。

五

絵図面だけを預かって、善阿弥を帰した一休は何の脈絡もなく、

「八代様の御機嫌は如何かな」

いきなり、そんなことを管領に尋ねてきた。

「さ、さて。お元気ではなかったかと」

思わず口を濁してしまったのには理由《わけ》がある。

この一年ほど、八代将軍義政は東山殿造営に夢中になる余り、公務は重臣に任せきりで、自分はほとんど常御所に閉じ籠り、朝から晩まで古今東西の作庭書に耽溺《たんでき》していたのだった。

そんな義政に会えるのは、現在では松田数秀や、二代目善阿弥のごとき東山殿普請に携わり、直接作庭の指示を仰ぐ者と限られている。

たまさか管領などが赴いても、

「上様におかれましては良きに計らえ、との由《よし》にござりまする」

と、侍女が取り次ぐばかりなのであった。

管領がしぶい顔でその辺りを説明すると、

「父君の義教公が赤松播州に弑《しい》し奉られた時、義政公は御年《おんとし》六歳。兄上の義勝《よしかつ》公が将軍宣下をお受けした時が、七歳。幼くして、あまりに多くの不幸と重責を押し付けられてこられたのですねえ」

森が哀しげに呟いた。

それを聞いた一休はすかさず、

「義勝公はなんで亡くなられたのだったかな」

と、管領に尋ねた。

「さ、さあ、それは」

管領はたじろいだ。先程以上に言葉を濁し、

「確か……流行り病で急逝されたかと」

と言いかければ、一休は、突然皺面を険しくさせて、森に振り返った。

「森さんや、もう用は済みました。とっとと帰りましょう」

そう呼びかけて、立ち上がった。森はにこにこしながら、「はいはい」と、これも立ち上がっていく。それを見て管領は片手を挙げた。

「あ、いや、待たれよ。禅師、帰られると申されると――」

「薪荘にこれから帰る、と申しておるのです」

一休は厳とした調子で言い切った。その傍らに森が膝をつき、三尺五寸余の杖を恭しく手渡した。

そんな姿はいよいよもって亭主の出仕支度を手伝う奥方のようである。

「帰ると言われても、この雨でござる。ましてすでに日は暮れてしまい申した。今から薪荘までなど。御無礼ながら、ご老体には、ちと無理ではござるまいかと」

すると一休はきっとなって管領に向き直り、

「年寄りに無理させたくなければ、虚言を弄するのを止められい」

と、厳しい口調で決めつけ、さらに厳しい調子で断じた。

「貴殿は七代将軍義勝公がどうして亡くなったか、その死因を知っておられるはずだ」

管領は言葉を失った。しばらく沈黙した後、静かに両手で袴の腿を握った。そうして掌に浮かんできた汗を拭うと、

「拙者は直に見聞《じかけんぶん》いたした訳ではござらぬ。ただ、今は亡き細川勝元殿が先の管領殿より聞いた話としてならば、いささか耳にして居るのみでござって……」

そう前置いて話しはじめた。

ときの管領畠山持国や重臣たちに立てられて、義教の長男義勝が七代将軍となったのは、嘉吉《かきつ》二年十一月、彼がわずか九歳の時であった。

その折には「一年半というもの、将軍空位という異常事態であったが、今後はこれまでにいや増して将軍家を守り立てていこうぞ」と三管四職は固く誓い合い、誰もが、これから足利幕府は末永く安泰、と安堵《あんど》したことであった。

ところが、喜びも束の間。

将軍宣下を受けてたった八ヵ月後の嘉吉三年七月、義勝は急死してしまったのである。

急死の原因は赤痢とも、落馬とも言われ、今日になるも謎のままだった。

ところが、細川勝元が、畠山持国より管領職を譲り受けた時、

「もしかすると、義勝公は暗殺されたのかもしれぬ」

と打ち明けられた。さらに持国は、

「実は、義勝公は、室町第の御庭の池に浮いているところを、発見されたのだ」

と続けたというのだった。

この事実は畠山持国から細川勝元へ、さらに畠山政長へと代々の管領に語り伝えられてきたというのであった。

ここまで話して、管領は額の汗を拭い、士《さむらい》烏帽子を直しつつ、

「父君の義教公が暗殺されているのに、そのうえ義勝公まで暗殺されたと世に知られたら、大変なことになる。それこそ、南朝の余党やら、鎌倉公方の勢力などが、下克上《げこくじょう》を叫んで倒幕に立つであろう——と、重臣一同は考え、一切を闇に葬った。……もう四十四年も昔のことでござる」

と、苦しげに洩らした。

「やはりね。義勝公は非業《ひごう》の死を遂げているかもしれない訳だ」

一休は坐りなおして管領にうなずくと、

「しかも、義勝公の亡くなったのは御年十歳だ。噂に聞く第二の妖かしは七、八歳の頭に大人の体だという。第三の妖かしが七、八歳くらいの男の子と。いずれも、義勝公の亡くなった年齢に

かなり近いのではないかな。暗がりで遭遇すれば、七、八歳も十《とお》も大して変わらないだろうな。と、すれば……分かった。妖かしの正体は、義勝公の亡霊だ。どうだね、森さん。これで一件落着ではあるまいかな」

そう森に向き直って笑いかけた。

だが、森は、

「さあ、それは。今回のような妖かし話に、左様な早合点は禁物かと存じますが。第一、貴方様は、ご自分でおっしゃった推察を、ご自身がいささかも信じてらっしゃらないではございませんか」

と、慎重な口調で反論した。

「分かったか」

「分かるも何も、お顔に、早く帰りたい、と書いてらっしゃいます」

「えっ、本当かい」

驚いて顔を撫で始める一休を置いて、森は管領に尋ねた。

「それで、義政公が、八代様となられたのは」

「義勝公の亡くなられた六年後、文安《ぶんあん》六年は四月のことで」と管領。

「その時、義政公は、おいくつになられていらっしゃいましたか」

「御年十四歳におなりであった」

森は小首を傾げて、じっと何事か考えはじめた。その傍らで一休は、ようやく皺面を撫で回すのをやめて、管領のほうを見つめた。

突然の睨《ね》めつけるような目つきに、管領がたじろぐと、一休は、

「管領殿、いま不思議に思ったのだがね。いったい、いつから、八代様の御庭道楽ははじまったのだろうか」

「さて……」

思わぬ一休の質問に管領は記憶を手繰り始めた。将軍に就任したのは文安六年。当時、義政は十四歳だったのだが、その年から邸宅を烏丸《からすま》に移し、それまで住んでいた——父と兄の思い出の染みついた——花の御所から、主な建物をそっくりそのまま解体して、移築した。そして、花の御所の跡地には〝新御所〟を築いたのであった。

この時、すでに東福寺《とうふくじ》から永安院《えいあんいん》の梅、芬陀利華《ふんだりか》院の蘇木《そぼく》と庭石を徴収している。これを義政の庭ぐるいのはじめと考えれば——。

「御年十四歳にはじまり、爾来《じらい》、三十八年間、大なるものだけでも、二十三歳の時に新花の御所。二十七の時には高倉御所。さらに、この東山殿と御庭は、御年三十歳の頃よりの御執心。また、応仁の乱の間にも、東山殿御庭の下準備として拵《こしら》えた小さなものは数知れず。なんと、八代様は実にそのご生涯、ずっと作庭に耽溺されておられる勘定になるではないか」

改めて指折り数えてみて、管領は絶句した。

「その姿は、ちと異常とは、思われんかな」

一休がゆっくりと尋ねた。これまでのどこか若ぶって砕けた口調とはまるで変わった、管領に静かに観想《かんそう》を促す禅僧のものである。老齢の名知識然とした声と調子だった。

「確かに……尋常では……ござらぬ」

苦しそうに管領が洩らすと、今度は、森が畳み掛けてきた。

「尋常でないどころか、何かに取り憑かれておいでの御様子。これは単なる〝数寄《すき》〟だの〝バサラ〟だのといった域を越えてらっしゃると思われませんか。むしろ〝執念〟、あるいは〝妄念〟と呼ぶべきでしょう。ならば、どうして八代様は、かほどに庭造りに執念を燃やされるのでしょうか」

「なんのためか。ここに謎の鍵がござる」

と、一休は、ずいと指を伸ばして、絵図面の一点を示した。

そこは錦鏡池の前である。

夫婦ブナが植えられた位置だ。

見事な筆致で、ただ〝しう〟とだけ記されていた。

六

それから管領は、一休の指示に従って、数枚の絵図面を取り寄せた。

そのうちの一枚は六代義教時代の花の御所の庭園の絵図面。一枚は、義政が作庭の指揮をした新花の御所の庭のもの。さらに高倉御所の絵図面に、ここ——東山殿御庭のために先代の善阿弥と墨を引いた絵図面であった。

それらを書院に広げて並べ、管領と一休、そして森は、すべてに共通した要素はないものか、と検分しはじめた。

ややあって——。

「あの……」

と、森が、管領に呼びかけた。

「や、〝しう〟の字の謎が解けたかの」

「いいえ。二文字の謎は解けませんが、今、おかしなことに気がついたものでして」

「それは」

管領が問うと、森は、花の御所の庭園絵図に指を伸ばし、その〝南池之端〟とある位置を示して、

「この辺から池を望んだ時、東山殿御庭の夫婦ブナから錦鏡池を眺めた景色によく似ているとは思われませんか」

言われてみれば、御所の池に設けられた中ノ島、それに架かる石の橋——いや、何より、手前に向かってぐっと食い込んだ〝入り込み〟と、そこに架かった小さな橋が、ちょうど東山殿御庭における〝入り込み〟と分界橋と非常に似通っている。

管領は絵図面を目の高さに上げ、頭のなかで、花の御所の〝南池之端〟とある辺りを想像してみた。浮かんできた光景は、成る程、東山殿御庭にそっくりではないか。

「むう……この絵図面によると、花の御所の池には、中ノ島以外にも亀の休むために〝中洲〟が造られていた、とあるが、この中洲の形といい、位置といい、東山殿御庭の仙人洲《せんにんす》に瓜二つではないか」

驚きの声をあげた管領に、森が言った。

「つまり、夫婦ブナから錦鏡池を望んだら、そこから見える眺望は、今はない花の御所の〝南池之端〟と殆ど同じということになりますね」

「うむ。確かに、おことの言う通りじゃ。したが、偶然の一致ということも」

と反論しかけた管領の言葉を、一休が、大きな声で遮った。

「否、断じて、否。これは偶然ではございませんぞ、管領殿」

はっとして振り返った管領と森に、一休は、左右の手に絵図面を掲げて、

「これを見られい。右は新花の御所。左は高倉御所。いずれも池が設けられ、〝南の池の端〟には、二本の夫婦木が植えられておる。樹の種類こそ違え、その並べ方は瓜二つではないか」

そう断じたのち、一休は言った。

「そして、新花の御所の夫婦木には〝×××ん〟と前三文字の読めぬ書き込みが。高倉御所のほうには、〝じ×せ×〟と、これまた二文字の読めない書き込みが残されておる」

管領は東山殿御庭の絵図面を手に、一休のほうに進んでいた。東山殿御庭の夫婦ブナの走り書きを見た。〝じう〟。さらに、新花の御所の夫婦木の部分を見つめた。〝×××ん〟とある。初めの三文字は水に濡れてかすんでしまったらしい。

それらに見られる〝じ〟の字の右上がりに流した文字の霞《かす》み方と、〝ん〟のやはり右上がりに霞んだ流し方。その、達筆ながら微妙に癖のある筆致は、まごうかたなく同一人物のものである。

そして、その者こそは、管領の良く知る人物に他ならなかった。

義政公の文字だ、と管領は思い到った。さらに高倉御所の夫婦木の書き込みに目を転じた。〝じ×せ×〟と滲んだ四文字が残っていた。

善阿弥のように絵図面を持って作庭の指揮に当たれば、雨水に濡れてこうなるだろう。つまり全ての作庭の陣頭指揮に当たったならば……管領の絵図面を持つ手が震えていた。

一休が淡々とした調子で促した。

「東山殿御庭の二文字が、かつて二度、同じものを拵えたゆえ、四文字より成る言葉を敢て二文字に略したと見たら、どうかな」

管領は頭に思い浮かべた。

新花の御所の夫婦木が――〝×××ん〟。

高倉御所の夫婦木は――〝じ×せ×〟。

東山殿御庭の夫婦ブナは――〝じう〟……。

そして、この組み合わせで完成する言葉を口に上らせていた。

「い、い、い、

「しうせん」

それを聞いて、一休は、莞爾《かんじ》と微笑んだ。

「それ、できたり。できたり」

二人の遣り取りを聞いていた森がうなずいた。

「なるほど、〝しうせん〟を設けたのでございましたか」

ところが、管領は〝しうせん〟などと言われても、まったく分からない。そんな言葉を耳にするのは、生まれて初めてなのだった。

「禅師、いったい、その……〝しうせん〟とは何のことでござるか」

おずおずと尋ねれば、一休は、

「管領殿は〝しうせん〟も知らずに幼い日を送られたか。やれやれ、応仁の乱の十年は都を焼尽いたしたのみならず、子供から〝しうせん〟の思い出まで取り上げた訳じゃ」

そう呟いて哀しげな表情を広げた。と、すかさず森が、

「間もなく七月二十日となってしまいます。お早く、御庭のほうに参りましょう」

と促した。

「七月二十日とは」

と管領は訊き返した。

「明日から元号が変わるのであろう。そして、七月二十一日は、先代義勝公――義政公の兄君の四十三年目の祥月命日《しょうつきめいにち》じゃ。……二十一日より三日間、改元の儀のために内裏に泊りがけとなる義政公が、心行くまで〝しうせん〟を楽しまれるは、今夜しかござるまい」

「禅師、何が何やら拙者には……」

と言いかけた管領に、一休は、

「『従容録《しょうようろく》』に曰く、明歴々露堂々《めいれきれきろどうどう》とな。行けば分かる。見れば、分かる」

そんな謎めいたことを言って、未だ冷たい雨の降る東山殿御庭に連れ出したのだった。

七

間もなく子の刻という頃であった。

管領と一休と森は、普請途中の観音殿から息を潜めて、じっと様子を窺《うかが》っていた。

三人が見つめるのは錦鏡池の端に植わった夫婦ブナである。

如何に仮普請の屋根がざっと葺《ふ》かれ、壁らしきものがあろうとも、雨の中だった。

初秋の寒さが次第に管領の身に沁《し》みてきた。だが、一休たちを見れば、平気な様子で夫婦ブナを見つめている。

幼い頃より鍛錬してきた禅師はともかく、森という侍女のほうも一向に平気な顔をしておる。どうやら臨済においては僧のみならず侍女の類も鍛えておるらしい、と感心した時であった。

「や、妖気がかなたより漂うてきた」

一休が三尺五寸余の杖で北東の方角を指し示した。管領は杖の先を目で追った。それは常御所――義政の住居のある辺りである。

目を凝らしてみても何も見えはしない。

ただ、薄い銀色をした蜘蛛《くも》の巣めいたものがゆらめきながら、池の端に向かって漂っていった。

なんだ、あれは、と目をいっそう凝らせば、一瞬、そのゆらめきが縮《ちぢみ》の白衣をまとった七、八歳ほどの子供に見えてくる。だが、子供と見えた次の瞬間には、また薄い銀のゆらめきへと戻っていた。

どこからか子供の笑声が聞こえてきた。ケラケラという馬鹿笑いだ。遊びに興じる子供の発する、あの声であった。

それを耳にした途端、管領は、凄まじい寒気に襲われた。背中に氷の塊でも押し当てられたようだ。管領は思わず小さく呻いて、身を竦めてしまった。

と、その時、不意に耳障《みみざわ》りな音が響いてきた。

きいっ、きいっ、きいっ、という軋み音である。聞いただけで全ての歯が浮いてきそうな、なんとも嫌な音だった。

軋みを聞くなり、管領の全身に鳥肌が立った。だが、彼は「悪管領」の名に懸けて勇を鼓舞し、その場に留まり続けた。

甲高い軋みは遠くなったかと思えば、今度は近づいてくる。その音に、再び響いてきた子供の笑声が、ゆっくりと重なっていった。

恐ろしさに耳を塞ぎながら、管領は、なおも夫婦ブナを見つめ続けた。

銀色のゆらめきが虚空に浮かんだ。

それはたちまち、ぼんやりと白く光る子供の姿へと凝《こご》っていった。

子供は男の子だった。
七、八歳くらいであろうか。
腰掛ける姿勢のまま、虚空に浮かんでいた。

その位置は夫婦ブナの真ん中辺りだ。

「あれは……あの童は……」

管領は掠《かす》れ声で呟いた。

「しっ、まずは、〝しうせん〟をその目で確かめるのだ」

一休に叱責されて、管領は慌てて口を押さえ、さらに目を凝らした。

軋みが響いた。

きいっ、きいっ、きいっ、と。

軋み音は遠くなったり、近くなったりを繰り返した。音に合わせて、虚空に浮かんだ男の子も池の端から遠く、近く、動き始める。

それは夜闇に吸い込まれていくかと思うと、背中からこちらに戻ってくる。この世のものとも思えぬ、その動きに、管領は恐怖の悲鳴をあげかけて必死に呑み込んだ。

管領の怯《おび》えを敏感に察したか、森が小声で言った。

「真に驚くべきは、むしろ、これからにございます。どうぞ御心をお鎮《しず》めくださいませ」

管領は小さく首を縦に振り、さらに夫婦ブナのほうに目を向けた。

軋みが次第に大きくなってきた。

音の大きくなるにつれ、虚空の子供もより遠くへ、より近くへ、また遠くへ、また近くへ、と奇怪な動きの振幅を烈しくしてくるではないか。管領は、こちらに向かって飛んでくるのではないか、と怖れ戦《おのの》いて見つめ続けた。

やがて、その動きが最大になった時に、また、北東の方角より何かが現われた。

今度は蜘蛛の巣のごときゆらめきではなかった。白い人影であった。常御所のほうから駆けてくる。次第に管領の目が馴れてくると、その人影の細かな様子が明らかになってきた。

白衣をまとった人間だった。

それが、常御所のほうから、まっすぐこちらめがけて走ってくるのだ。ただし、途中の池の水面も、築山の盛り上がりも、まったく関わりなく、ただ一直線に、ゆっくり、ゆっくりと走り来るのであった。

それは最初から、細かい部分が判別できた。

体型は紛うかたなき大人のものだった。

だが、広い肩に載った頭は七、八歳の子供であった。

そんな異形のものが、垂髪をなびかせながら、夫婦ブナの童めがけて全速力で駆けてくる。

やがて――。

大人の体に子供の頭をした化のものは、絶えず虚空に揺れ続ける男の子の処までやってくると、甲高い子供の声で、こう言った。

『あそぼ、あにうえ。ね、〝しうせん〟であそぼ』

その、この世のものとも思えぬ声を耳にした時、何故か、管領は古井戸を思い浮かべていた。

地獄にまで通じているような――深い、底なしの、真っ暗な古井戸。井戸の底から響きあがる声である。

しかも、この声は、管領の思い出の中から木霊《こだま》していた。

「この声は……おお、この声は……」

管領は、戦慄と驚きに震えつつ、小さく洩らした。

「しっ、怖れている暇はない」と一休。

夫婦ブナに飛び出そうとする管領を制して、森が囁いた。

「いま少しお待ちくださいませ。しばらく――しばらく御覧を」

管領は震える手で口を押さえると、眼球を膨らませた。視線を夫婦ブナに据えていた。おそらく、そうしなくとも、瞳はそちらに吸いつけられていたことだろう。

なぜならば――。

大人の体に子供の頭を持った化のものが、とうとう虚空を行き来する童に追いついた。それは声を木霊させた。

『あにうえ、のせて』

すると、虚空の童が、突然ケラケラと高笑いした。その声の甲高さ、何処か狂気を帯びたような響きは、耳を塞いでいるのにも拘わらず、管領にははっきりと聞こえたのだった。

『だめだ、〝しうせん〟はずっと、余のものじゃ。なんといっても』

そこで、虚空の童は一息おいて、

『余は七代将軍なるぞ』

と言い放った。

すかさず、大人の異形は、

『それも今夜まで。明日から余が公方じゃ』

そう叫ぶなり、両手を挙げた。

虚空の童が遠くから、ゆっくりと近くに向かって流れてきた。

その小さな白い背中めがけて、大人の手が力任せに押しやった。

ぎいっ――。

と、ひときわ大きく軋みが響いた。

何か蝶番《ちょうつがい》が外れたような音がした。

魂消《たまぎ》る悲鳴が、冷たい雨を揺らした。

童は何かに腰掛けた姿勢のまま、ふわり、と虚空に舞い上がった。

軋みと共に悲鳴が遠ざかる。

そして、童の姿は、錦鏡池上方の虚空に、音もなく消えていった。

大人の体をした異形は笑いながら、夫婦ブナに駆け寄った。それの発する笑声もまた、消えた童と同じ、甲高い笑い声だった。

だが、二本のブナの樹の間に立った異形は、キョロキョロと何かを探しはじめる。その身振りが七、八歳の子供そのままで、首から上も子供なだけに、夜闇を透かして見つめた姿は幽鬼とも、妖魔とも、なんとも喩えられぬほど恐ろしかった。

「あれこそ八代将軍義政公の生霊《いきりょう》だ」

管領の耳に一休が囁いた。

「確かに、あの御顔、あの縮の白衣には見覚えが……」

と、管領はうなずいた。

「義政公は御年八歳の砌《みぎり》、〝しうせん〟を独り占めする未だ十歳の将軍――義勝公の背を力任せに押しやった。そのため、義勝公は、花の御所の池に落ちて溺死なされたのだ」

「そして、〝しうせん〟は不吉なものとして、将軍家の御庭に設けることを禁じられてしまったのです」

と、森が続けた。

「このことを義政公は、御自身のお心に封印なされた。だが、その一方、兄君を殺してまで乗りたかった〝しうせん〟のことが忘れられず……。義政公は将軍職に就いてから、ずっとご自分の手で〝しうせん〟を作ろう、心ゆくまで、それに乗ろう、と望まれてきたのだ」

一休が断じた。

管領は、首を微かに横に振ると、

「しかし、義政公は、いま……御年五十二におなりで……その〝しうせん〟なる遊具が何であろうが、とても左様なものを求められるなど……」

と、力なく反論した。

「先程、管領殿は申されたのではなかったかな。十四の時より三十八年間、義政公は、ずっと作庭に御執心であらせられた、と。なんのためか。幼き時に遊んだ花の御所を、幼き御自身の視点で眺めたように再現するためだったからだ。新花の御所、高倉御所、そして、ここ東山殿御庭。何処もすべて作庭の目的は同じ。八歳の折の記憶の再現。そして、再現した御庭に〝しうせん〟を据えること。ただそれのみであったのだ」

一休が反論を押し戻した。

それを受けて、森が言い足した。

「しかし、十年に亘《わた》る応仁の乱は、義政公のお近くから〝しうせん〟を知る人間を完全に消し去っておりました。それゆえ、義政公は、作庭の絵図面を受け取るたびに〝しうせん〟と書き込まれ続けたのです」

「今回の東山殿御庭は、義政公の記憶にある花の御所の御庭とまったく同じだったのであろう。それゆえ、心の封印が解け、夜毎《よごと》、ああして生霊が彷徨い、八歳の時に犯した兄殺しを繰り返し再現しておるのです」

管領は一休に振り返った。

「で。管領として拙者は何をいたすべきでござろうか」

すると、その手に、三尺五寸余の杖が押しつけられた。管領が受け取れば、

「生霊を消滅させておやりなさい。義政公の妄念を晴らして差し上げるのです」

一休は静かな調子で言った。

「これをどのように」

「警策《きょうさく》代わりに生霊を打ち据えるのです」

森が一休に代わって教えてくれた。

「禅師はやってくださらないので」

管領が問えば、一休は微笑んだまま首を横に振り、

「わたしたちにはできません」

そう応えるのみだった。

それでも受け取った杖を見つめるうちに、管領は己の内部にふつふつと熱い力のようなものがわいてくるのを体感した。

この杖が余に力を与えてくれるのか、と、思うや管領は、

「されば」

と、うなずき、立ち上がった。

「わたしもお手伝いいたします」

その一休の言葉が、管領の背を力強く押してきた。「よしっ」と呟くなり、管領は、観音殿の普請現場から跳び出した。

杖を前方に差し出した姿勢で、力一杯、駆けて行った。

夫婦ブナまで二十歩とないように感じた。

冷たい雨が急に音を立て、横殴りに降って来た。

額から目に向かって冷たい雨が滝のごとく流れ込んできた。

口にも流れてくるのを厭《いと》わず、管領は口をカッと開いた。

「種々の幻化《げんけ》は覚心《かくしん》より生ず」

と、管領の口が勝手に偈頌《げじゅ》を唱えていた。

白い異形に奔《はし》り寄った。

『ない。ああ、ないよ、あにぎみ……』

という生霊の声が聞こえてきた。その生々しい声音に、腰が引きかけたが、管領は杖を振り上げた。

「しばらく道《い》え、幻尽き、覚尽くる時、如何《いかん》」

自然に管領は叫んでいた。

生霊が夫婦ブナの間から振り返った。

八歳の時の義政の顔が、こちらを向いて、寂しげに言った。

『あにぎみがしうせんをもってきえてしまったのじゃ』

その時、管領は、

「喝ーッ」

と大喝し、一休の杖を振り下ろした。

すかさず、管領の口から自然に声が迸《ほとばし》った。

「放下著《ほうげじゃく》」

一切の執着をここに捨てよ、と。

それこそは一休禅師の声に他ならなかった。刹那、土砂降りも一瞬止まらんばかりの、恐ろしい絶叫が轟《とどろ》き渡った。

辺りが真っ白い光に包まれた。

そして、ぎいっ、と一つ、軋みが響いたかと思えば――。

次の瞬間には白い異形の姿は消えていた。

「やった」

管領は会心の笑みを広げた。

「やったぞ。上様の生霊を払った」

そう呟いて、管領は、観音殿のほうに向き直った。

「これも禅師と森殿のお陰でござる」

と、呼びかけた彼の声は、雨音に消えていった。

すでにそこには一休と森の姿はなかった。ただ、確かに二人と共にあった証として、管領の手には三尺五寸余の、一休の杖が残されていた。

八

翌日――。

すなわち七月二十日をもって元号は文明から長享《ちょうきょう》に変わった。

御所では改元の儀が厳かに行なわれたが、九代将軍義尚は出席したものの、先の将軍義政は、体調不良を理由に欠席。義政の名代として、管領畠山政長が粛々《しゅくしゅく》と大役を勤め上げた。

それから、五日ほどして、管領は輿を仕立てて、山城国は薪荘へと向かった。

その酬恩庵に、一休禅師を訪ねたのである。

此度《こたび》の一件の尽力に謝意を表し、かつ借り受けた三尺五寸余の杖を返却するのが、目的だった。

だが——。

訪れた酬恩庵で応対に現われた住持は、一休ではなかった。

「やはり老齢ゆえお休みであらせられたか」

と管領が言うと、住持は困惑した笑みで応えた。

「一休禅師にあらせられましては、六年も前、文明十三年十一月二十一日に入寂されましたが」

「そんな馬鹿な。拙者、六日前にお会いいたして……。現に、この通り、禅師の杖も」

そう言って管領が持ってきた杖を差し出せば、今度は住持が驚く番だった。

「こ、これは。まさしく禅師の御遺品の杖。当寺の本堂に祀っておりましたが、ここ何日か見当たらず、何者に盗まれたものかと騒いでござった」

「では。森と申される侍女は」

「森殿ならば、寺庭で近くの童と遊んでござるが」

住持の案内で管領が寺庭に回れば、大きな栗の樹の枝下で、たくさんの子供と遊んでいる女がいた。年齢《とし》は四十半ばか。

優しそうながらも、何処か寂しげな横顔は、管領の許に現われた「森」なる侍女とは似ても似つかない。

それどころか、こちらの森は、手探りで子供たちに接しているのだった。

「盲目なのか……」

低く洩らした管領に住持は応えた。

「旅の傀儡女にござる。禅師が七十五の時、遊芸人として薪荘に参りまして。禅師にたいそう愛されて、入寂まで禅師の身の回りの世話をしておりました。今は女行者《おんなあんじゃ》としてここで寺男のようなことをしております。手がすいたならば、あのように在《ざい》の童の相手も」

「では、拙者の出会った森殿は……」

愕然とした管領は、とりあえず禅師にお礼を、と本堂に参った。

そこに森がいた。

一休の位牌を置いた仏壇の片隅に、小さな掛軸が飾られていたのである。

掛軸には観音像が描かれていた。

「この御顔こそ、森殿に間違いない」

驚いた管領が掛軸の落款《らっかん》をよく見れば、小さく「等楊《とうよう》」とあった。

「禅師の入寂を知った雪舟殿とおっしゃる方が届けて下さった観音像でござってな」

「そうであったか。かの雪舟の観音像なれば、禅師の伴をして東山殿に参るも道理なり」

得心した管領の瞳から、我知れず、涙が滂沱《ぼうだ》として流れ落ちた。

と、そんな管領の耳に、子供たちの声が届けられた。

「あそぼうよ、しんさん」

「しゅうせんをして、あそぼうよ」

管領は面《おもて》を上げた。なに、〝しうせん〟だと。聞き捨てならないその名に慌てて立ち上がった。

もう一度、寺庭に回れば、栗の樹の長い枝に二本の縄を掛け、一本の板で結んだ遊具が揺れていた。

板に乗った子供の揺れるその姿は、まさしく東山殿御庭に現われた妖かしの動きではないか。

「あれは」

と、呆然と遊具を見つめる管領に、

「近頃はすっかり見なくなりましたな」

そう応えて住持は、手近の枯れ枝を取り上げた。

「革偏に秋、革偏に遷、と書いて〝しゅうせん〟と申す」

と言いつつ、地面に見たこともない文字を書いていった。

それは――、

「鞦韆《しゅうせん》」

すなわち、今日でいうブランコの謂《いい》であったという。

参考文献

『ダキニ信仰とその俗信』笹間良彦（第一書房）
『性の宗教――真言立川流とは何か』笹間良彦（第一書房）
『中国の呪法』澤田瑞穂（平河出版社）
『日中辞典』（小学館）
『新華字典』（東方書店）
『広東語基本単語２０００』陳守強・鄧超英（語研）
『漢字活用初級ハングル』姜求栄（南雲堂）
『アイヌ語イラスト辞典』知里高央・横山孝雄（蝸牛社）
『日本国王と土民』今谷明（集英社）

「朽木の花」方言考証協力　松村典子

一休宗純略年譜

・カッコ内の数字は一休の年齢（数え歳）。
・「＊」は関連事項を示す。

一三九四（応永元年）
一月一日、京都洛西の民家で誕生。父は後小松《ごこまつ》天皇（北朝系）、母は伊予局《いよのつぼね》（南朝系）。幼名は千菊丸《せんぎくまる》（1）

一三九九（応永六年）
安国寺の像外集鑑《ぞうがいしゅうかん》和尚の元に出家、周建《しゅうけん》と名付けられる。利発さで頓智小僧の評判を得る（6）

一四〇六（応永一三年）
建仁寺に移り、慕哲《ぼてつ》禅師に作詩を学ぶ（13）

一四一〇（応永一七年）
宝幢寺《ほうとうじ》の清叟仁蔵主《せいそうじんぞうす》に仏典を学ぶ
西金寺《さいこんじ》の謙翁《けんおう》和尚の弟子となる（17）

一四一一（応永一八年）
将軍足利義持に謁見（18）

一四一三（応永二〇年）
謙翁より宗純の法名を賜わる（20）

一四一四（応永二一年）
十二月、謙翁入寂。近江の石山寺に籠るも心の平安を得られず、入水自殺をはかり母の従者に救われる（21）

一四一五（応永二二年）
近江堅田、祥瑞庵《しょうずいあん》の華叟宗曇《かそうそうどん》に師事する（22）

一四一八（応永二五年）
琵琶法師の語る「平家物語」を聞き、華叟の「洞山三頓《とうざんさんとん》の棒」の公案を会得。一休の号を与えられる（25）

一四二〇（応永二七年）
五月二十日、琵琶湖岸の船の上で座禅をし、闇夜にカラスの鳴く声を聞いて大悟する。
華叟に印可状を授けられるも、これを断る（27）

一四二二（応永二九年）
華叟の師、大徳寺七世言外宗忠《ごんがいそうちゅう》の三十三回忌に粗末な着物で参列。この頃より風狂と言われはじめる（29）

一四二八（生長元年）
華叟入寂。葬儀後に近畿一円を放浪（35）

一四三二（永享四年）
後小松上皇に謁見、説法し宝物等を賜る（39）

一四三三（永享五年）
＊十月二十日、後小松上皇崩御
一四四〇（永享一二年）
六月二十七日、大徳寺にて華叟師十三回忌を営む（47）
一四四二（嘉吉二年）
譲羽山《ゆずりはやま》の無住の民家を寺とし、尸陀寺《しだでら》と命名（49）
一四四七（文安四年）
大徳寺で僧一人が自殺、数人が投獄される。一休は尸陀寺に籠るが、御花園《ごはなぞの》天皇の命で大徳寺に戻る（54）
一四四八（文安五年）
源宰相《みなもとのさいしょう》の邸内に売扇庵《ばいせんあん》を設け起居する（55）
一四五五（康正元年）
「自戒集」を編み兄弟子の養叟宗頤《ようそうそうい》を批判（62）
一四五六（康正二年）
薪村《たきぎむら》の妙勝寺を修復。近くに酬恩庵《しゅうおんあん》を設ける（63）
一四六〇（寛正元年）
大徳寺における華叟宗曇三十三回忌に参列（67）
一四六一（寛正二年）
＊寛正の大飢饉起きる

一四六二（寛正三年）
秋、下痢を病み、回復にひと月ほど要す（69）
一四六七（応仁元年）
六月、応仁の乱が起き、戦乱を避け酬恩庵に移る（74）
一四六八（応仁二年）
大徳寺開祖、徹翁義亨《てつおうぎしょう》の百年忌を酬恩庵にて営む（75）
一四六九（文明元年）
戦火を避け諸地を巡り、住吉大社松栖庵《しょうせいあん》に仮寓（76）
一四七四（文明六年）
後土御門《ごつちみかど》天皇の命で第四十七世の大徳寺住持となり、戦火に焼亡した寺の再建に尽力（81）
一四八〇（文明一二年）
弟子の墨斎《ぼくさい》に自らの木像を彫らせ、髪とひげを植える。漢詩集「狂雲集」をまとめる（87）
一四八一（文明一三年）
十一月二十一日、酬恩庵にて入寂（88）

【参考】伊藤桂一『少年少女伝記文学館5　一休』講談社／『一休年表』酬恩庵一休寺ホームページ

（編集部）

朝松健インタビュー

一休との二十年

編集部（以下、編） 一休宗純が一九九九年に「紅紫《こうし》の契《ちぎり》」で朝松健の小説世界に登場してから今年で二十年になりますね。本書の書下ろし「朽木の花」までに、三十七作の中短篇と長篇五作の、四十二作で一休は活躍しています。今回は、長きにわたってお書きになってきた一休について、お話をうかがわせてください。

朝松健（以下、朝松） 四十二作！　そんなに書いてたんだ(笑)。たくさん書いてきた、と思ってはいましたが。

「紅紫の契」（《小説ＣＬＵＢ》一九九九年二月号）は、当初は舞台を安土桃山時代にして、沢庵《たくあん》和尚を登場させるつもりでした。時代も人物もポピュラリティがありますから。でも、室町時代の小説を書いている作家はほとんどいないと気づき、ならば室町の物語として書こう、と思い立ちました。

　一休を登場させたのは、放浪の僧である一方で帝の御落胤であること、それゆえ室町時代の身分社会を最高位から最低のところまで行き来できる、と気づいたからです。社会をざっくり縦に切ることができる位置にいた人なんですね。また、ホラーに登場させるにも、怪奇な事件の傍観者として、一休は適していました。この短篇は、連歌師・能阿弥《のうあみ》が若い頃に妖女に魅入られる話でしたが、掲載誌は官能小説が中心だったので、編集長に「ウチにはえらく格調高いですなあ」と言われました（笑）。

　長篇『一休暗夜行』（二〇〇一）の好評を受けて《小説宝石》から一休の短篇を求められ、井上雅彦さんのアンソロジー《異形コレクション》に参加するさいには「時代物は他に書く人がいない」という利点もあって、そちらでも一休の短篇を書くことになりました。《異形コレクション》はいわば小説家の闘技場で、目立たなければ生き残れない。書きはじめたのが、読者のあいだにホラーの感覚がまだ広まっていない時期だったので、初期の一休ものには「痛い」「グロい」の要素も取り入れています。そうでもしないと平山夢明さんに勝てない（笑）。

　ホラー、ファンタジー、チャンバラと、その頃から書きたかった伝奇小説の要素がすべて入れられるのも、室町ものの利点でした。

編　一休像はどのようにお作りになったのですか。

朝松　一休というとアニメでおなじみの頓智の小僧さん、というイメージが強かったので、まずはそれを打破しようと相当知恵を絞りましたね。もっとも、小僧の頃の名は一休でなくて周建《しゅうけん》なんですが（笑）。

　室町という荒っぽい時代に日本全国津々浦々を旅するのですから、相当に腕っぷしの強い坊さんだったんだろう、と考えました。そこで、一休の実像を調べたら、実際に腰に木刀をさげている絵がありました。

　安土桃山から江戸初期にかけての一休にまつわる口承をまとめた『一休ばなし集成』という本に、こんなエピソードがあります。貧しい人が一休に困窮ぶりを話すと、一休は「何も心配いらん、任せておけ」と言って、手にした棒で通りかかった金持ちの頭をポカンと叩き、懐から財布を取って「これをやる」。差し出された人は驚いて「いいんですか」と聞くと一休いわく「金は天下のまわりものだ」と。一休がしたのは強盗だけれど、間抜け面してでかい財布を持ち歩くほうが悪い、というのがこの時代の論理なんです。他にも、派手なアクションではないにしても、陰陽師と闘うエピソードもある。木刀とこの話とで、明式杖術の使い手、という設定は間違ってはいないな、と思いましたね。

　それでも、一休のイメージをつかむまでには時間がかかりました。小説にも映像作品にもめったに出てこない人ですから。小説では、水上勉の『一休』くらいでしょうか。映像で覚えているのは、ＮＨＫの大河ドラマ「花の乱」（一九九四）で奥田瑛二が演じた一休ですが、やはり私の思う一休とは違う。

　一休には、豪放磊落な部分、繊細な部分、それにストイックな部分があって、そんな自分への「照れ」もあります。血筋が高貴であることにも照れを感じるから露悪的なことを言うんじゃないか、と思ったときにやっと、一休がどういう人か納得がいきました。なので、単なる貴種流離譚にはしない、という思いを込めて、一休の物語を書き続けてきました。

　あとで気がつけば、いわば未踏の地を開拓してきたわけですが、この頃はとにかく室町の神秘と怪奇を描きたい、室町伝奇を完成させたい、その一心だけでしたね。

編　『一休闇物語』（二〇〇二）のあとがきでもお書きになっていますが、編年体でないのは、そのときどきに書きたい一休の物語を書いている、ということですか。

朝松　きっちりした年代記を作っていくのが性にあわないんです。どうせ作家はいいかげんなのだから、適当でいいじゃないか、と。そのとき書きたいものを書く、矛盾なんか知ったことじゃない、一作ごとに一休の物語があるんだ、と思って書いています。ロバート・E・ハワードがコナン・シリーズを書いたときも、そうだったんじゃないでしょうか。リン・カーターが手を入れたみたいに、時系列にまとめて年代記にすることもない、と思いますね。

編　日本推理作家協会賞の候補に挙げられた「東山殿御庭」はじめ、ミステリ的な謎解きが光るものもあり、どの作品からもプロットの精密さが感じられますが、筋立て作りで思い出深い作品をうかがえれば。

朝松　ミステリを意識したことはあまりないので、ほとんどは結果としてそれらしくなったのでしょう。はっきりミステリを狙ったのは「一休髑髏」（『ぬばたま一休』二〇〇九所収）ですね。あの短篇は、個々の語りが集まって一つの事実を明らかにしていく構成で、黒澤明の「羅生門」の逆を試みました。

苦労したのは「影わに」でした。『一休闇物語』の巻末を飾る書下ろしだから、と意気込んだのですが、死に近い老師への一休の思いや兄弟子との確執を書くのに、なかなか筆が進みませんでした。

作りこんで裏目に出た作品もあります。長篇『一休魔仏行』（二〇〇四）は、中世神話（「日本書紀」などに基づきつつ仏教思想を取り入れ多様に解釈された神話群。中世日本紀）を題材にした作家はまだいないから、と、古い神々にまつわる物語にしたのですが、意気込みが過ぎて神道オカルトの方にまで踏み込んでしまい、楽しんでくれた人とこちらの意図が伝わらなかった人と、読者の間で賛否が分かれたようでした。

一休の長篇は『一休破軍行』（二〇〇三）で完成できた、と思っています。だから、これから先の一休の物語は、短篇をつないで書いていきたいですね。

編　作者として、一休の特に好きなところは？

朝松　それはもう「フリーダム」、彼が自由な人であることです。それと、毒舌ぶり。一休は当時の社会制度に絶望していた人ですから、毒舌の厚みが違うんです。この本に書き下ろした「朽木の花」でも、一休は照れると露悪的なことを言う。本当にこういう人だったんだろうと思います。

一休の道歌を読んでいると、彼のまっすぐさを感じることがよくあります。好きなものは「好きだ」と叫ばないと気がすまない。体面なんか取り繕うな。そういう人柄に惹かれますね。

TVの歴史番組（BS－TBS「THE歴史列伝　そして傑作が生まれた／＃38　風狂の破戒僧一休宗純」二〇一五年一月二十三日放送）でも話しましたが、彼は誰に対しても愛を捧げる人です。あの時代の臨済宗のことですから、小坊主時代にゲイ的な経験をしたことも考えられます。でも、あったとしても乗り越えてしまう。若い頃には、ぐれて遊郭に入り浸りもする。でも、頭が抜群によくて感性が優れているから、卒業するのも早い。そういう経験をしている人だからこそ、他の僧にはできない説法ができるのです。

室町は、民衆が生《なま》の形でないと納得しない時代でした。森鴎外の「山椒大夫」の原形となった説経節では、成長した厨子王丸が官位を得て姉の仇を取るのですが、山椒大夫を捕まえると彼の子供たちを連れてきて「父親を鋸引きせよ」と命じるんです。これについてある歴史学者が「あらゆる意味で純粋な室町人は、罪を許すなどという生ぬるいことは認めない」と書いていたのを覚えています。「あれだけ酷いことをしたのだから報いを受けよ」という考え方ですね。地獄と極楽について詳述した源信の『往生要集』が信じられたのは、そんな時代の意識を映しているからでしょう。

一休もまた純粋な室町人で、何度も絶望し、そのたび自殺をはかるという苦闘のうちに、おのずから「あるがまま」の、大自然の一部になる自分を見出したのでしょう。その一方で、父親や弟を見ているので、政治の道具にされることを常に拒絶している。彼の権力への舌鋒の鋭さは並ではありません。六代将軍足利義教にも容赦なく当てつけを言う。義教も、それで一休を鋸引きにでもしようものなら、世間からどう言われるかわかっているから、彼を処罰できない。権力者の弱いところを突けるあたり、一休はしたたかさも持ち合わせていますね。

《一休どくろ譚》の連作を書いていると、やっとここに至った、という気がします。あの「くそじじい」ぶりが、私がいちばん書きたかった一休の姿なのですから。

編　「朽木の花」は、《一休どくろ譚》よりも後年、「應仁黄泉圖」の直後で、応仁の乱のさなかの物語ですが、一休の老齢や弱さまで描いたのはこれが初めてですね。

朝松　この短篇は一休ものの集大成として書きました。もっとも、並行して書いている応仁の乱の小説が、頭の中で渦を巻いていて、それを整理するために一休に来てもらった、という面もあります。この一作で、私の中でこれまで書いてきた一休と、もうすぐ書き終える応仁の乱の物語とが一つにつながりました。

　この作品では、関西の方に摂津弁の考証をお願いしたのですが、それで発見したのが摂津弁の温かさですね。言葉の中で人情味と現実味が一つになっている。それに比べると、当時の公家や武家の京都弁は、冷たく聞こえたでしょうね。

編　森のイメージはどのようにとらえていますか。

朝松　「應仁黄泉圖」の時は、盲目の美しい女性として描いたままでしたが、また登場させたいとは思っていました。もっとも、この時代では女性は表舞台には立てないし、障害のある女芸人となると社会の最底辺の存在です。それでもかわいそうに書きたくはない。〈一休どくろ譚〉では、盲目であるぶんスピリチュアルな能力のある相棒として描いていますが、良い役どころにつけられたと思います。

「朽木の花」では、社会的な弱者である森が、一休に寄り添うことで身を守る術を得るという、中世社会の一面も書けたと思います。今後の一休の物語は、森と共にいる彼を描いていきたいですね。できれば、一休が「死にとうない」と言う入寂のときまで。

編　応仁の乱の小説に続く、次作のご構想は？

朝松　もちろん、一休にはまだまだ書きたい物語があります。また、足利義教の関東平定を背景に、室町御伽草子をからめた和風ヒロイック・ファンタジーの構想を温めています。

　これからも《操觚《そうこ》の会》の仲間たちとともに、伝奇ルネッサンスの動きをさらに大きく起こしていきたいですね。

（二〇一八年十月、朝松邸にて。文責・牧原勝志）

初出一覧

以下の五篇は、光文社文庫「異形コレクション」シリーズに収録後、大幅に改稿。

尊氏膏　30巻『蒐集家』二〇〇四年八月刊

邪笑う闇　25巻『獣人』二〇〇三年二月刊（収録時は「邪笑ふ闇」）

狿　28巻『アジアン怪綺』二〇〇三年十二月刊

應仁黄泉圖　32巻『魔地図』二〇〇五年四月刊（収録時は「応仁黄泉圖」）

東山殿御庭　29巻『黒い遊園地』二〇〇四年四月刊

朽木の花　本書のための書き下ろし

本書は『東山殿御庭』（講談社　二〇〇六年刊）を元に増補新編したものです。（編集部）

解説

細谷正充

世は室町ブームである。切っかけとなったのは、二〇一六年に刊行された、歴史学者・呉座勇一の新書『応仁の乱 戦国時代を生んだ大乱』が、ベストセラーになったことだ。これにより次々と、室町時代関係の歴史書が出版されて、大きなブームとなったのである。ただ、今までにも室町時代を扱った歴史書は幾つもあり、なぜ『応仁の乱』が注目されたのか、理由はよく分らない。歴史・時代小説の世界でも室町時代はマイナーであり、昔から作品はあるものの、散発的であった。明治物以後、積極的に取り組んだ山田風太郎の室町物が、話題になったくらいだろうか。とにかく注目されない時代だったのだ。しかし約二十年前から、室町時代を題材にした伝奇小説を、ひたすら書き続けている作家がいる。朝松健である。

朝松健は、一九五六年、北海道に生まれた。東洋大学文学部仏教学科卒。早くから怪奇小説（ホラー小説よりこちらの言葉が相応しいだろう）に魅了され、同人誌活動を始める。ちなみにペンネームの朝松健は、イギリスの幻想怪奇作家アーサー・マッケンから採られている。このことだけでも作者の怪奇小説に対する、熱き想いが伝わってくるだろう。

一九八一年に国書刊行会に入社すると、精力的に海外の怪奇小説を出版する。その傍ら、西洋魔術に関する記事や著書を、多数発表した。一九八六年、ジュブナイル『魔教の幻影』を朝日ソノラマ文庫で書き下ろし、作家デビューを果たした。以後、デビュー作から始まる「逆宇宙ハンターズ」シリーズや、『凶獣原野』『魔犬召喚』で、怪奇小説の新たな書き手と目される。また、一九八八年には、学園熱血格闘小説『私闘学園』を刊行。こちらもシリーズ化され、「逆宇宙ハンターズ」と並ぶ、初期代表作となった。

その作者が、さらなる境地として挑んだのが、時代小説である。朝日ソノラマが出していたジュブナイル専門誌「獅子王」に不定期連載された「ノーザン・トレイル」シリーズは、箱館戦争に敗れ残賊となった志波新之介の冒険を、銃と妖を交えて描いた快作であった。しかしバブル崩壊による出版社の事情に巻き込まれ、未完となってしまう。物語の全貌を知るには、シリーズに大幅な加筆をなし、全面改稿した『旋風伝』(現『旋風伝 レラ＝シウ』)が刊行される、二〇〇二年まで待たなければならなかった。

かくして作者は、時代小説への志向を明確に示した。怪奇小説と並んで、時代小説も発表するようになる。戦国・元禄・明治と扱う時代がさまざまなら、ウエスタン・伝奇・妖怪・股旅など、内容もバラエティに富んでいた。その中で、特に力を入れているのが、室町伝奇小説なのだ。

室町伝奇小説の誕生に、大きな役割を果たしたのが、書き下ろしアンソロジー「異形コレクション」である。自身も優れた作家である井上雅彦が監修を務め、各巻のテーマを決めて、作品を集めていた。多数の作家が参加した、贅沢なアンソロジーである。その常連メンバーのひとりであった作者は、一九九八年の『水妖』に、「水虎論」を執筆。初めての室町伝奇小説となる。これが呼び水となり、「異形コレクション」で、室町伝奇小説を書き続けたのだ。そして室町時代に傾注しているうちに、風狂の僧・一休宗純(有名な人物なので説明は省く)を発見。一休を主人公にした作品がメインとなったのである。なお二〇一八年現在は、幻想怪奇小説専門誌「ナイトランド・クォータリー」で、「一休どくろ譚」シリーズが連載されている。

さて、こうして書いているだけで納得できるのだが、作者は室町伝奇小説に、強いこだわりを持っている。ではなぜ室町時代なのか。「水虎論」を含む、初の室町伝奇小説集『百怪祭』の「あとがき」で、理由と思いの丈が綴られている。それによると、室町時代に興味を抱いた切っかけは、作者の妻で作家の松尾未来が、室町時代を舞台にした海洋冒険ジュブナイル『じゃこ、南の海へ』(これも面白い作品である）の執筆のために集めた、室町時代の資料を読んだからだという。そして室町時代が「混沌が渦を巻いていた時代であった。それでいて、秩序が築かれつつある時代でもある」ことに気づき、

「この混沌の時代に、わたしはなによりも『現代』を感じ取ったのである。

やがて来る新時代のための、大いなる滑走の時代。既成秩序の破壊と、まだ見ぬ秩序の創出の時代――。そうだ『室町時代』こそ『現代』ではないか。

ならば、この『室町時代』を舞台に、『現代』を描こう。ただし、歴史小説や時代小説の手法ではない。そのような作品は、わたし以外の、より優れた小説家が書くべきなのだ。わたしは、わたしでしか――朝松健でしか書けない手法で、『室町』を、すなわち『現代』を描いてみよう」

と決意。怪奇小説・ファンタジー・伝奇小説の手法で、室町時代を構築することにしたのである。その成果のひとつが、本書なのだ。

本書『朽木の花　新編・東山殿御庭』は、一休を主人公にした室町伝奇小説の短篇六作が収録されている。ベースとなったのは、二〇〇六年六月に講談社から刊行された『東山殿御庭』だ。それに書き下ろしの「朽木の花」と、作者のインタビューが加えられている。冒頭に収録されている「尊氏膏《たかうじこう》」は、一休が二十七歳のときのエピソードだ。鎌倉公方・足利持氏《あしかがもちうじ》が「癰《よう》」という妖病にかかった。これを治すには、「尊氏膏」という薬が必要だ。しかし薬の処方を知るのは、西武蔵に閑居している細川鉛丹《ほそかわえんたん》侯だけとのこと。断りきれない筋から薬を貰ってくるよう依頼された一休は、西武蔵に向かう。だが鉛丹侯の領地民は、惨い傷を抱えていた。城に行った一休だが、そこで「尊氏膏」の、恐るべき正体を知る。「尊氏膏」に絡んで、城で繰り広げられる地獄絵図。これが凄まじい。とにかく読んで、顔を顰《しか》めてほしいとしか、いいようがないのだ。さらにラストで「癰」

の正体も分るのだが、これは予想していた人もいるのではないか。しかし、そこから浮かび上がる権力者たちの腐臭は強烈で、またもや顔を顰めることになる。インパクト抜群の物語だ。

続く「邪笑《わら》う闇」は、長篇の一休物を想起させるアクション物。しゃが様と呼ばれる何かに、人身御供として捧げられようとした少女を助けるため、一休が活躍する。おっと、説明を忘れていたが一休を主人公にした作品には長篇と短篇がある。長篇は起伏に富んだストーリーと、一休の明式杖術の腕前が楽しめる、大伝奇小説になっている。それに対して短篇は、怪奇小説寄りである。だから本作は、ちょっと珍しいなと思って読んでいたら、ラストでやられた。現《うつつ》と幻の境界があやふやになる展開は、まさに短篇の一休物のテイストなのだ。

「雛《ずい》」は、若狭小浜を訪れた一休が、道教の巫術の呪いから逃れようと、大陸からわたってきた夫婦と出会う。呪いをかけられているのは妻の方なのだが、これがとんでもない。呪いが発動する場面の描写が、グロテスク極まりないのだ。また作者の描写が巧みで、容易にビジュアルが想像できる。ＳＡＮ値がゴリゴリ削られてしまった。

さらにいえば本作の一休は、結果的に傍観者の立場となっている。数々の怪異に打ち勝ってきた一休ですら為す術がない。シリーズ・ヒーローの特性を生かし、呪いの恐ろしさを際立たせる手腕が素晴らしい。

「應仁黄泉圖《おうにんこうせんず》」は、応仁の乱の最中で、一休と森《しん》の遭遇した怪異が描かれている。リアルタイムで道が表示される、「構遷図」と呼ばれる絵図面を持つ、右馬次郎《うめじろう》という男。戦で狂奔する人々から抜け出そうとする一休たちは、彼の後をついていくのだが……。「構遷図」のアイディアが面白く、右馬次郎の運命に対する一休の舌鋒は鋭い。一場の悪夢に呑み込まれたがごとき、酩酊感を覚える逸品である。

そして書き下ろしの「朽木の花」だが、まずタイトルについて触れておく。おそらく、室町時代を代表する文化人である、申楽師《さるがくし》の世阿弥《ぜあみ》が残した『風姿花伝』に記された〝老木の花〟を意識しているのだろう。長篇『暁《あ》けの蛍』で、一休と世阿弥が共演したことを思えば、なにやら感慨深いものがある。

閑話休題。物語に戻ろう。応仁の乱の混乱の中で、森と逸《はぐ》れた一休が、摂津に現れる。といっても、心が死んだ状態だ。凶悪な野伏たちに目をつけられ、瑞輪寺まで案内するようにいわれ、唯々諾々と従う。しかし瑞輪寺では、思いもかけぬ人物との出会いが待っていた。

本作に登場した時点の一休は、大切な人を失い、この世のすべてに絶望している。本作が書き下ろしであることを考えると、実に興味深い。なぜなら作者は、室町時代に現代を感じ取っていたではないか。だとすれば一休の絶望は、平成が終わろうとしている現在の日本に対する絶望ではないのか。本書は一休の年齢順に作品が並べられており、この物語の彼は七十七歳である。あまたの壮絶な体験を経てきた一休の行き着く先が絶望かと思えば、なんともやりきれないではないか。

だが作者は、瑞輪寺での出会いにより、一休に希望と未来を与える。年齢も時代相も関係ない。人は生きている限り、希望を抱いて未来に向かっていくべきなのだ。ある登場人物がラストにいう、時代に対する祈りの言葉は、そのまま現代の日本に響く。なぜ今、この作品が書かれなければならなかったのか。その意味を真剣に受け止めなくてはならないのである。

なお本作で一休が回想する過去のエピソードは、『一休破軍行』で描かれている。「尊氏膏」にちらりと出てくる「ほしみる」の件は、『一休暗夜行』だ。このような愛読者へのサービスが、本書の随所にある。それに気づくのは、ファンならではの喜びだ。

ふう、ようやく最後の「東山殿御庭《ひがしやまどののおにわ》」にたどり着いた。文明十九年、京の東方に普請中だった東山殿御庭で、妖かしが相次いで現れた。これを解決することになった現官領の畠山政長は、比叡や高野に救いを求める。しかし両山が推挙してきたのは、臨済宗の僧――すなわち一休宗純であった。九十歳を過ぎているように見えるが、矍鑠《かくしゃく》とした一休は、しだいに妖かしの正体に近づいていく。

本作の掲載された「異形コレクション」のテーマは、遊園地であった。室町時代と結びつけるのは難しいテーマだろうが、作者は飄々とクリア。恐るべき真相を明らかにしながら、ラストの一行で、遊園地というテーマに添った作品であることを、高らかに宣言する。朝松健、畏怖すべし。プロフェッショナルの匠の技が、ぞんぶんに堪能できるのだ。

それと同時に、本作が短篇集の締めくくりになっている点にも留意したい。歴史に詳しい人なら、読み始めてすぐに違和感を覚えると思うが、そこに作者の企みがある。本作が最後に置かれることにより、一休の生涯があたかも一炊の夢のように思えるのだ。過ぎてしまえば人生は儚《はかな》く、でも何かが残る。本を閉じたときに覚える、喪失感と満足感の入り混じった、不可思議な気持ち。室町伝奇小説の真髄を、堪能したのだ。

世は室町ブームである。ようやく時代が、作者に追いついたといっていい。だから、本書が出版される意義がある。未読の人は発見しよう。ファンならば布教しよう。ひとりでも多くの人に知ってもらいたい、伝奇小説でなければ表現できなかった室町時代が、ここに屹立しているのだ。

朝松 健（あさまつ けん）
1956年、札幌市に生まれる。出版編集者として幻想文学、魔術書の数々を企画、編集。1986年に『魔教の幻影』で小説家デビュー。以降、ホラーをはじめ、ユーモア格闘技小説、時代伝奇小説、妖怪時代コメディなど、幅広いジャンルで活躍。代表作に『アシッド・ヴォイド』『Faceless City』『邪神帝国』『金閣寺の首』など。2006年「東山殿御庭」（本書所収）が日本推理作家協会賞候補となる。〈ナイトランド・クォータリー〉に創刊号より《一休どくろ譚》を連載中。近年はトークイベントにも出演、歯に衣着せぬコメントでファンを沸かせている。

TH Literature Series

朽木の花

新編・東山殿御庭

著　者　朝松健

発行日　2018年12月7日

発行人　鈴木孝

発　行　有限会社アトリエサード
東京都新宿区高田馬場1-21-24-301 〒169-0075
TEL.03-5272-5037 FAX.03-5272-5038
http://www.a-third.com/ th@a-third.com
振替口座／00160-8-728019

発　売　株式会社書苑新社

印　刷　モリモト印刷株式会社

定　価　本体2400円＋税

ISBN978-4-88375-333-8 C0093 ¥2400E

Printed in JAPAN

www.a-third.com